NOITE NO PARAÍSO

LUCIA BERLIN

Noite no paraíso
Mais contos

Tradução
Sonia Moreira

Copyright © 1981, 1984, 1985, 1988, 1990, 1991, 1993, 1997, 1998, 1999 by Lucia Berlin
Copyright © 2018 by the Literary Estate of Lucia Berlin, LP
Publicado em acordo com Farrar, Strauss e Giroux, Nova York.

*Grafia atualizada segundo o Acordo Ortográfico da Língua Portuguesa de 1990,
que entrou em vigor no Brasil em 2009.*

Título original
Evening in Paradise: More Stories

Capa e ilustração
Tereza Bettinardi

Preparação
Ana Cecilia Agua de Melo

Revisão
Carmen T. S. Costa
Aminah Haman

Dados Internacionais de Catalogação na Publicação (CIP)
(Câmara Brasileira do Livro, SP, Brasil)

Berlin, Lucia
    Noite no paraíso : mais contos / Lucia Berlin ; tradução Sonia
Moreira. — 1ª ed. — São Paulo : Companhia das Letras, 2022.

    Título original: Evening in Paradise : More Stories.
    ISBN 978-65-5921-195-1

    1. Contos norte-americanos I. Título.

22-106559   CDD-813

Índice para catálogo sistemático:
1. Contos : Literatura norte-americana 813
Eliete Marques da Silva – Bibliotecária – CRB-8/9380

[2022]
Todos os direitos desta edição reservados à
EDITORA SCHWARCZ S.A.
Rua Bandeira Paulista, 702, cj. 32
04532-002 — São Paulo — SP
Telefone: (11) 3707-3500
www.companhiadasletras.com.br
www.blogdacompanhia.com.br
facebook.com/companhiadasletras
instagram.com/companhiadasletras
twitter.com/cialetras

Sumário

Prefácio — O que importa é a história, Mark Berlin, 7

As caixas de música para guardar maquiagem, 11
Às vezes no verão, 32
Andado: um romance gótico, 43
Do pó ao pó, 76
Itinerário, 82
Lead Street, Albuquerque, 93
Natal. Texas. 1956, 107
A casa de adobe com teto de zinco, 116
Um dia enevoado, 142
A época das cerejeiras em flor, 152
Noite no paraíso, 159
La barca de la ilusión, 177
A minha vida é um livro aberto, 197
As esposas, 213
Natal, 1974, 227

Pony Bar, Oakland, 244
Filhas, 246
Dia chuvoso, 253
Guardião do nosso irmão, 255
Perdida no Louvre, 264
Sombra, 275
Luna nueva, 289

Sobre a autora, 295
Agradecimentos, 299

Prefácio
O que importa é a história

Lucia, que Deus a tenha, era uma rebelde e uma artista extraordinária e, no seu tempo, dançava um bocado. Eu queria poder contar todas as histórias, como quando ela foi buscar Smokey Robinson na Central Avenue, em Albuquerque, e os dois fumaram um baseado a caminho do Tiki-Kai Lounge, onde ele ia se apresentar. Ela voltou para casa tarde, um restinho de Chanel sob o cheiro de suor e fumaça. Fomos a uma dança sagrada em Santo Domingo Pueblo, no Novo México, a convite de um ancião menor. Quando um dançarino caiu, Lucia achou que tinha sido culpa dela. Infelizmente, o *pueblo* inteiro achou a mesma coisa, já que éramos as únicas pessoas de fora ali. Durante anos, esse incidente ficou sendo o emblema do azar para nós. Toda nossa família aprendeu a dançar em praias, museus, restaurantes e clubes adentro como se fôssemos os donos do pedaço, em clínicas de desintoxicação, prisões e cerimônias de premiação, com drogados, cafetões, príncipes e inocentes. A questão é que, se eu fosse contar a história de Lucia, mesmo que da minha perspectiva (objetiva ou não), a coisa seria considerada realismo mágico. Ninguém nunca iria acreditar nessa merda. A memória mais antiga que tenho é da voz de Lucia lendo para mim e para o meu irmão Jeff. Não importava qual era a história, porque toda noite éramos brindados com uma narrativa na sua mescla suave e melodiosa dos falares do Texas e de Santiago do Chile. E com canções como "Red River Valley". Refinadas, mas populares — felizmente, sem o sotaque nasalado de El Paso da mãe dela. Talvez eu tenha sido a última pessoa a falar com Lucia e, de novo, ela leu para mim. Não lembro o que ela leu (uma resenha de livro, um trecho de uma das centenas de manuscritos que as pessoas lhe pediam para ler, um cartão-postal?), só me lembro da sua voz clara e amorosa, de espirais de incenso, de vestígios do pôr do sol, de nós dois sentados em silêncio depois, olhando para a estante de livros dela. Sabendo do poder e da beleza das palavras contidas naquela estante. Algo para saborear e ponderar.

Além do humor e da escrita, herdei dela os problemas de coluna, e nós dois costumávamos gemer e rir em uníssono ou em harmonia quando nos esticávamos para pegar mais queijo cambozola, uma bolacha ou uma uva. Reclamávamos dos remédios e dos efeitos colaterais. Ríamos pensando no primeiro preceito do budismo: a vida é sofrimento. E na postura mexicana de que a vida não vale grande coisa, mas com certeza pode ser divertida.

Quando era uma jovem mãe, ela saía dirigindo conosco pelas ruas de Nova York, para ir a museus, encontrar outros escritores, ver uma tipografia em ação e pintores pintando, ouvir jazz. E, então, de repente estávamos em Acapulco, depois em Albuquerque. As primeiras paradas numa vida em que moramos, em média, nove meses em cada lugar. Mas a nossa casa era sempre ela.

Morar no México a deixava em pânico. Escorpiões, vermes intestinais, cocos que despencavam de coqueiros, policiais corruptos, traficantes de drogas ávidos; mas, como comentamos quando estávamos relembrando esse tempo na véspera do aniversário dela, tínhamos conseguido sobreviver de algum modo. Aliás, ela sobreviveu a três maridos e sabe Deus a quantos namorados; quando tinha catorze anos, médicos haviam lhe dito que ela jamais teria filhos e não iria passar dos trinta anos de idade! Pois ela teve quatro filhos, dos quais eu sou o mais velho e o mais difícil, e todos demos um trabalho do cão. Mas ela conseguiu nos criar. E bem. Seu alcoolismo foi alvo de muita atenção, e ela tinha que lutar contra a vergonha que ele lhe causava, mas, no fim, viveu quase vinte anos sóbria, produzindo seus melhores trabalhos e inspirando boa parte da nova geração com suas aulas — o que não foi nenhuma surpresa, já que ela lecionava desde os vinte anos, ainda que de modo intermitente. Houve períodos difíceis, perigosos até. Quando a barra ficava muito pesada, mamãe às vezes se perguntava em voz alta por que não aparecia alguém para nos tirar dela. Eu sei lá, mas acabou ficando tudo bem com a gente. Nós todos teríamos definhado nos subúrbios; éramos a Trupe dos Berlin.

Boa parte da nossa experiência é inacreditável. As histórias que Lucia poderia ter contado... Como a vez em que, sob o efeito de cogumelos, ela foi nadar pelada em Oaxaca com um amigo pintor. Eles piraram completamente quando saíram da água e descobriram que estavam verdes da cabeça aos pés, por causa do cobre da água do rio. Só fico tentando imaginar a cena: minha mãe toda verde, enrolada no seu *rebozo** rosa!

Não vou nem tentar descrever a colônia de recuperação de drogados nas cercanias de Albuquerque (ver o conto "Desgarra-

---

* Espécie de echarpe comprida e larga, tradicional do México. [Esta e as demais notas chamadas por asterisco são da tradutora.]

dos"), mas imagine Buñuel e Tarantino fazendo um filme dentro de um filme com sessenta ex-detentos barra-pesada, Angie Dickinson, Leslie Nielsen, uma dúzia de zumbis de ficção científica e a já mencionada Trupe dos Berlin.

Minha lembrança favorita é a de um pôr do sol em Yelapa refletindo no saxofone de Buddy Berlin, espirais de bebop e de fumaça de lenha enquanto mamãe preparava o jantar num *comal*,* seu rosto radiante sob a luz coral, flamingos pescando de pernas flexionadas na lagoa em frente, o som de ondas quebrando e de rãs saltando, nossos pés produzindo estalidos ao pisar no chão de areia áspero. Nós fazíamos o dever de casa à luz de um lampião, ouvindo um disco arranhado da Billie Holiday.

Mamãe escrevia histórias verdadeiras; não necessariamente autobiográficas, mas quase lá. As histórias e lembranças da nossa família foram sendo remodeladas aos poucos, embelezadas e editadas, a ponto de muitas vezes eu não saber ao certo o que de fato aconteceu. Lucia dizia que isso não tinha importância: o que importa é a história.

Mark Berlin, o primeiro filho de Lucia, foi escritor, chef, artista, um espírito livre, amante dos animais e de tudo que levava alho. Morreu em 2005.

---

* Apetrecho de cozinha tradicional da cultura dos povos nativos do México e de outros países da América Central que consiste numa chapa de cerâmica ou ferro, muito usada no preparo de tortilhas e outras comidas típicas.

As caixas de música para guardar maquiagem

"Escuta as instruções do teu pai e da tua mãe, pois elas serão formoso diadema em tua cabeça e correntes em teu pescoço. Se pecadores quiserem te seduzir, não consintas." Mamie, a minha avó, leu esse trecho duas vezes. Tentei me lembrar das instruções que eu tinha recebido. Não enfie o dedo no nariz. Mas eu queria muito uma corrente, do tipo que tilintasse quando eu risse, como a de Sammy.

Comprei uma corrente e fui até o terminal dos ônibus Greyhound, onde havia uma máquina que gravava coisas em discos de metal... uma estrela no meio. Escrevi LUCHA e pendurei no pescoço.

Era fim de junho de 1943 quando Sammy e Jake ofereceram a Hope e a mim uma participação num negócio deles. Os dois estavam conversando com Ben Padilla e, de início, nos mandaram dar o fora. Quando Ben foi embora, Sammy nos chamou de baixo do alpendre.

"Sentem, nós temos uma proposta pra fazer a vocês."

Sessenta cartões. No alto de cada cartão havia uma imagem

em cores suaves de uma caixa de música para guardar maquiagem. Ao lado da imagem havia um lacre vermelho em que se lia NÃO ABRA. Sob o lacre estava um dos nomes impressos no cartão. Trinta nomes de três letras, com uma linha ao lado. AMY, MAE, JOE, BEA etc. "Cada rifa custa cinco centavos. Para apostar num nome, a pessoa compra uma rifa daquele nome e aí vocês anotam o nome dela ao lado do nome que ela escolheu. Quando todos os nomes tiverem sido vendidos, a gente abre o lacre vermelho. A pessoa que tiver escolhido aquele nome ganha a caixa de música."

"É caixa de música a dar com o pau!", disse Jake, rindo.

"Cala a boca, Jake. Eu recebo esses cartões de Chicago. Cada cartão dá um dólar e cinquenta. Eu mando pra eles um dólar por cada cartão e eles me mandam as caixas. Entenderam?"

"Entendemos", disse Hope. "E daí?"

"E daí que vocês duas ficam com vinte e cinco centavos por cada cartão que venderem e nós com vinte e cinco também. Então, nós vamos ser sócios igualitários, porque os lucros vão ser divididos meio a meio."

"Elas não vão conseguir vender esses cartões todos", disse Jake.

"Claro que vamos", falei. Eu detestava Jake. Moleque vagabundo.

"Claro que vão", disse Sammy. Ele entregou os cartões para Hope. "A Lucha toma conta do dinheiro. São onze e meia… vão lá… a gente vai marcar o tempo que vocês levam."

"Boa sorte!", eles gritaram. Os dois estavam se embolando na grama, às gargalhadas.

"Eles estão rindo da gente… acham que a gente não vai conseguir!"

Batemos na nossa primeira porta… uma senhora veio e botou os óculos. Ela comprou o primeiro nome. ABE. Escreveu o seu nome e o endereço na linha ao lado, nos deu cinco centavos e o seu lápis. E nos chamou de amorecos.

Fomos a todas as casas daquele lado da Upson Drive. Quando chegamos ao parque, já tínhamos vendido vinte nomes. Nos sentamos no muro do jardim de cactos, esbaforidas, vitoriosas. As pessoas nos achavam uma graça. Éramos ambas muito pequenas para a nossa idade. Sete anos. Quando uma mulher atendia, quem vendia a rifa era eu. Minha cabeleira loura estava tão grande que deixava a minha cabeça duas vezes maior do que era, feito um novelo de barrilha, grande e amarelo. "Uma auréola de fios dourados!" Como os meus dentes tinham caído, eu botava a língua para a frente quando sorria, como se fosse tímida. As senhoras faziam festinha para mim e se abaixavam para me ouvir... "O que foi, meu anjo? Ah, sim, claro que eu quero comprar uma rifa!"

Quando um homem atendia, era Hope que vendia. "Cinco centavos... escolhe um nome", ela dizia, pronunciando as palavras de um jeito arrastado, e lhes entregava o cartão e o lápis antes que pudessem fechar a porta. Eles diziam que ela tinha audácia e beliscavam suas bochechas morenas e ossudas. Detrás do seu véu preto e espesso de cabelo, Hope lhes lançava um olhar fulminante.

Nossa única preocupação agora era com o tempo. Era difícil saber se tinha gente em casa ou não. Tocar as campainhas, ficar esperando. O pior era quando éramos as únicas visitas que as pessoas recebiam fazia "anos e anos". Todas elas eram muito velhas. A maioria deve ter morrido alguns anos depois.

Além das pessoas solitárias e das que achavam a gente uma graça, havia algumas... duas naquele dia... que realmente acreditavam que era um sinal do destino abrir a porta e receber um convite para tentar a sorte, para fazer uma escolha. Essas eram as que mais demoravam, mas nós não ligávamos... esperávamos, ofegantes também, enquanto elas falavam sozinhas. Tom? Aquele desgraçado do Tom. Sal. A minha irmã me chamava de Sal. Tom. É, eu vou ficar com Tom. Quem sabe ele ganha?? Não chegamos nem a ir às casas do outro lado da Upson. Vendemos o resto das rifas nos apartamentos em frente ao parque. Uma hora da tarde. Hope entregou o cartão a Sammy, eu despejei o dinheiro no peito dele. "Minha nossa!", disse Jake. Sammy nos beijou. Vermelhas, sorríamos de orelha a orelha no gramado.

"Quem ganhou?" Sammy, que estava deitado, se sentou. Os joelhos da sua calça Levi's estavam verdes e molhados, seus cotovelos verdes por causa da grama.

"O que diz aí?" Hope não sabia ler. Tinha levado bomba na primeira série.

ZOE.

"Quem?" Olhamos uma para a outra... "Qual era esse?"

"É o último nome do cartão."

"Ah." O homem com pomada nas mãos. Psoríase. Ficamos decepcionadas. Havia duas pessoas muito simpáticas entre os compradores e nós queríamos que uma delas tivesse ganhado.

Sammy disse que podíamos ficar com os cartões e com o dinheiro até termos vendido todos eles. Pegamos tudo, passamos por cima da cerca e fomos para debaixo do alpendre. Encontrei uma caixa de pão velha e guardei os cartões dentro dela.

Pegamos três dos cartões, saímos pelos fundos e fomos andando pela viela. Não queríamos que Sammy e Jake pensassem que estávamos ávidas demais. Atravessamos a rua e fomos correndo de casa em casa, batendo nas portas, até o final do outro lado da Upson. Depois, fizemos um dos lados da Mundy até o mercado Sunshine.

Tínhamos vendido dois cartões inteiros... nos sentamos no meio-fio e tomamos refrigerante de uva. O sr. Haddad botava garrafas no freezer para nós, de modo que o refrigerante ficava cheio de gelo mole... feito picolé derretido. Os ônibus tinham que fazer uma curva fechada na esquina, tirando um fino de nós, buzinando. Atrás de nós, nuvens de poeira e fumaça se erguiam em volta do monte Cristo Rey, espuma amarela na tarde de sol texana.

Eu lia os nomes em voz alta, vezes a fio. Botávamos um X ao lado das pessoas que queríamos que ganhassem... Um O ao lado das antipáticas.

O soldado descalço... "Eu PRECISO de uma caixa de música para guardar maquiagem!" A sra. Tapia... "Ah, entrem, entrem! Que bom ver vocês!" Uma moça de dezesseis anos, recém-casada, fez questão de nos mostrar a sua cozinha, que ela mesma tinha pintado, de rosa. O sr. Raleigh... assustador. Ele tinha gritado para fazer dois cachorros dinamarqueses pararem de avançar na gente, tinha chamado Hope de baixinha sexy.

"Sabe de uma coisa... a gente poderia vender mil nomes por dia... se tivesse patins."

"É, a gente precisa de patins."

"Sabe o que está errado?"

"O quê?"

"A gente sempre pergunta... 'Quer comprar uma rifa?' A gente devia dizer 'rifas'."

"Que tal... 'Quer comprar um cartão inteiro?'"

Rimos, felizes, sentadas no meio-fio.

"Vamos vender o último."

Dobramos a esquina, pegamos a rua abaixo da Mundy. Era escura, cheia de eucaliptos, figueiras e romãzeiras, jardins mexicanos, samambaias, oleandros e zínias. As mulheres mais velhas não falavam inglês. "No, gracias", já fechando a porta.

O padre da igreja Holy Family comprou dois nomes. JOE e FAN.

Depois veio um quarteirão só de mulheres alemãs, com as mãos sujas de farinha. Elas batiam a porta. Tsk!

15

"Vamos voltar pra casa… não está dando certo."

"Não, lá perto da escola Vilas tem muito soldado."

Ela tinha razão. Os homens estavam do lado de fora das casas, de calça cáqui e camiseta, regando gramados amarelados e tomando cerveja. Hope faria as vendas. Seu cabelo agora estava grudado em feixes no rosto sírio cor de oliva, feito uma cortina de contas pretas.

Um homem nos deu uma moeda de vinte e cinco centavos e a mulher dele o chamou antes que ele tivesse pegado o troco. "Me dá cinco!", ele gritou de trás da porta de tela. Comecei a escrever o nome dele.

"Não", disse Hope. "A gente pode vender os outros nomes de novo."

Sammy abriu os lacres.

A sra. Tapia ganhou com SUE, o nome da sua filha. Tínhamos posto um X ao lado do nome dela, por ela ter sido tão simpática. A sra. Overland ganhou o sorteio seguinte. Nenhuma de nós duas conseguia se lembrar quem era ela. O terceiro ganhador foi um homem que tinha comprado o nome LOU, porém quem na verdade devia ter ficado com aquele nome era o soldado que havia nos dado a moeda de vinte e cinco centavos.

"A gente devia dar o prêmio para o soldado", falei.

Hope levantou o cabelo para olhar para mim, quase sorrindo… "Tá bem."

Pulei a cerca para o nosso quintal. Mamie estava regando as plantas. Minha mãe tinha ido jogar bridge, meu jantar estava no forno. Li os lábios de Mamie; não dava para ouvir a voz dela com o som alto do rádio sintonizado no noticiário de H. V. Kaltenborn que vinha lá de dentro. Vovô não era surdo, só gostava de ouvir o rádio bem alto.

"Posso regar pra você, Mamie?" Não, obrigada.

Bati a porta da frente na parede, fazendo o vitral chacoalhar.

"Venha aqui!", ele gritou, mais alto que o rádio. Surpresa, entrei correndo, com um sorriso no rosto, e fiz menção de subir no colo dele, mas ele me enxotou sacudindo um jornal recortado.

"Você estava com aqueles árabes nojentos?"

"Sírios", falei. O cinzeiro dele irradiava um brilho vermelho, como a porta de vitral.

Naquela noite… Fibber McGee, Amos e Andy no rádio. Não sei por que ele gostava tanto deles. Vivia dizendo que odiava gente de cor.

Mamie e eu nos sentamos com a Bíblia na sala de jantar. Ainda estávamos nos Provérbios.

"É melhor a reprimenda aberta do que o amor encoberto."

"Por quê?"

"Não importa." Peguei no sono e ela me botou na cama.

Acordei quando a minha mãe chegou em casa… fiquei acordada ao lado dela enquanto ela comia biscoitos de queijo em forma de palito e lia um romance policial. Anos mais tarde, calculei que, só durante a Segunda Guerra Mundial, minha mãe tinha comido mais de novecentas e cinquenta caixas desses biscoitos de queijo.

Eu queria conversar com ela, contar da sra. Tapia, do cara dos cachorros, de como Sammy tinha nos oferecido sociedade num negócio, dividindo os lucros meio a meio. Encostei a cabeça no ombro dela, nas migalhas de biscoito de queijo, e peguei no sono.

No dia seguinte, Hope e eu fomos primeiro aos apartamentos da Yandell Avenue. Jovens esposas de militares com bobes no cabelo e roupões de chenile, fulas da vida porque a gente tinha acordado elas. Nenhuma delas comprou uma rifa sequer. "Não, eu *não* tenho cinco centavos."

Pegamos um ônibus até a Plaza, fizemos baldeação para um ônibus da Mesa até Kern Place. Gente rica... projetos paisagísticos, sinos nas portas. Ali foi melhor ainda do que com as velhinhas. Senhoras afiliadas à Junior League* texana, de pele bronzeada, bermuda, batom, corte de cabelo pajem à la June Allyson. Acho que elas nunca tinham visto crianças como nós, crianças usando blusas de crepe velhas das mães.

Crianças com cabelos como os nossos. Enquanto o cabelo de Hope escorria pelo seu rosto feito uma camada espessa e negra de piche, o meu se encarapinhava, esférico e em gomos, como uma bola de praia amarela, crepitando no sol.

Elas sempre riam quando descobriam o que nós estávamos vendendo, depois iam procurar "trocados". Ouvimos uma delas falando com o marido... "Venha só pra você ver. São molequinhas mesmo!" Ele veio realmente e foi a única pessoa de lá que comprou uma rifa. As mulheres só nos davam dinheiro. Os seus filhos ficavam olhando para nós, pálidos, de seus balanços de quintal.

"Vamos pra estação de trem."

A gente costumava ir para lá antes mesmo dos cartões... para passar o tempo e ficar vendo todo mundo se beijando e chorando, para catar as moedas que as pessoas deixavam cair embaixo do estrado sob a banca de jornal. Assim que entramos na estação, cutucamos uma à outra, rindo. Como é que a gente não tinha pensado nisso antes? Milhões de pessoas munidas de trocados e sem nada para fazer a não ser esperar. Milhões de

---

* Junior Leagues são associações femininas beneficentes e educativas vinculadas à organização sem fins lucrativos Association of Junior Leagues International.

soldados e marinheiros que tinham uma namorada, uma esposa, uma filha ou um filho com nomes de três letras.

Fizemos uma escala de horários. De manhã íamos para a estação de trem. Marinheiros deitados em bancos de madeira, chapéus dobrados em cima dos olhos, como parênteses. "Hã? Ah, bom dia, meninas! Claro." Velhos sentados. Eles pagavam cinco centavos para ter a chance de falar da outra guerra, de alguma pessoa morta que tinha um nome de três letras.

Íamos para a sala de espera das PESSOAS DE COR, vendíamos três rifas e então algum fiscal branco nos segurava pelo braço e nos botava para fora.

Passávamos as tardes na filial da United Service Organization, do outro lado da rua. Os soldados nos davam lanches grátis, sanduíches dormidos de queijo e presunto embrulhados em papel encerado, coca-cola, chocolate Milky Way. Jogávamos pingue-pongue e pinball enquanto os soldados preenchiam os cartões. Uma vez, ganhamos vinte e cinco centavos cada uma apertando o botão de um aparelhinho contador que registrava quantos militares entravam lá, enquanto a mulher encarregada de fazer isso ia para algum lugar com um marinheiro.

A cada trem que chegava, mais soldados e marinheiros entravam. Os que já estavam lá dentro falavam para os recém-chegados comprarem as nossas rifas. Eles me chamavam de celestial e chamavam Hope de infernal.

O plano era ficar com os sessenta cartões até todos terem sido vendidos, mas a gente estava ganhando dinheiro e mais dinheiro, gorjeta e mais gorjeta, e não conseguia nem contar tudo aquilo.

Além do mais, não estávamos aguentando esperar para ver quem tinha ganhado, embora só faltassem dez cartões. Levamos os cartões e as três caixas de charuto cheias de dinheiro para Sammy.

"Setenta dólares?" Minha nossa. Deitados na grama, os dois agora se sentaram. "Danadas de garotinhas malucas. Elas conseguiram."

Eles nos beijaram e nos abraçaram. Jake rolou na grama, com a mão na barriga, gritando com voz esganiçada: "Minha nossa... Sammy, você é um gênio, um crânio!".

Sammy nos abraçou. "Eu sabia que vocês iam conseguir."

Ele examinou todos os cartões, passando a mão pelo cabelo comprido, tão preto que parecia sempre molhado. Riu dos nomes das pessoas que tinham ganhado.

S1 Octavius Oliver, Forte Sill, Oklahoma. "Ei, onde raios vocês encontraram esses caras?" Samuel Henry Throper, Qualquer Lugar, EUA. Esse era um velho que estava na área de PESSOAS DE COR e que falou que a gente podia ficar com a caixa de música se ele ganhasse.

Jake foi até o mercado Sunshine e trouxe picolés de banana gotejantes para nós. Sammy perguntou sobre todos os nomes, sobre como tínhamos feito. Falamos para ele de Kern Place e das donas de casa bonitas, com vestidos chemisier de cambraia. Falamos da filial da USO, das máquinas de pinball, do homem nojento com os cachorros dinamarqueses.

Ele nos deu dezessete dólares... mais que a metade. Nem pegamos ônibus, simplesmente fomos correndo até o centro da cidade para ir à loja de departamentos Penney's. Era longe. Compramos patins e chaves de patins, pulseiras de pingentes na Kress e um pacote de pistache salgado. Nos sentamos perto dos jacarés na Plaza... Soldados, mexicanos, beberrões.

Hope olhou em volta... "A gente podia vender aqui."

"Não, ninguém aqui tem dinheiro."

"Só nós!"

"A pior parte vai ser entregar as caixas de música."

"Não, porque agora a gente tem patins."

"Amanhã a gente aprende a patinar... ei, a gente pode até descer o viaduto de patins e ver o despejo de escória na fundição."

"Se as pessoas não estiverem em casa, a gente pode deixar as caixas de música no espaço entre a porta de tela e a porta."

"Saguões de hotel seriam um bom lugar pra vender."

Compramos cachorros-quentes gotejantes de molho e vacas-pretas para viagem. E assim acabou o nosso dinheiro. Deixamos para comer quando chegássemos ao terreno baldio no início da Upson.

O terreno ficava no alto de uma colina murada, bem acima do nível da calçada, e estava coberto de plantas felpudas e acinzentadas que davam flores roxas. Por entre as plantas, por todo o terreno, havia cacos de vidro, que o sol tingia de vários tons de lilás. Àquela hora do dia, fim de tarde, o sol batia no terreno num ângulo tal que a luz parecia vir de baixo, de dentro das flores, das ametistas.

Sammy e Jake estavam lavando um carro. Um calhambeque azul, sem capota e sem portas. Varamos o último quarteirão correndo, os patins chacoalhando dentro das caixas.

"De quem é esse carro?"

"É nosso. Querem dar uma volta?"

"De onde ele veio?"

Eles estavam lavando as rodas. "De um cara que a gente conhece", disse Jake. "Querem dar uma volta?"

"Sammy!"

Hope estava em pé em cima do banco do carro. Com cara de maluca. Eu ainda não tinha entendido.

"Sammy, onde vocês arranjaram dinheiro pra comprar esse carro?"

"Ah, aqui e ali..." Sammy sorriu para ela, bebeu um pouco da água da mangueira e secou o queixo com a camisa.

"Onde vocês arranjaram o dinheiro?"

Hope parecia uma anciã pálida e amarelada, uma bruxa muito, muito velha. "Seu trapaceiro filho da puta!", ela berrou.

Então eu entendi. Quando ela pulou a cerca e foi para debaixo do alpendre, eu fui atrás.

"Lucha!", Sammy, o meu primeiro herói, chamou, mas eu continuei seguindo Hope, que se agachou perto da caixa de pão. Ela me entregou a pilha de cartões preenchidos. "Conta quantas pessoas são." Levou um bocado de tempo.

Mais de quinhentas pessoas. Procuramos aquelas ao lado das quais tínhamos posto um X, torcendo para que elas ganhassem.

"A gente podia comprar caixas de música para guardar maquiagem para algumas delas..."

Ela deu uma risadinha de desdém. "Com que dinheiro? E, além do mais, esse negócio de caixa de música para guardar maquiagem não existe. Você já ouviu falar numa caixa de música para maquiagem alguma vez na sua vida?"

Hope abriu a caixa de pão e tirou de lá os dez cartões que ainda não tinham sido vendidos. Ela estava maluca, rastejando no chão de terra sob o alpendre feito uma galinha moribunda.

"O que é que você está fazendo, Hope?"

Arfando, ela se agachou para passar por um buraco na madressilva rumo ao quintal. Brandiu os cartões, como o leque de uma rainha louca.

"Eles são meus agora. Você pode vir comigo. A gente divide meio a meio. Ou você pode ficar. Se vier, isso quer dizer que você é minha sócia e não vai poder falar com o Sammy nunca mais na sua vida ou eu te mato com uma facada."

Ela foi embora. Eu me deitei na terra úmida. Estava cansada. Só queria ficar ali deitada, para sempre, e não fazer absolutamente nada.

Fiquei um bom tempo deitada ali, depois pulei a cerca de madeira e fui para a viela. Hope estava sentada na esquina, no meio-fio, seu cabelo como um balde preto enfiado na cabeça. Encurvada, como uma Pietà.

"Vamos lá", falei.

Subimos a colina, em direção à Prospect Street. Era fim de tarde... todas as famílias estavam do lado de fora das casas, regando a grama, conversando baixinho em balanços que rangiam tão ritmicamente quanto as cigarras.

Hope abriu um portão e o bateu atrás de nós. Fomos andando pelo caminho de cimento molhado em direção à família que morava ali. Chá gelado, todos sentados nos degraus da varanda.

Ela estendeu um cartão.

"Escolhe um nome. Cada rifa é dez centavos."

Saímos cedo na manhã seguinte, com o resto dos cartões. Não falamos nada a respeito do novo preço, das seis rifas que tínhamos vendido na noite anterior. E, principalmente, não falamos nada a respeito dos nossos patins... fazia dois anos que estávamos loucas para ter patins. Ainda não tínhamos nem experimentado os que havíamos comprado.

Quando descemos do ônibus na Plaza, Hope disse de novo que me mataria se eu voltasse a falar com Sammy.

"Nunca. Quer sangue?" Vivíamos cortando os pulsos para selar promessas.

"Não."

Fiquei aliviada. Sabia que acabaria falando com ele algum dia e, sem sangue, isso não seria tão ruim.

O hotel Gateway, como um filme ambientado na selva. Escarradeiras, pancás soltando estalidos, palmeiras, até um homem de terno branco, se abanando como Sydney Greenstreet. Todos nos enxotavam fazendo gestos com a mão e tornavam a esconder rapidamente o rosto atrás de seus jornais, como se soubessem o que pretendíamos. As pessoas gostam do anonimato dos hotéis. Do lado de fora, atravessamos a rua pelo asfalto amolecido pelo calor para pegar um bonde para Juarez. Mexicanas de *rebozo* — que tinha um cheiro parecido com o de sacos de papel americanos e daquelas balas em forma de grão de milho da Kress, amarelo e laranja.

Território desconhecido... Juarez. Eu só conhecia os bares com espelhos e chafarizes e os violonistas que tocavam "Cielito Lindo", por causa das saídas noturnas que a minha mãe fazia como viúva de guerra com as "meninas Parker". Hope só conhecia os cinemas poeira. A sra. Haddad sempre mandava Hope ir junto quando Darlene ia sair com algum soldado, para não dar problema.

Ficamos no lado de Juarez da ponte, encostadas na parede, como os motoristas de táxi e os vendedores de cobras de madeira, à sombra do bar Follies, dando alguns passos à frente, como eles faziam, quando as chusmas de turistas e de bamboleantes meninos-soldados saíam da ponte.

Alguns sorriam para nós, ansiosos para serem conquistados, para conquistar. Apressados e encabulados demais para olhar para os nossos cartões, nos empurrando moedas de um, cinco, dez centavos. "Toma!" Ficávamos com ódio deles, como se fôssemos mexicanas.

No final da tarde, os soldados e turistas desciam a rampa como esguichos, aterrissando com estardalhaço na calçada e no bafo quente e lento de tabaco preto e cerveja Carta Blanca, vermelhos, esperançosos... o que será que eu vou ver? Passavam por nós como um jato, metendo moedas de um ou cinco centavos nas nossas mãos sem jamais olhar para os cartões que botávamos diante deles nem para os nossos olhos.

Cambaleávamos, zonzas de tanto rir de nervoso, de tanto dar guinadas para sair às pressas do caminho das pessoas. Ríamos, ousadas agora, como os vendedores de cobras de madeira e porcos de argila. Insolentes, nos plantávamos na frente das pessoas, puxávamos suas roupas. "É só dez centavos, vai... Compra um nome, dez centavos... Ei, moça rica, é só dez centavos!"

Anoiteceu. Estávamos cansadas e suadas. Encostamos na parede para contar o dinheiro. Os meninos engraxates nos observavam, caçoando de nós, apesar de termos faturado seis dólares.

"Hope, vamos jogar os cartões no rio."

"Quê? E depois pedir esmola como os mendigos doentes?" Ela ficou furiosa. "Não, nós vamos vender todos os nomes."

"A gente tem que comer uma hora."

"Tem razão." Ela gritou para um dos meninos de rua... "Ei, onde é que a gente pode comer?"

"Come *mierda*, gringa."

Saímos da rua principal de Juarez. Dava para olhar para trás e ver a rua, ouvir o barulho dela, sentir o seu cheiro, como um enorme rio poluído.

Começamos a correr. Hope estava chorando. Eu nunca tinha visto Hope chorar.

Corremos como cabras, como potros, a cabeça baixa, trotando, trotando nas calçadas de terra, depois galopando, passos abafados. Calçadas de barro duro.

Descendo alguns degraus de adobe, entramos no Gavilán Café.

Em El Paso, naquela época, 1943, você ouvia falar muito em guerra. Meu avô passava o dia inteiro colando artigos de Ernie Pyle em álbuns de recortes, Mamie rezava. Minha mãe prestava assistência no hospital como voluntária da Cruz Vermelha americana, jogava bridge com os feridos. Trazia soldados cegos ou manetas para jantar na nossa casa. Mamie leu uma passagem de Isaías para mim que falava de como um dia todo mundo iria transformar suas espadas em relhas de arado. Mas eu não tinha pensado sobre a guerra. Só sentia saudades e um enorme orgulho do meu pai, que estava servindo como tenente em algum lugar no exterior... Okinawa. Uma menininha ainda, fui pensar na guerra pela primeira vez quando entramos no Gavilán Café. Não sei por quê. Só lembro que fiquei pensando na guerra lá.

Parecia que todo mundo ali era irmão ou primo, que eram todos parentes, embora as pessoas estivessem sentadas em grupos separados, nas mesas ou no bar. Um homem e uma mulher, discutindo e se tocando. Duas irmãs flertando por trás das costas da mãe. Três irmãos magros vestidos com roupas de trabalho de brim debruçados sobre suas tequilas, com mechas de cabelo idênticas pendentes.

Estava escuro, fresco e tranquilo, embora todo mundo estivesse falando e alguém estivesse cantando. O riso era relaxado, reservado, íntimo.

Nos sentamos em bancos diante do bar. Uma garçonete se aproximou, carregando uma bandeja com um pavão azul e roxo. Tingido com hena, o cabelo dela tinha raízes pretas e estava preso em camadas onduladas com pentes dourados decorados com incrustações prateadas e cacos de espelho. Lábios engrossados com batom fúcsia. Pálpebras verdes... um crucifixo de asas de borboleta azuis e verdes cintilava entre seus seios cônicos, amarelos e acetinados. "¡Hola!" Ela sorriu. Dentes com jaqueta de ouro brilhando, gengivas vermelhas. Estonteante ave-do-paraíso!

"¿Qué quieren, lindas?"

"Tortilhas", Hope respondeu.

A garçonete emperiquitada se inclinou para a frente, recolhendo migalhas com unhas vermelho-sangue, falando baixinho com a gente ainda em seu espanhol sedutor.

Hope sacudiu a cabeça... "*No sé.*"

"*¿Son gringas?*"

"Não." Hope apontou para si mesma. Síria. Então, começou a falar em sírio. A garçonete ficou ouvindo, sua boca fúcsia se movendo junto com as palavras. "Eh!"

"Ela é gringa", disse Hope, se referindo a mim. Elas riram. Senti inveja de suas línguas escuras, de seus olhos escuros.

"*¡Son gringas!*", a garçonete falou para as pessoas que estavam no café.

Um velho veio até nós, trazendo seu copo e uma garrafa de cerveja Corona. Ereto... aprumado, andando reto e espanhol, envergando um terno branco. O filho dele veio atrás, de terno *zoot* preto, óculos escuros, corrente de relógio. Era a época do bebop, a época dos *pachucos*... Os ombros do filho estavam encurvados, como era a moda, a cabeça abaixada ao nível do orgulho do pai.

"Como vocês se chamam?"

Hope disse a ele seu nome sírio... Sha-a-hala. Eu disse a ele o nome pelo qual os sírios me chamavam... Luchaha. Não Lucía nem Lucha, mas Lu-cha-a. Ele disse os nossos nomes a todos.

A garçonete era chamada de Chata, porque o nariz dela virava para cima como uma calha de chuva. Literalmente, quer dizer "achatada". Ou "comadre de hospital". O velho se chamava Fernando Velasquez e trocou um aperto de mão com nós duas.

Depois de nos cumprimentarem, as pessoas que estavam no café nos ignoraram como antes, nos aceitando com sua indiferença tranquila. Poderíamos ter encostado a cabeça em qualquer uma delas e dormido.

Velasquez levou as nossas tigelas de chili verde para uma mesa. Chata nos trouxe refrigerantes de limão. Ele havia aprendido inglês em El Paso, onde trabalhava. O filho dele também trabalhava lá, no ramo da construção.

"*Oye, Raúl... diles algo...* Ele fala inglês bem."

O filho continuava em pé, elegante atrás do pai. As maçãs do seu rosto brilhavam como âmbar acima de uma barba de músico de bebop.

"O que vocês, meninas, estão fazendo aqui?", o pai perguntou.

"Vendendo."

Hope levantou o bolo de cartões. Fernando os examinou, olhou o verso de cada um deles. Hope iniciou seu papo de vendedora sobre as caixas de música... "O nome que ganhar leva uma caixa de música para guardar maquiagem."

"*Válgame Dios...*" Ele levou um cartão para a mesa ao lado, explicou tudo, gesticulando, batendo na mesa. Todas as pessoas que estavam na mesa olharam para o cartão e para nós, na dúvida.

Uma mulher de lenço na cabeça fez sinal para mim. "*Oye, alguém ganha as caixas, no?*"

"*Sí.*"

Raúl se aproximou, silenciosamente, pegou um dos cartões, depois olhou para mim. Seus olhos estavam brancos atrás dos óculos escuros.

"Onde é que estão essas *caixas*?"

Olhei para Hope.

"Raúl...", falei. "É *claro* que não tem caixa de música nenhuma. A pessoa que escolher o nome vencedor ganha todo o *dinheiro*."

Ele fez uma mesura para mim, inclinando a cabeça com o charme de um toureiro matador. Hope inclinou sua cabeça molhada e soltou um palavrão em sírio. Em inglês, ela disse: "Como é que a gente não pensou nisso antes?". E sorriu para mim.

"Tá bem, *chulita*… me dá dois nomes."

Velasquez estava explicando o jogo para as pessoas nas mesas, Chata para um grupo de homens, de costas fortes e molhadas, que estava no bar. Eles empurraram duas mesas para junto da nossa. Hope e eu nos sentamos uma em cada ponta. Raúl ficou em pé atrás de mim. Chata serviu cerveja para todo mundo que estava sentado em volta da mesa, como num banquete.

"*¿Cuánto es?*"

"Vinte e cinco centavos de dólar."

"*No tengo… ¿un peso?*"

"Tá bom."

Hope empilhou o dinheiro na sua frente. "Ei… nós ainda ficamos com a nossa quarta parte." Raúl disse que era justo. Os olhos dela cintilaram debaixo da sua franja-viseira. Raúl e eu tomávamos nota dos nomes.

Os nomes em si eram mais divertidos em espanhol. Ninguém conseguia pronunciá-los direito e todo mundo ria. BOB. Cerveja derramada. Levou apenas três minutos para preencher um cartão. Raúl abriu o lacre. Ignacio Sanchez ganhou com TED. *Bravo!* Raúl disse que tinha ganhado mais ou menos a mesma coisa trabalhando o dia inteiro. Com gestos exuberantes, Ignacio despejou as moedas e as notas amassadas na bandeja de pavão de Chata. *¡Cerveza!*

"Espera um instante…" Hope tirou da bandeja o valor correspondente à nossa quarta parte.

Dois vendedores ambulantes entraram no café e puxaram cadeiras para perto da nossa mesa.

"*¿Qué pasa?*"

Eles se sentaram e puseram seus cestos de palha no colo. "*¿Cuánto es?*"

"*Un peso*… vinte e cinco centavos de dólar."

"Vamos passar para dois", disse Raúl. "*Dos pesos*, cinquenta centavos." Os homens dos cestos não podiam pagar esse valor, então todo mundo decidiu que eles podiam participar pagando só um peso daquela vez, já que tinham acabado de chegar. Cada um botou um peso na pilha. Raúl ganhou. Os homens se levantaram e foram embora sem nem mesmo tomar uma cerveja. Quando terminamos de vender o quarto cartão, todo mundo estava bêbado. Nenhum dos ganhadores tinha ficado com o dinheiro, só comprado mais rifas, mais comida e, agora, tequila. A maioria dos perdedores ia embora. Todos comemos *tamales*. Chata trazia os *tamales* numa bacia e uma caçarola de feijão, na qual mergulhávamos as tortilhas quentes.

Eu e Hope fomos à casinha atrás do café. Tropeçando, protegendo a vela que Chata havia nos emprestado.

Bocejos... fazer xixi te deixa pensativa, reflexiva, como o Ano-Novo.

"Ei, que horas são?"

"Ih."

Era quase meia-noite. Todo mundo que estava no Gavilán Café nos deu beijos de boa-noite. Raúl nos levou até a ponte, segurando uma de nossas mãozinhas em cada mão. Suave, como a tração de uma varinha de rabdomancia, puxando nossos corpos magricelas na cadência do seu andar *pachuco*, tão leve, lento, malemolente.

Debaixo da ponte, do lado de El Paso, estavam os engraxates insolentes que tínhamos visto naquela tarde, em pé dentro do lamacento Rio Grande, segurando cones no alto para apanhar moedas, revolvendo a lama para encontrar as que caíam. Soldados estavam jogando moedinhas de um centavo, embalagens de chiclete. Hope foi até o parapeito. "¡Hola, pendejos!", ela gritou e jogou todas as nossas moedas de vinte e cinco centavos para eles. Dedos para trás. Risos.

Raúl nos botou num táxi e pagou o motorista. Acenamos

para ele pelo vidro de trás do carro e ficamos observando-o andar, gingando em direção à ponte. Depois saltar para a rampa como um cervo.

O pai de Hope começou a lhe dar uma sova assim que ela saiu do táxi, fazendo-a subir a escada a golpes de cinto, berrando em sírio.

Não havia ninguém em casa a não ser Mamie, que rezava de joelhos para que eu voltasse sã e salva. Ela ficou mais chateada por eu ter andado de táxi do que por ter ido a Juarez. Nunca entrava num táxi sem levar consigo um saco de pimenta-do-reino, para se defender em caso de ataque.

Na cama. Travesseiros nas minhas costas. Ela me trouxe um leite-creme com pó de cacau, a comida que ela servia para os doentes ou malditos. O leite-creme desmanchava como hóstia na minha boca. O sangue do amor compassivo de Mamie eu tomei enquanto ela ficou lá, rezando, vestida com uma camisola rosa de anjo, ao pé da minha cama. Mateus, Marcos, Lucas e João.

Às vezes no verão

Hope e eu tínhamos ambas sete anos. Acho que não sabíamos em que mês estávamos nem que dia era a menos que fosse domingo. O verão já vinha sendo tão quente e longo, com cada dia exatamente igual ao outro, que não lembrávamos de ter chovido no ano anterior. Pedimos ao tio John para fritar um ovo na calçada de novo, então pelo menos disso a gente se lembrava.

A família de Hope tinha vindo da Síria. Não era muito provável que, quando estavam sentados na sala, ficassem conversando sobre o clima do Texas no verão. Nem que explicassem que os dias eram mais longos no verão, mas depois começavam a ficar mais curtos. A minha família não conversava nunca. Eu e o tio John comíamos juntos às vezes. Mamie, a minha avó, comia na cozinha com Sally, a minha irmã mais nova. A minha mãe e o meu avô ou comiam fora ou em seus próprios quartos, quando comiam.

Às vezes todo mundo ia para a sala. Para ouvir Jack Benny, Bob Hope ou Fibber McGee e Molly. Mas mesmo nessas horas ninguém conversava. Cada um ria sozinho, com os olhos grudados no olho verde do rádio, mais ou menos como as pessoas agora ficam com os olhos grudados na televisão.

O que quero dizer é que não havia como eu e Hope termos ouvido falar em solstício de verão ou de como sempre chovia em El Paso no verão. Nunca ninguém na minha casa falava sobre as estrelas, provavelmente ninguém nem sabia que às vezes no verão aconteciam chuvas de meteoros no céu do hemisfério Norte. Chuvas fortes fizeram os arroios e as valas de escoamento transbordarem, destruíram casas em Smeltertown e arrastaram para longe galinhas e carros. Quando os relâmpagos e os trovões começaram, a nossa reação foi de terror primitivo. Agachadas na varanda da frente da casa de Hope, cobertas com colchas, ouvíamos os estampidos e ribombos com assombro e fatalismo. No entanto, não conseguíamos não olhar e, encolhidas e trêmulas, forçávamos uma à outra a ver os raios riscando o céu ao longo de toda a extensão do Rio Grande, rebentando na direção da cruz do monte Cristo Rey, ziguezagueando rumo à chaminé da fundição, crac, crac. Bum. Ao mesmo tempo, a fiação do bonde entrou em curto na Mundy Street, provocando uma cascata de fagulhas, e todos os passageiros saltaram correndo, justo quando estava começando a chover.

Choveu sem parar, a noite inteira. Os telefones ficaram mudos e as luzes se apagaram. A minha mãe não voltou para casa e o tio John também não. Mamie acendeu o fogo no fogão a lenha e vovô, quando chegou em casa, a chamou de idiota. O que está faltando é eletricidade, sua tonta, não gás, mas ela sacudiu a cabeça, fazendo que não. Entendemos perfeitamente. Não se podia confiar em nada.

Dormimos em camas de armar na varanda da casa de Hope. Dormimos de fato, embora jurássemos que tínhamos passado a noite inteira acordadas vendo a chuva cair, tão grossa que parecia uma enorme janela de tijolos de vidro.

Tomamos o café da manhã nas duas casas. Mamie fez pãezinhos com molho de linguiça; na casa de Hope comemos *kibe* e pão sírio. A avó dela fez tranças bem apertadas nos nossos cabelos, de modo que ficamos o resto da manhã com os olhos puxados, como se fôssemos asiáticas. Passamos a manhã toda brincando na chuva, depois nos secando, trêmulas, e voltando lá para fora. Tanto a minha avó quanto a dela vieram para a porta para ficar vendo seus jardins sendo completamente destruídos, arrastados pela água muros abaixo, para o meio da rua. Uma água vermelha, cheia de barro e caliche, cobriu as calçadas e foi subindo depressa até atingir o quinto degrau das escadas de concreto das nossas casas. A gente pulava dentro da água, que era morna e espessa como chocolate quente e nos carregava ao longo de quarteirões, bem rápido, nossas tranças flutuando. Depois, saíamos da água, voltávamos correndo na chuva fria, passando pelas nossas casas e subindo até o início do quarteirão, e então tornávamos a pular naquele rio que tinha tomado conta da rua e deixávamos a água nos carregar de novo, vezes a fio.

O silêncio dava àquele dilúvio uma atmosfera mágica particularmente sinistra. Os bondes não podiam rodar e os carros sumiram de circulação durante dias. Eu e Hope éramos as únicas crianças do quarteirão. Ela tinha seis irmãos, mas todos eram maiores do que nós e ou tinham que ajudar na loja de móveis do pai ou estavam sempre fora de casa, em algum lugar. A maioria dos moradores da Upson Avenue eram operários aposentados da fundição ou viúvas mexicanas que mal falavam inglês e iam à missa na igreja Holy Family de manhã e à noitinha.

Eu e Hope ficávamos com a rua só para nós. Para andar de patins, pular amarelinha, jogar o jogo das pedrinhas. De manhã cedo ou no fim da tarde, as velhas regavam as plantas, mas no resto do tempo todas ficavam dentro de casa, com as janelas e as persianas bem fechadas para não deixar que o terrível calor texano e, sobretudo, a poeira vermelha de caliche e a fumaça da fundição entrassem.

Toda noite, acendiam o alto-forno na fundição. A gente se sentava do lado de fora, onde as estrelas brilhavam, e então de repente chamas começavam a jorrar da chaminé, seguidas de enormes e doentias baforadas de fumaça negra, que escureciam o céu e turvavam tudo ao nosso redor. Era muito bonito, na verdade, aquele céu todo encapelado e cheio de ondulações, mas a fumaça fazia os nossos olhos arderem e o cheiro de enxofre era tão forte que chegávamos a ter ânsias de vômito. Hope tinha sempre, mas era só fingimento. Para dar uma ideia de como isso que acontecia toda noite era assustador, quando o cinejornal com as imagens da primeira bomba atômica foi exibido no Plaza Theater, um mexicano gaiato berrou: "*Mira*, a fundição!".

As chuvas deram uma trégua e foi então que aconteceu a segunda coisa. Nossas avós tiraram a areia com pás e varreram as calçadas em frente às suas respectivas casas. Mamie era péssima dona de casa. "É porque ela estava acostumada a ter empregadas de cor", disse a minha mãe.

"E você tinha o papai!"

Ela não achou graça. "Não vou perder o meu tempo limpando essa pocilga infestada de baratas."

Mas Mamie se esforçava para cuidar do quintal, varria a escada e a calçada, regava o seu pequeno jardim. Às vezes ela e a sra. Abraham chegavam bem perto uma da outra, em lados opostos da cerca, mas as duas se ignoravam por completo. Mamie não confiava em estrangeiros e a avó de Hope odiava americanos. Ela só gostava de mim porque eu a fazia rir. Um dia, todas as crianças estavam enfileiradas na frente do fogão e ela estava lhes dando *kibe* num pão fresco e quentinho. Entrei na fila e ela me serviu sem nem se dar conta do que estava fazendo. Era assim também que o meu cabelo era escovado e trançado todas as manhãs. Na primeira vez ela fingiu que não notou, falou para eu ficar quieta em sírio, bateu na minha cabeça com a escova. Ao lado da casa dos Haddad tinha um terreno baldio. No verão, ele ficava repleto de mato bravo, cardos espinhentos, então ninguém se atrevia a pôr os pés lá. No outono e no inverno dava para ver que o terreno estava todo coberto de cacos de vidro. Azuis, marrons, verdes. Isso acontecia especialmente porque os irmãos de Hope e os amigos deles treinavam pontaria atirando em garrafas com espingardas de chumbinho, mas também por causa dos cascos que eram atirados lá. Eu e Hope catávamos garrafas para devolver e ficar com o dinheiro do reembolso, e as velhas levavam garrafas para o mercado Sunshine em suas cestas mexicanas desbotadas. Mas, naquela época, a maioria das pessoas tomava um refrigerante e depois simplesmente atirava o casco em qualquer lugar. Garrafas de cerveja volta e meia voavam de dentro dos carros, produzindo pequenas explosões.

Eu agora entendo que tinha a ver com o fato de o sol estar se pondo tão tarde, depois que nós duas já tínhamos jantado. Voltávamos lá para fora e ficávamos agachadas na calçada, jogando o jogo das pedrinhas. Durante alguns poucos dias, da nossa posição perto do chão, conseguíamos ver por baixo do mato que cobria o terreno bem na hora em que o sol iluminava aquele mosaico de cacos de vidro. Enviesados, os raios de sol atravessavam os cacos, fazendo-os brilhar como uma janela de catedral. Esse espetáculo mágico só durava alguns minutos, só acontecia durante dois dias. "Olha!", ela disse da primeira vez. Ficamos lá paradas, paralisadas. Eu apertava as pedrinhas na palma suada da minha mão. Ela segurava a bola de golfe no alto, como a Estátua da Liberdade. Ficamos vendo aquele caleidoscópio colorido se expandir diante de nós, ofuscante, depois suave e borrado e, então, desaparecer. No dia seguinte aconteceu de novo, mas no dia depois do seguinte o sol simplesmente se pôs, sem alarde.

* * *

Em algum momento logo depois do espetáculo dos cacos, ou talvez tenha sido antes, acenderam o alto-forno cedo na fundição. Claro que acendiam o alto-forno sempre à mesma hora. Nove da noite. Mas não sabíamos disso.

Uma tarde, estávamos sentadas na escada da minha casa, tirando nossos patins dos pés, quando parou um carrão na nossa frente. Um Lincoln preto e lustroso. Um homem de chapéu estava sentado atrás do volante. Ele fez a janela perto de nós descer. "Janela elétrica", disse Hope. Ele perguntou quem morava naquela casa. "Não responda", disse Hope. Mas eu respondi: "É o dr. Moynahan".

"Ele está em casa?"

"Não. Não tem ninguém em casa a não ser a minha mãe."

"A sua mãe é a Mary Moynahan?"

"Mary Smith. O meu pai é tenente na guerra. A gente vai ficar aqui até a guerra acabar", falei.

O homem saiu do carro. Estava usando terno com colete, com uma corrente de relógio saindo do bolso, e uma camisa branca engomada. Deu uma moeda de prata a cada uma de nós. Não fazíamos ideia do que era aquilo. Ele nos disse que eram dólares.

"Isso é aceito como dinheiro nas lojas?", Hope perguntou.

Ele disse que sim. Então, subiu a escada e bateu na porta. Como ninguém atendeu, ele girou a manivela de metal que fazia uma campainha estridente tocar. Depois de um tempo a porta se abriu. Minha mãe disse coisas raivosas que não conseguimos ouvir e depois bateu a porta com força.

Quando desceu a escada, ele deu mais dois dólares de prata para cada uma de nós.

"Eu peço desculpas. Devia ter me apresentado. Eu sou F. B. Moynahan, seu tio."

"Eu sou a Lu. Essa é a Hope."

Ele então perguntou onde Mamie estava. Respondi que ela estava na igreja, a First Texan Baptist, em frente à biblioteca, no centro. "Obrigado", ele disse, depois entrou no carro e foi embora. Nós duas botamos os nossos dólares dentro das nossas meias. E foi bem na hora, porque a minha mãe já estava descendo os degraus correndo, com o cabelo enrolado mecha a mecha e preso com grampos rente à cabeça.

"Aquele era o seu tio Fortunatus, aquela víbora. Não se atreva a contar pra ninguém que ele veio aqui. Está me ouvindo?" Fiz que sim. Ela me deu um tapa no ombro e outro nas costas. "Não diga uma palavra para a Mamie. Ele partiu o coração dela quando foi embora. O desgraçado se mandou e não quis nem saber se eles iam morrer de fome. Ela vai ficar muito triste se souber que ele veio aqui. Nem uma palavra. Entendeu?" Fiz que sim de novo.

"Responda!"

"Não vou dizer nada."

Ela me deu outro tapa, por precaução, e voltou lá para dentro.

Mais tarde todo mundo estava em casa, em seus próprios quartos como de costume. A casa tinha quatro quartos, todos do lado esquerdo de um longo corredor; o banheiro ficava no final do corredor e a cozinha, a sala de jantar e a sala de estar ficavam do outro lado. O corredor estava sempre escuro. Um breu total à noite, vermelho-sangue durante o dia, por causa da bandeira de vitral. Eu costumava morrer de medo de ir ao banheiro até que tio John me ensinou um macete: partindo da porta da frente, ir sussurrando comigo mesma sem parar "Deus vai tomar conta de mim. Deus vai tomar conta de mim" e sair correndo em disparada. Naquele dia, fui andando na ponta dos pés, porque a minha mãe estava contando ao tio John, no quarto da frente, que Fortie tinha aparecido. Tio John disse que queria ter estado em casa naquela hora, para poder dar um tiro nele. Parei, então, em frente ao quarto de Mamie. Ela estava cantando para Sally dormir. Tão doce. *"Way down in Missoura when my mammy sung to me."* Quando saí do banheiro, tio John estava no quarto do vovô. Fiquei ali, ouvindo vovô contar ao tio John que Fortunatus havia tentado entrar no clube que ele frequentava. Vovô tinha mandado dizer a Fortunatus que, se ele não fosse embora, ele, vovô, ia chamar a polícia. Eles falaram mais coisas, mas eu não consegui escutar. Só ouvia o gorgolejo de uísque sendo despejado em copos.

Por fim, tio John foi para a cozinha. Enquanto ele bebia, eu tomava chá gelado. Ele botou folhas de hortelã no seu copo para Mamie pensar que ele também estava tomando chá. Então, ele me contou que tio Fortunatus havia saído de casa fazia muitos anos, justo quando mais precisavam dele. Tanto vovô quanto tio John andavam bebendo demais e não conseguiam trabalhar. Tio Tyler e tio Fortunatus estavam sustentando a família, até que Fortunatus saiu de casa no meio da noite e se mandou para a Califórnia. Deixou um bilhete dizendo que não aguentava mais a corja dos Moynahan. Nunca mandou dinheiro nenhum nem sequer uma carta, não voltou para casa quando Mamie quase morreu. Agora ele era presidente de alguma ferrovia. "Melhor não mencionar que ele veio aqui", tio John me disse.

Todo mundo estava na sala de estar para ouvir o programa do Jack Benny. Sally continuava dormindo. Mamie estava sentada na cadeirinha dela, com a Bíblia aberta no colo, como sempre. Mas não estava lendo. De cabeça baixa, ela apenas olhava para a Bíblia, e havia um ar de felicidade no seu velho rosto. Pela sua expressão, entendi que tio Fortunatus tinha conseguido encontrá-la e que ele tinha falado com ela. Quando ela levantou a cabeça, eu sorri. Ela sorriu também e abaixou a cabeça de novo. Minha mãe estava parada no vão da porta, fumando. Os sorrisos a deixaram nervosa e ela começou a fazer uma porção de caretas e gestos para mim, botando o dedo na frente da boca como quem pede silêncio, Shh!, pelas costas de Mamie. Eu só olhei para ela com cara de confusa, como se não fizesse a menor ideia de sobre o que ela estava falando. Vovô estava prestando atenção no rádio e rindo do que Jack Benny dizia. Já estava bêbado. Balançando-se vigorosamente na sua cadeira de balanço de couro, ele rasgava o jornal em tirinhas e depois as queimava dentro do enorme cinzeiro vermelho. Tio John estava bebendo e fumando no vão da porta da sala de jantar, observando tudo. Também estava ignorando os sinais que a minha mãe lhe fazia, pedindo que ele me tirasse dali. Deduzi que ele também tinha percebido que Mamie estava sorrindo. Minha mãe agora estava fazendo gestos de Xô!, para que eu saísse dali. Fingi que não estava vendo e comecei a cantar junto com o rádio a musiquinha do comercial Fitch. "Se a sua cabeça coçar, não coce não! Use a cabeça! Lave o cabelo com Fitch que a coceira passa!" Ela estava olhando para mim com uma cara tão feia que eu não aguentei e tirei um dos dólares de prata de dentro da meia.

"Ei, olha o que ganhei, vovô!"

Ele parou de se balançar. "Onde foi que você arranjou isso? Você e aqueles árabes roubaram esse dinheiro?"

"Não. Foi um presente!"

Minha mãe já estava me estapeando. "Peste! Fedelha imprestável!" Ela me arrastou pela sala até a porta da frente e me pôs de lá para fora. Na lembrança que tenho desse dia, ela teria me segurado pelo pescoço e me carregado como se eu fosse uma gata, mas eu já era bem grandinha nessa época, então isso não pode ser verdade.

Assim que aterrissei lá fora, Hope gritou para eu ir até lá rápido. "Acenderam o forno cedo!" Foi por isso que eu disse que achávamos que era cedo. Era só que não tinha escurecido ainda.

Vagalhões e torvelinhos gigantescos de fumaça negra brotavam da chaminé e subiam bem alto no ar, desabando e cascateando com uma velocidade terrível, se espraiando como ondas acima da nossa vizinhança, onde agora era como se fosse noite, com filetes de névoa rastejando pelos telhados e se infiltrando nas vielas. A fumaça se rarefazia, dançava e se espalhava cada vez, cobrindo o centro inteiro. Nenhuma de nós duas conseguia sair do lugar. Lágrimas escorriam dos nossos olhos, por causa da ardência e do fedor medonho das exalações de enxofre. Mas, conforme se dissipava pelo resto da cidade, a fumaça também era transpassada pelos raios de sol, como tinha acontecido com os cacos de vidro, e agora até ela ganhava cores. Lindos tons de azul e verde, o violeta iridescente e o verde brilhante de gasolina em poças de chuva. Um lampejo amarelo e outro cor de ferrugem, mas depois basicamente um suave verde-musgo, que se refletia no nosso rosto. Hope disse: "Eca, os seus olhos ficaram de todas aquelas cores". Eu menti e disse que os dela também tinham ficado, mas os olhos dela estavam pretos como sempre. Meus olhos pálidos de fato mudam de cor, então é provável que tenham mesmo ficado das cores das espirais da fumaça.

Nunca tagarelávamos como a maioria das menininhas. Nem sequer conversávamos muito. Sei que não dissemos uma palavra sobre a terrível beleza da fumaça ou dos cacos de vidro brilhantes.

De repente, ficou escuro e tarde. Nós duas fomos para casa. Tio John estava dormindo no balanço da varanda. Nossa casa estava quente e cheirando a cigarro, enxofre e uísque. Me deitei na cama, ao lado da minha mãe, e peguei no sono. Parecia que era o meio da noite quando tio John me sacudiu até me acordar e me levou lá para fora. "Acorde a sua amiga Hope", ele sussurrou. Atirei uma pedra na janela de tela do seu quarto e segundos depois ela já estava lá fora com a gente. Ele nos levou até o gramado e falou para a gente se deitar. "Fechem os olhos. Estão fechados?"

"Estão."

"Estão."

"Tá, agora abram os olhos e olhem para o céu na direção da Randolph Street."

Quando abrimos os olhos, nos deparamos com o céu claro texano. Estrelas. O céu estava repleto de estrelas, mas tão, tão repleto que era como se algumas delas estivessem simplesmente pulando da beira do céu e caindo, se derramando na noite. Dezenas, centenas, milhões de estrelas cadentes, até que por fim uma faixa de nuvens as cobriu e depois, suavemente, outras nuvens foram cobrindo todo o céu acima de nós.

"Bons sonhos", ele sussurrou quando nos mandou de volta para a cama.

De manhã estava chovendo de novo. Choveu e ficou tudo alagado a semana inteira, até que finalmente nos cansamos de ficar com frio e sujas de lama e acabamos gastando os nossos dólares indo ao cinema. No dia em que eu e Hope voltamos para casa depois de assistir *Pirata dos sete mares*, meu pai tinha voltado da guerra são e salvo. Pouco tempo depois fomos morar no Arizona, então eu não sei o que aconteceu no Texas no verão seguinte.

Andado: um romance gótico

Estava só começando a florescer. Em outros países, a árvore é chamada de mimosa ou de acácia, mas no Chile ela é chamada de *aromo*. A palavra tem a suavidade das flores amarelas que caíam no chão, atapetando os pátios. Era o último tempo de aula; àquela hora, as meninas da quarta série ficavam desatentas, sonhando acordadas, os aventais brancos que cobriam o uniforme escolar sujos e amarrotados. As meninas enchiam as canetas com a tinta do tinteiro que ficava em cada mesa e os bicos roçavam, sonolentos, nas folhas dos cadernos, produzindo barulhinhos ásperos. Os galhos molhados de chuva do *aromo* amarelo ecoavam o som em direção às janelas.

A Señora Fuenzalida matraqueava monotonamente. As alunas a chamavam de "Fiat". Ela parecia um carro. Baixinha, atarracada, quase negra, com óculos de sol espelhados que lembravam faróis. Como ela teria conseguido aqueles óculos em Santiago, em 1949? Óculos americanos, meias de nylon e isqueiros Zippo eram artigos de luxo naquela época.

Ela teria visto tudo mesmo sem eles. Teria ouvido Laura na

última fileira, atrás de Quena e Conchi. Um levíssimo sibilo de folhas de papel sendo recortadas com um canivete, folhas que Laura deveria ter recortado e lido na noite anterior. A professora chamava Laura de "Suspiros", porque o barulho que ela fazia recortando papel lembrava o de suspiros.

"¡*Suspiros!*"

"*Mande, Señora.*" Laura se postou em posição de sentido, as mãos entrelaçadas na frente do avental manchado.

"Quem disse '*Lloveré cuando se me antoje*'?"

Laura sorriu. Tinha acabado de ver aquele trecho. Vou chover quando me der vontade.

"Você não leu!"

"Li sim. Foi o homem maluco, no asilo."

"*Siéntese*", disse a Señora Fuenzalida, fazendo que sim com a cabeça.

O sinal tocou finalmente. As alunas ficaram em pé ao lado de suas carteiras até a Señora Fuenzalida sair da sala, depois juntaram seus livros e saíram em fila para o corredor. Penduraram seus aventais nos armários, botaram golas e punhos brancos limpos. Vestiram e abotoaram suas luvas cinza, puseram na cabeça chapéus de aba larga com fitas compridas. Maletas de livros pesadas, cheias de deveres de casa, embora elas tivessem quatro dias de feriado pela frente.

Laura foi andando com Quena e Conchi pela Las Lilas em direção à Hernando de Aguirre. O céu tinha limpado; um sol cor de coral estava se pondo atrás dos Andes, imensos e cobertos de neve. Os sapatos das meninas amassavam flores de *aromo* conforme elas andavam e o perfume as envolvia. As flores amarelas que atapetavam as calçadas abafavam o ruído dos seus passos.

Dificilmente alguém perceberia que Laura era americana. Filha de um engenheiro de minas, ela tinha aquela capacidade de adaptação comum em filhos de militares e diplomatas. São crianças que aprendem rápido não só a língua e o jargão, mas o que se faz, quem se deve conhecer. O problema dessas crianças não é se sentirem isoladas nem serem sempre novas nos lugares, mas o fato de se adaptarem tão rápido e tão bem.

As meninas pararam na esquina da El Bosque com Las Silas e ficaram conversando sobre seus planos para o fim de semana prolongado. A equipe olímpica francesa estava passando o que para eles era o verão no resort chileno. Quena teria aulas de esqui com ninguém menos que Emile Allais. Tinha nevado nas montanhas a semana inteira, mas, olha, agora está claro. O céu estava quase escuro. Dois *carabineros* passaram, de capa nas costas e carabina no ombro, botas pretas em contraste com as flores de *aromo*.

Os planos de Conchi eram iguais todo o fim de semana. Costureira, cabeleireiro, aula de balé, aula de tênis. Almoço no Crillon. Rugby ou polo à tarde. Chá no El Golf. Ela também ia tomar drinques com Lautaro Donoso no Charles. E se ele quisesse dançar de rosto colado?

Laura contou que ia passar os quatro dias na fazenda de Ibañez-Grey. Conchi e Quena ficaram impressionadas. Andrés Ibañez-Grey era secretário de minas e tinha sido embaixador na França. Um dos homens mais ricos do Chile, suas terras no sul abrangiam a largura inteira do país, dos Andes até o Pacífico. "O Chile é um país estreito…, mas mesmo assim…!", disse Quena. O que nenhuma das duas meninas sabia, e não agradava a Laura, era que tanto Ibañez-Grey quanto o pai dela trabalhavam para a CIA. As amigas também não sabiam que os pais de Laura não iam com ela. Os dois tinham dado para trás naquela manhã; a mãe estava doente de novo. Laura sabia que as amigas iriam dizer que não pegava bem ela ir, ainda que a irmã de Don Andrés fosse cumprir o papel de acompanhante. Seria um grupo pequeno. Ele era viúvo. Dois de seus filhos iam e também a noiva de um deles.

Elas se despediram então, combinando se encontrar na segunda-feira à noitinha para estudar química. Em casa, Laura pendurou o chapéu e o blazer, trocou o uniforme da escola por outra roupa. Seus pais iam oferecer uma recepção naquela noite. O pai dela ia.

Laura foi ver como estava a mãe, Helen, e a encontrou dormindo. O quarto cheirava a perfume Joy e gim. No corredor em frente ao quarto de Helen, o velho Damián arrastava os pés enrolados com panos de um lado para o outro, polindo e polindo o assoalho de parquê. Ele estava sempre lá, no andar de cima ou no andar de baixo, todo santo dia, assim como o netinho dele estava sempre no jardim. Sua única tarefa era arrancar pétalas secas das azaleias. Dois *mozos* e Domingo, o mordomo, levaram a maior parte dos ostentosos móveis "franceses" para a garagem. Domingo ajudou Laura a arrumar braçadas de cinerárias e ranúnculos que tinham vindo do florista, narcisos colhidos do jardim, centenas de velas. Havia espelhos por todo o lado... Helen nunca conseguia decidir que quadros comprar. À noite, com as velas acesas, ficaria melhor, disse Laura. Ela checou listas com Domingo e as empregadas, conferiu as almôndegas, as empanadas. María e Rosa estavam empolgadas; tinham posto bobes nos cabelos.

Laura pôs um vestido de festa e uma maquiagem que ela jamais usaria perto de seus próprios amigos. Parecia ter uns vinte e um anos, no mínimo; estava bonita e um pouco vulgar. O pai bateu na porta do quarto dela, de smoking, e eles foram lá para baixo. Receberam militares, mineradores, diplomatas, dignitários chilenos e peruanos, os embaixadores da Grã-Bretanha e dos Estados Unidos. Uma das funções de Laura era traduzir; poucos dos americanos falavam espanhol. Helen, em três anos, só tinha aprendido *"Traiga hielo"*. *"Traiga café"*. Laura circulava, apresentando pessoas, puxando conversa. Foi encurralada por um tal de Señor Soto, um dirigente boliviano meio asqueroso. Os comentários que ele fazia eram insinuantes, ofensivos. Laura fez sinal para o pai, que veio até eles, mas só sorriu para o Señor Soto e disse "Ela não é uma uva?" e foi embora. Laura sacudiu o braço e se livrou do sujeito.

Andrés Ibañez-Grey estava no hall de entrada. Tinha cabelo prateado e olhos de um tom tão claro de cinza que pareciam os olhos cegos de uma estátua. Domingo pegou o chapéu e o casaco dele. Laura foi cumprimentá-lo.

"Eu sou a Laura. Foi muita gentileza sua me convidar para a sua fazenda, apesar de os meus pais não poderem ir." Quando eles apertaram as mãos, Don Andrés ficou segurando a mão dela.

"O Ted disse que quem ia era a menina dele, não uma linda mulher."

"Eu tenho catorze anos. É só que eu me arrumei toda para essa festa. Por favor, entre." O embaixador americano estava bem ali. Os dois homens se abraçaram. Laura fugiu, encabulada.

Levou uma bandeja com comida e café para a mãe no quarto, ajudou-a a se sentar na cama apoiada em travesseiros. Descreveu a comida e as flores para ela, falou das roupas que todo mundo estava usando, enumerou as pessoas que tinham mandado lembranças a Helen. Falou de Andrés Ibañez-Grey. "Mãe, ele é cem vezes mais impressionante do que nas fotografias." Um Jefferson imperial.

"O patrimônio dele vale muito mais do que qualquer nota velha de vinte dólares, disso não há dúvida", disse Helen.

"Eu queria que vocês fossem amanhã. Vocês não podem mudar de ideia? Eu não quero ir."

"Não seja boba. Dizem que o lugar é fabuloso. Além do mais, o seu pai realmente precisa fazer amizade com esse sujeito. Eu queria conseguir lidar com essas coisas."

"Que coisas?"

Helen soltou um suspiro. "Ah, sei lá… Qualquer coisa."

Ela não tinha comido nada. "As minhas costas estão me

matando. Vou ver se consigo dormir um pouco." Ela estava com aquela cara que significava que queria beber. Laura nunca via de fato a mãe beber.

"Boa noite, mãe."

Laura foi ver como as coisas estavam na cozinha de novo, mas não voltou para a festa. O pai procurava por ela, María disse, mas Laura ignorou o recado. No seu quarto, ela ligou para Conchi antes de ir para a cama. Elas falaram sobre Quena, sobre como ela era mandona e *metete*. Laura sabia que provavelmente apenas alguns minutos antes Quena e Conchi haviam estado fofocando sobre ela. Se não estivesse com tanto sono, Laura ligaria para Quena para falar sobre como Conchi estava sendo idiota, saindo com Lautaro Donoso. Ele era velho demais para ela. Tinha cavalos de corrida. Passava a noite inteira fora de casa, depois ia para as termas e depois, ainda de smoking, ia para a missa sem nem ter chegado a ir para a cama.

Todas as meninas saíam com homens muito mais velhos do que elas. Sabia-se que esses homens tinham outras vidas sociais, totalmente independentes. Com as meninas jovens e virgens do Santiago College ou das escolas francesas, eles iam a jogos de rúgbi e de críquete, jogavam golfe e tênis. Levavam as meninas à ópera, a bailes supervisionados e a boates antes do jantar. Mas, nas altas horas da noite, os homens tinham outro mundo de boates, cassinos e festas, com amantes ou mulheres de *medio pelo*. Isso continuaria pelo resto de suas vidas, já tendo começado, na verdade, quando eles eram crianças. Suas mães entravam em seus quartos, vestidas com casacos de pele, para lhes dar beijos de boa-noite, mas eram as empregadas que lhes davam de comer e que os ninavam até que pegassem no sono. María arrumava as roupas de Laura dentro de uma mala enquanto Laura falava e, quando acabou de fazer a mala, começou a escovar o cabelo de Laura. Botando a mão no bocal do telefone, Laura disse: "Não,

María, você está muito cansada. *Hasta mañana*". Para Conchi ela disse que ia se deitar antes que a cama esfriasse. María havia posto um tijolo quente no pé da cama.

Laura estava para apagar a luz quando María voltou, trazendo um chocolate quente. Ela deu um beijo na testa de Laura. *Buenas noches, mi doña.* Das ruas vazias lá fora ecoou o estribilho do vigia... *Medianoche y andado.* Meia-noite e "andado". *Andado y sereno...* Tudo seguro e tranquilo.

A chuva tamborilava no telhado de vidro da escura estação de trem de Mapocho. Trens aerodinâmicos reluziam, pretos, do lado de fora. Com guarda-chuvas pretos, cabineiros de uniforme preto desapareciam em meio à fumaça branca que saía dos trens em baforadas sibilantes. Havia fotógrafos, não de colunas sociais, como era a esperança de Conchi, mas de jornais esquerdistas. O secretário de Minas e o imperialista ianque que estão estuprando o nosso país confabulam na estação de Mapocho.

Os dois homens estavam dizendo "olá" e "até logo". Laura ficou afastada, constrangida, perto de Pepe, um dos filhos de Don Andrés. Ele era jovem e estava usando um uniforme preto de seminarista. Enrubescido, balançava de leve o corpo, olhando para os próprios pés. Xavier, o filho mais velho, era o exato oposto. Arrojado e desdenhoso, vestia um terno de tweed inglês. Laura antipatizou com ele de imediato. Por que é sofisticado parecer entediado? Viajantes elegantes e frequentadores de teatro afetam o mesmo ar sofrido de fastio. Por que não dizer "Uma viagem? Que empolgante! Que peça maravilhosa!"?

Xavier e a noiva, Teresa, estavam discutindo com a mãe dela, que estava muito contrariada. A irmã de Don Andrés, *Doña* Isabel, estava doente e não podia viajar com eles. A mãe de Teresa achava que não haveria uma acompanhante adequada. Don

Andrés a convenceu de que a governanta dele, Pilar, ficaria a postos, tomando conta de Teresa e de Laura. Tranquilizada, a mulher foi embora junto com o pai de Laura.

Don Andrés estava sentado perto da janela, recostado em um veludo vermelho. Em pé, o condutor e alguns cabineiros conversavam e riam com ele, segurando seus chapéus nas mãos. Do outro lado do corredor, Xavier e Teresa estavam sentados de frente para Laura e Pepe. Teresa falava com Xavier fazendo uma vozinha fina de criança que contrastava com a sua figura de mulher distinta. Pepe começou a ler um texto em latim antes mesmo de o trem partir da estação.

Xavier contou a Laura que dali a duas semanas Pepe entraria para o sacerdócio. Nós vamos perdê-lo para sempre. Mas claro que ele não vai se perder e sim se encontrar. Você é católica? Xavier era alto e tinha cabelo preto retinto; tirando isso, era muito parecido com o pai, aristocrático, sardônico. Com extremo tato, ele investigou a "posição" de Laura. Boa escola. Vizinhança propensa à ostentação. Não, ela não conhecia a Europa. Jogava tênis no Prince of Wales. Não era sócia do El Golf. Passava os verões em Viña del Mar. Conhecia Marisol Edwards, mas não os Dusaillant. Falava bem francês. Você nunca leu Sartre?

"Eu li muito pouco. Passei a maior parte da minha vida em campos de mineração nos Estados Unidos. Sou como Jemmy Button", disse Laura. Se não Darwin, pelo menos ela tinha lido Subercaseaux.

"Um espécime mais bonito de bom selvagem", disse Don Andrés do outro lado do corredor. "Laura, venha se sentar perto de mim. Eu vou lhe dizer onde nós estamos."

Ela se transferiu com alívio para o banco em frente ao dele, encostou a testa na janela fria. Do lado de fora, o vidro estava respingado de fuligem da locomotiva. *Aromo* amarelo refletido no rio Bío-bío, em lagos, em poças de água. Don Andrés dizia os nomes das cidades que estavam cruzando, dos rios que estavam atravessando; dizia os nomes das árvores frutíferas, falava o que ia ser plantado nos campos. Quando o cabineiro veio e tocou um gongo para avisar que estava na hora do almoço, Don Andrés disse para os outros irem indo. Foi dessa maneira tão simples que se formou o par Don Andrés e Laura para o feriado.

No vagão-restaurante havia mais garçons e ajudantes de garçom do que fregueses, uma quantidade absurda de louças de porcelana, talheres de prata e taças de vinho para cada prato, uma série interminável de pratos que vinham de uma cozinha que mal chegava a ter um metro quadrado.

Don Andrés fez perguntas a ela sobre as montanhas de Idaho e Montana, sobre as minas de prata e zinco. Como viviam os mineradores? Onde ficavam as fundições? Ela ficou feliz em falar desses lugares, sentia saudade deles. Laura nunca perdoara o pai por ter deixado as minas, por ter virado executivo e político. Ele não queria isso. Quem desejava glamour, romantismo e dinheiro era Helen. Mas agora, tal como acontecia nas Montanhas Rochosas, Helen raramente saía do quarto.

Laura falou para Don Andrés sobre o deserto do Novo México e do Arizona. Sim, era como Antofagasta. Ela lhe contou que costumava subir as montanhas com o pai e garimpar ouro nos riachos. O pai tinha começado a levá-la para visitar o interior das minas quando ela ainda era bem pequena. Às vezes eles desciam num elevador normal, instalado no poço da mina; mas, em minas pequenas, baixavam dentro de um barril grande amarrado a uma corda, ela segurando firme na corda, sua cabeça na altura do círculo de brim puído nos joelhos dos mineradores. O cheiro das minas. A umidade, a escuridão. A sensação de entrar na terra em si. O choque quando ela viu pela primeira vez uma mina a céu aberto em Rancagua, a mina de cobre da Anaconda Copper Mining Company. Aquele imenso talho na terra, aquele estupro.

Ela corou ao dizer a palavra. Vinha falando sem parar, embriagada de vinho e de atenção. Que vergonha, por favor, me desculpe. Não há do que se desculpar. Está sendo um prazer. Ela e Don Andrés eram os únicos fregueses que ainda restavam no vagão-restaurante. Era tanto garçom que ela não havia reparado. Também não tinha reparado que o braço dele estava apoiado nas costas da cadeira dela, que o cabelo dele roçava no seu ombro quando ele se inclinava para botar mais vinho na taça dela. Sem se dar conta de si, sem se dar conta de nada, ela fora ficando cada vez mais à vontade na presença daquele homem. Nas passagens entre um vagão e outro, ele segurava o braço dela para lhe dar apoio e a puxou para perto de si quando um *mozo* carregando malas passou por eles. Ela não reagiu a essas intimidades, como teria feito com qualquer outro homem. Simplesmente se deixou envolver.

Isso jamais tornaria a acontecer com ela. Quando mais velha, iria se manter sempre no controle da situação, mesmo quando estava sendo submissa. Essa seria a primeira e última vez que alguém a dominaria.

Na fileira ao lado de Xavier e Teresa, do outro lado do corredor, Pepe dormia. Seu rosto era pálido, as maçãs sombreadas por cílios escuros; suas mãos seguravam um rosário e o livro em latim. Xavier e Teresa estavam jogando canastra.

"Ótimo. Nós vamos jogar com vocês."

"Mas você não joga canastra, pai."

"Teresa, você e eu vamos jogar contra o Xavier e a Laura."

Foi agradável, o resto da viagem. Ficou escuro do lado de fora. Brincadeiras e risos. O som tranquilizador de cartas sendo embaralhadas. Tum tum tum quando elas eram distribuídas. O apito do trem, a chuva contínua tamborilando no teto de metal. O estalido e a chama do isqueiro de ouro de Don Andrés. Seus olhos cinzentos apertados em meio à fumaça.

O chá foi trazido por quatro *mozos* de smoking. Um samovar com chá, uma cafeteira de peltre, sanduíches, *cuchuflís* com caramelo. Teresa serviu. Ela e Laura estavam começando a fazer amizade, papeando sobre lojas. Nova York. Saks. Bergdorf's. Estava escuro e ainda chovia quando o trem parou em Santa Bárbara. Eles foram recebidos por Gabriel, o administrador da fazenda. Um *huaso* com um poncho grosso, chapéu de aba larga, botas com esporas. Laura e Don Andrés se sentaram na boleia do caminhão; os outros subiram na carroceria, que era fechada. Gabriel e dois outros homens guardaram a bagagem, caixas e mais caixas de comida.

O caminhão era o único veículo na estação e também nas ruas enlameadas. A praça da cidade tinha dois lampiões a gás; mulheres de xale preto seguiam apressadas para as Vésperas numa igreja iluminada à luz de velas. Passada a praça, não se via mais ninguém. Foram horas assim, em campo aberto, avançando pela estrada esburacada, sem nunca avistar uma casa, uma luz ou outro carro. Nem um único moinho ou poste telefônico. Cervos, raposas, coelhos e outros animais silvestres corriam diante da luz dos faróis. Não se ouvia nada a não ser o barulho da chuva. Don Andrés e Gabriel falavam de arados, plantações, cavalos e ovelhas. Quem tinha morrido, quais homens tinham ido para a cidade. A cidade era Santiago. Finalmente, eles avistaram tênues luzes bruxuleantes, um agrupamento de casebres num bosque de eucaliptos. O caminhão desacelerou e Don Andrés abriu a janela do lado dele. Uma lufada de *aromo* e pinho, o cheiro de fogueiras feitas com lenha de carvalho. Os peões dele moravam ali. Don Andrés não usou a palavra chilena para camponês, *roto*, que significa quebrado.

Eles seguiram em frente, subindo uma ladeira, e pararam diante de um portão alto de ferro. Uma figura de capa abriu o portão e fez sinal para que entrassem. Passaram por quilômetros de choupos, pomares desfolhados salvo por tênues chusmas cor--de-rosa de flores de ameixeira. No alto da colina Don Andrés falou para Gabriel parar o caminhão. Eles desceram na chuva. Lá embaixo, no vale, havia uma casa de pedra com telhado de duas águas, luzes amarelas lançando reflexos num lago próximo à casa. Não havia nenhuma outra luz num raio de quilômetros e quilômetros, mas por todo lado, na escuridão, pulsavam as copas amarelas dos *aromos*. Laura ficou comovida com a vista esplendorosa, com o silêncio, mas riu.

"Num filme americano, este seria o momento em que você diria: 'Tudo isso é meu'."

"Mas isso é um filme em preto e branco. Eu só posso dizer que tudo isso em breve vai desaparecer."

De volta ao caminhão, ela lhe perguntou se iria haver uma revolução, se os comunistas algum dia chegariam ao poder.

"*Claro que sí.* E vai ser logo."

"O meu pai diz que não tem como isso acontecer."

"O seu pai é muito ingênuo. Mas, obviamente, esse é o charme dele."

Cachorros latiam no pátio revestido de pedras. Via-se a silhueta de uma dúzia de criados recortada na claridade que saía pela porta aberta, luz de lampião e de velas. Do lado de dentro, o assoalho de parquê reluzia, coberto aqui e ali por tapetes persas multicoloridos. Pinturas espanholas escuras, rostos pálidos com ar pensativo à luz de velas. Uma mulher de idade, Pilar, apertou a mão de todos eles. Don Andrés disse a Pilar que ela seria a acompanhante de Teresa e lhe falou que acomodasse Teresa no quarto e desfizesse as malas dela. Onde está a Dolores? *Aquí, Señor.* Uma menina bonita de olhos verdes, que não devia ter mais do que os catorze anos de Laura, com tranças negras que iam até a cintura. Ela ia ficar encarregada de cuidar de Laura, disse Don Andrés. Laura seguiu a menina em direção à escada em curva. As duas subiram os degraus saltitando com leveza, feito crianças. Laura estava tentando imaginar como a casa havia sido construída, como teriam feito para transportar o material e os próprios trabalhadores para um lugar tão remoto... devia ter sido como construir a Esfinge. Volta e meia ela parava para examinar tapeçarias, entalhes. Dolores riu. "Espera só pra ver o seu quarto!"

Uma cama com dossel e colcha de brocado, uma lareira revestida de ladrilhos azuis, uma cômoda antiga com um espelho oval em cima. O banheiro era de mármore; uma dezena de velas refletidas nos espelhos. A água estava morna, mas ao lado da banheira havia baldes de cobre com água fervendo.

As janelas com vidraças antigas e os espelhos com borrões amarelos aumentavam a ilusão de estar num sonho. Dolores sumiu do espelho, mas sua voz continuava lá, suave, com a monótona cadência dos *huasos*. "*E' una hora, ma' o meno*", ela respondeu quando Laura perguntou a que horas saía o jantar. Ela tirou as coisas de Laura da mala e as guardou, depois botou mais uma tora no fogo. Ficou parada, esperando, até que Laura fez um aceno com a cabeça. *Gracias*. Sozinha, Laura ficou olhando para seu reflexo trêmulo no espelho, uma velha fotografia em sépia que flutuava em bruxuleios de luz.

Os outros já estavam na enorme sala de estar. Um fogo alto ardia na lareira. Teresa estava sentada diante do piano de cauda, tocando "Gota d'água" de Chopin. Ela a tocou sem parar durante o feriado. A música tocava sem parar na cabeça de Laura sempre que ela se lembrava de Junquillos. Don Andrés lhe deu uma taça de xerez.

"Eu estou apaixonada por essa casa! Pareço uma governanta inglesa."

"Só não vá para a ala leste!", disse Xavier, sorrindo. Laura estava gostando um pouco mais dele e retribuiu o sorriso.

"Eu construí essa casa inspirado nos meus sonhos", disse Don Andrés, "em romances franceses e russos. O campo em si é puro Turguêniev."

"... Os servos são", disse Xavier.

"Sem política, Xavier. Laura, o meu filho é socialista, aspirante a revolucionário. Um típico anarquista chileno, que fica discutindo o sofrimento das massas enquanto um criado escova o casaco dele."

Xavier não disse nada, só bebeu. Pepe virava páginas ao lado do piano.

"Laura, você vai se apaixonar mesmo é pelas minhas carruagens. Eu coleciono. Você pode fazer de conta que é Becky Sharpe, Emma, Madame Bovary."

"Eu não conheço nenhuma delas."

"Você vai conhecer um dia. Assim, quando as conhecer, você vai pousar o livro e pensar na minha caleche landau. E em mim."

(Ah. Verdade.)

Havia lareiras na sala de jantar também. Dois *mozos* os serviram, surgindo de onde quer que estivessem, algum ponto no fundo penumbroso da sala.

Pepe estava alegre e animado. A égua dele tinha dado cria; havia dezenas de cordeiros novos. Ele e o pai falaram de diversas coisas que tinham acontecido na propriedade... os animais, nascimentos e mortes de peões.

Depois do jantar, Xavier e Teresa foram jogar gamão na sala de estar; Pepe e Laura tomaram conhaque e café com Don Andrés no escritório dele. O fogo ali estava mais baixo, sendo mantido por um *mozo* que entrava no escritório, pela porta do corredor, sempre que começava a sair muita fumaça ou que uma tora tombava, produzindo uma explosão de fagulhas.

Os três ficaram lendo em voz alta. Neruda. Rubén Darío. *"La princesa está triste. La princesa está pálida."* "Vamos ler o *Primeiro amor* de Turguêniev. Você começa, Pepe, mas leia com mais sentimento. Você vai dar um ótimo padre, com esse seu tom monocórdio."

Quando chegou a vez de Laura ler, ela trocou de lugar com Pepe para ficar mais perto da luz. Enquanto lia, ela de vez em quando erguia os olhos em direção aos dois homens sentados à sua frente. Os olhos cinzentos de Pepe estavam fechados, mas os olhos de Don Andrés fitavam os dela enquanto ela lia, enquanto Zinaida enrolava uma meada de lã em volta das mãos do pobre Vladimir.

Ah, os sentimentos meigos, as melodias suaves, a bondade e a serenidade de uma alma comovida, o contentamento que se dissolve em contato com as primeiras ternuras do amor... Onde estão? Onde estão?

"O Pepe dormiu. Ele perdeu a melhor parte."

"Você também está quase dormindo. Eu levo você até o seu quarto."

Ele ajustou o pavio da lamparina que estava ao lado da cama dela e lhe deu um beijo na testa. Lábios frios. *"Buenas noches, mi princesa."*

Sua bobalhona, Laura disse para si mesma. Ele quase fez você desfalecer, como as personagens dos romances da mamãe!

Laura ficou deitada na cama, sem conseguir dormir. Dolores entrou no quarto na ponta dos pés e abriu um pouco a janela. Pôs uma tora no fogo e apagou a lamparina. Depois que Dolores saiu, Laura saiu da cama e foi para a janela. Abriu-a toda, deixando entrar a fragrância de pinho e *aromo* amarelo. Tinha parado de chover. O céu estava limpo e uma estonteante profusão de estrelas iluminava os campos e o pátio. Laura viu Dolores atravessar o pátio revestido de pedras e entrar por uma porta próxima à cozinha. Minutos depois, Xavier atravessou o pátio e bateu na porta. Dolores a abriu, sorrindo, e o puxou lá para dentro, para si.

Laura ouviu a janela de Teresa sendo fechada suavemente. Laura voltou para a cama. Tentou ficar acordada, para pensar, mas acabou pegando no sono.

Os dias são mais claros quando as noites não têm eletricidade. O sol invadiu o quarto, quente, refletindo no cabo de madrepérola de um abridor de cartas, nos cães de lareira de bronze, no pote de geleia de cristal lapidado em cima da bandeja do café da manhã. Em frente à janela, ao longe, os três picos brancos de Las Malqueridas cintilavam, com um céu azul e límpido ao fundo.

"Eles já foram cavalgar", disse Dolores. "Don Pepe falou para você se apressar; ele quer que você veja o potro. Eu trouxe essas roupas de montaria para você."

"Eu ia usar essa calça mesmo…"

"Mas essa vai ficar muito mais bonita."

Nos espelhos escuros, com roupas de montaria e com o cabelo preso, Laura parecia uma pintura de alguém de outra época. Dolores, que estava saindo com a bandeja do café da manhã, deu um passo para trás para deixar Teresa entrar no quarto. Laura esquadrinhou seus rostos em busca de alguma expressão — de rivalidade, desprezo, constrangimento —, mas as duas se mantiveram impassíveis.

"As minhas roupas de cama estão com cheiro de mofo", disse Teresa. "Por favor, troque-as ou areje-as."

"Eu vou falar com a empregada que está ao seu serviço." Dolores se retirou, de cabeça erguida. Fazendo bico, Teresa se atirou na espreguiçadeira perto da janela.

"Eu queria que a tia Isabel estivesse aqui. Ela me faria caminhar com ela na beira do lago. Eu detesto cavalos. Você não?"

"Não. Eu adoro cavalos. Mas eu nunca montei com sela inglesa."

Pepe estava chamando do pátio. Montado numa égua castanha, ele puxava uma linda égua preta. Laura gritou para Pepe que já ia descer. Mas Teresa não parava de falar. Ela queria se casar logo. O casamento iria fazer com que Xavier se curasse daquelas suas ideias políticas imprudentes e assentasse a cabeça. Há quanto tempo eles estavam noivos? Desde que tinham nascido, disse Teresa. Os pais deles haviam decidido que os dois se casariam. Felizmente, eles tinham se apaixonado um pelo outro.

"Vamos lá para fora. Está um dia lindo", disse Laura, mas Teresa estava tirando o casaco. "Não, eu vou ficar e fazer tricô. Não estou me sentindo muito bem. Fale para o Xavier vir me fazer companhia."

"Se encontrar com ele, eu falo, mas ele e Don Andrés estão bem longe, perto do sopé das montanhas."

Pepe a ajudou a montar na bela égua preta, Electra. Primeiro eles foram ver o potro, depois cavalgaram no cercado perto do estábulo. Pepe ficou observando Laura saltar toras, pequenos obstáculos. Os dois riam alto, por causa do dia esplêndido, dos cavalos cheios de vida e energia. Xavier e Don Andrés vinham trotando em direção a eles.

"Vamos até eles. Você consegue saltar a cerca?" Mas eles chegaram à cerca antes que ela pudesse responder.

"Até que não foi ruim o salto", disse Don Andrés.

"Até que não foi ruim? Foi ótimo. Foi o meu primeiro salto!"

"Salte de novo."

Antes de se afastar, Laura deu o recado de Teresa a Xavier.

"*Que regio.* Cavalgar com ela é uma chatice. Vamos até o

rio, Pepe!" Os irmãos saíram galopando, gritando um para o outro. Laura saltou a cerca de novo, mas mal.

"Mais uma vez", disse ele, dando uma chicotada na anca de Electra; a égua arrancou. Com o susto, Laura puxou as rédeas de um jeito tão brusco que a égua empinou, derrubando Laura no chão. Don Andrés não apeou do cavalo; ficou rindo dela lá de cima. "Vocês duas combinam muito bem."

"Eu não sou arisca."

"Nem ela. Mas ela não faz nada que não queira fazer."

"Eu quero saltar. Eu vou saltar. Não toque na minha égua."

"*Ándale.*"

Um belo salto, planando no ar. Em seguida, eles saíram correndo para alcançar Pepe e Xavier, galopando por bosques de álamos, campinas, campos sulcados. Os quatro passaram a manhã inteira cavalgando, calados salvo por um ou outro grito para chamar a atenção para cordeirinhos, trílios, violetas, profusões de junquilhos, que davam nome à fazenda. Cervos vieram tomar água no mesmo regato em que seus cavalos bebiam. Eles atravessaram o rio, que estava cheio e agitado por causa da neve que havia derretido. Cavalos resfolegantes, água gelada. Do sopé das montanhas, eles ficaram olhando para o vale lá embaixo. Laura tinha a sensação de que aquele lugar estava exatamente igual a como era na época da chegada dos espanhóis. Mesmo nas Montanhas Rochosas da sua infância, sempre havia alguma coisa que lembrava a civilização... um retinido distante de vagões de minério, uma serra circular, um avião. No caminho para casa de fato eles viram um *huaso* pastoreando ovelhas, outro lavrando um campo, com um arado puxado por bois.

A sala de jantar, tão escura na noite anterior, agora estava toda iluminada de sol, com vista para o lago e para a cordilheira branca dos Andes. Os cavaleiros estavam cansados, queimados de sol, famintos. Xavier tinha perdido toda a afetação, Pepe e

Laura toda a timidez. Teresa também estava alegre, ou fingia estar. Talvez ela simplesmente não se importasse com o caso de Xavier com Dolores, Laura pensou consigo. Não, não era possível que não sentisse ciúmes. Só que ela não podia demonstrar, não podia nem mesmo dar sinais de que sabia de alguma coisa. Isso estragaria o seu papel, o papel da noiva inocente. Será que Xavier realmente a amava? Não, ele com certeza estava apaixonado por Dolores. Isso é que era romance. Laura mal podia esperar para contar a Quena e Conchi.

"Eu estou adorando esse feriado!", disse Laura.

"¡Yo también!", todos disseram. Eles tomaram sopa de lentilhas com truta, comeram cordeiro assado e pão recém-saído do forno. Depois do almoço, Teresa e Xavier foram passear de barco a remo no lago. Pepe foi tirar uma soneca.

Havia oito carruagens diferentes. Um coche ornado em ouro e estofado de brocado rosa, com espelhos, vasos de flores dourados, plataformas elaboradamente trabalhadas para lacaios de libré. Diligências americanas, landaus, aranhas. Laura subiu em todas as carruagens e escolheu um tílburi preto de dois lugares, com detalhes em mogno lustroso e estofado de couro preto.

Don Andrés atrelou seu garanhão, Lautaro, ao tílburi. Eles seguiram ao longo do lago, em meio aos *aromos* amarelos. Acenaram para Teresa e Xavier. Ganharam velocidade então, ao som do estrépito dos cascos de Lautaro. Escureceu. Don Andrés acendeu as lanternas.

"Você quer voltar para casa para o chá?"

"Não."

"Que bom."

Eles atravessaram uma ponte de madeira sobre o rio, que estava cheio e os crivou de respingos, e seguiram escuridão adentro, enquanto Don Andrés contava a ela como tinha sido a sua infância. Como a dela, disse ele, porque ele era solitário, filho único, nunca de fato criança. A mãe havia morrido ao dá-lo à luz; o pai era frio, autoritário. Internatos franceses e ingleses. Ficava sozinho com os livros quando estava em casa. Havia estudado em Harvard, Oxford, Sorbonne. Conhecera a esposa em Paris. Não, ela era espanhola. Tinha morrido, fazia anos.

Estava na hora de ir para casa. Ele deu uma meia-volta com o tílburi, entregou as rédeas à Laura. Espera. Don Andrés desceu da carruagem. Seu cabelo prateado em contraste com os *aromos* amarelos. Voltou trazendo violetas, que ele prendeu na gola da capa de Laura.

Laura preferia que eles não estivessem lendo *Primeiro amor*. Sentia que suas bochechas estavam ficando quentes, vermelhas. "Agora você lê um pouco, Pepe." Ela lhe entregou o livro. Quando Don Andrés lia, ela não conseguia tirar os olhos da boca, do brilho branco dos dentes dele.

Mais tarde, na cama, ela ficou pensando que estava apaixonada. Relembrou cada momento que tinha passado com ele, cada palavra que ele havia dito. O que ela queria? Seus sonhos não iam além de um beijo.

Dolores a acordou, trazendo uma bandeja com o café da manhã. O dia estava bonito. Don Pepe queria andar a cavalo com ela. Xavier e Don Andrés tinham saído para caçar. Teresa e Pilar estavam no terraço, bordando peças do enxoval de Teresa. Fronhas. Dolores tinha preparado um lanche para Pepe e Laura levarem.

"Obrigada. Você anda a cavalo, Dolores?"

"O tempo todo. Mas só quando a família não está aqui."

Laura queria fazer perguntas a Dolores sobre ela e Xavier, sobre amor.

"Quantos anos você tem?", foi tudo o que ela pôde perguntar.

"Quinze."

"Você nasceu aqui?"

"Sim, nasci na cozinha! A minha mãe sempre foi a cozinheira daqui."

"Então você conhece o Xavier há muito tempo?" Dolores riu. "Claro. Desde que eu nasci. Ele me ensinou a andar a cavalo e a atirar."

Laura, que estava se vestindo, soltou um suspiro. Dolores não agia como se estivesse apaixonada. Mas tinha dado a impressão de estar, quando abriu a porta para Xavier. Será que Helen, a mãe de Laura, já havia se apaixonado algum dia? Laura tinha a sensação de que não podia falar sobre isso com ninguém. Principalmente com Quena e Conchi, embora elas só falassem de amor o tempo todo. As três costumavam praticar beijos beijando o espelho do armário do banheiro. Mas, quando você beijava o armário, o seu nariz ficava na lateral da porta espelhada. Onde ficavam os narizes quando as pessoas se beijavam? Para você ver como elas entendiam de amor. O desejo que Laura sentia... ela jamais associaria a sensação à palavra.

Ela e Pepe cavalgaram até um pasto mais ao fundo do vale para ver os novos cordeiros e cabritos, depois foram até a casa de Gabriel para visitar a mulher dele. A velha ficou felicíssima em ver Pepe. Pôs água para ferver para fazer chá, chamou as vizinhas para falarem com ele. O nosso Pepito vai ser padre! Reunidas em volta de Pepe naquele casebre com chão de terra e cheiro de fumaça, as mulheres lhe sorriam com profundo afeto enquanto ele tomava chá. Ele sabia os nomes de todas e também dos filhos e dos animais delas. Não, só dali a anos ele poderia voltar à fazenda. Ele pensaria nelas. Rezaria por elas. Ao irem embora, as mulheres abraçaram Pepe e apertaram a mão de Laura. Quando os dois saíram de lá e se sentaram debaixo de um imenso *aromo* para lanchar, Pepe ficou com ar sério.

"Você está nervoso porque vai virar padre?"

"Apavorado. É uma grande mudança."

"O que fez você tomar essa decisão? Você sente que tem vocação?"

"Não. Eu quero fazer... mudanças, gestos. Desconfio demais do altruísmo humano para ser revolucionário. São muitas razões. Para justificar a minha existência, para fazer alguma diferença no mundo, para fugir do meu pai. O padre com quem eu me confesso diz que as razões não importam, se a minha vontade de assumir esse compromisso é firme."

"Parece que o Xavier quer as mesmas coisas."

"É. Eu não sei como ele pretende consegui-las."

"Ele diz que a reforma é a única saída. Dar a terra ao povo."

"Isso vai demorar demais. E não vão ser os líderes que vão arruinar tudo, mas o próprio povo. A natureza e a religião das pessoas demandam um patriarcado. Elas vão transformar seus libertadores em novos patrões."

"Você parece o meu avô, que diz que os negros eram mais felizes quando eram escravos."

Eles terminaram de tomar o vinho da garrafa de couro e comeram as duas peras. Pétalas de *aromo* grudavam nos dois quando se reclinavam naquele tapete amarelo e macio.

"Será que algum dia eu vou justificar a minha existência?", disse Laura.

"Isso é fácil para as mulheres."

"Como assim? Você quer dizer... como os lírios do campo?"

"Não. Vocês não têm que fazer nada para serem verdadeiras com quem são."

"E como eu vou descobrir quem eu sou?", disse ela, soltando um suspiro, enquanto eles se levantavam. Os dois passaram a mão pelo corpo para se livrar das pétalas amarelas e montaram em seus cavalos.

"Vamos ver quem chega primeiro em casa!"

Do estábulo, eles viram Don Andrés e Xavier na soleira da porta da cozinha. Penas de faisão cintilavam ao sol, roxas, verdes, iridescentes. Dolores sorriu; segurou os pássaros deslumbrantes. Xavier começou a fazer carinho no cabelo preto de Dolores. Atrás deles, Teresa entrou na cozinha e estacou, petrificada, no cômodo sombrio. Suas pérolas brilhavam; o bule de chá reluzia, branco, na bandeja pousada em cima da mesa. Teresa atirou o bule no chão de tijolos e saiu da cozinha. Imóvel, a mão de Xavier continuava pousada no cabelo preto de Dolores.

Chá ao pé da enorme lareira. Um novo bule. Teresa não estava lá.

"Onde está a sua noiva?", Don Andrés perguntou.

"Ela não é mais minha noiva."

"Não diga bobagem. Vá até lá e a tranquilize, Xavier."

"Eu rompi o noivado. Não vou mais me casar com ela."

"Não seja idiota. Você não pode fazer isso."

"Posso sim, *papá*. Não, Laura, eu não quero açúcar, obrigado."

Don Andrés estava pálido, furioso. "Laura, vamos dar uma volta de carruagem."

"Está chovendo."

"É só uma garoa."

Ele se levantou para sair e Laura foi atrás dele. Xavier ficou olhando para as costas do pai com ódio e um ar de triunfo.

Lautaro voava na estrada molhada e escorregadia. As lanternas bruxuleavam ao vento; àquela velocidade, flores rosa e *aromos* amarelos viravam borrões na escuridão. O céu estava mais limpo agora, mas as estrelas ainda não haviam começado a iluminar a noite. Laura e Don Andrés não diziam nada.

Ouviram o rio antes de vê-lo e, depois, o estrépito dos cascos de Lautaro na ponte de madeira. Seu medonho guincho quando a ponte desabou. Os dois foram arremessados do tílburi para a água gelada e agitada. As lanternas se apagaram, sibilando. Eles se debatiam na água, arrancando suas capas, casacos. Don Andrés berrou para ela se agarrar à carruagem e ajudá-lo a soltar o cavalo. Girando e girando no rio. Lautaro relinchava histericamente, dando chutes e mordidas nos dois enquanto eles tentavam livrá-lo dos arreios. Arrastados pela correnteza rio abaixo, Laura e Don Andrés levavam pancadas dos cascos de Lautaro, de pedras, da carruagem. O cavalo agora estava livre, esperneando e grunhindo. Fez várias tentativas frustradas de subir a margem do rio, até que finalmente conseguiu e se foi. O tílburi rodava e descia rio abaixo envolto em espuma, que a luz das estrelas deixava prateada.

Tremendo e arfando debaixo de um *aromo*, Don Andrés rasgou sua camisa em tiras para enfaixar cortes na própria perna e nos braços de Laura. Vamos fazer uma fogueira, disse ele, mas seu isqueiro de ouro não funcionou.

"O Gabriel vai sair à nossa procura quando o Lautaro voltar para casa, mas nós estamos a quilômetros de distância de onde ele vai começar a busca. Vamos rezar para que ele não tente atravessar a ponte. É melhor nós começarmos a andar em direção à colina acima do rio. Tire as suas roupas e torça-as."

"Não precisa não."

"Não seja boba. Torça as suas roupas."

Eles estavam tiritando; seus dentes batiam.

Pétalas de *aromo* grudavam em seus corpos nus feito uma pele amarela. Laura estava com frio e com medo. Sentia desejo e não sabia o que fazer, como fazer o que eles estavam fazendo. Ficou segurando a cabeça prateada dele enquanto ele beijava seus seios. Uma franja amarela de flores de *aromo* balançando, com o céu ao fundo. O choque da dor. "O que foi que eu fiz?", ele sussurrou, dentro da boca de Laura. O hálito e o corpo dele eram quentes. Esperma cintilava nas pernas dela, envolto em vapor, quando ela começou a se vestir.

Estava claro como se fosse de dia, com estrelas cadentes e a cordilheira branca neon dos Andes. As ataduras dos dois estavam encharcadas de sangue. Capengando, eles começaram a andar, exaustos e doloridos.

"O Lautaro não ficou manco, ficou?"

"Não."

E eu?, ela pensou. Machucada, com bolhas nos pés por causa das botas molhadas, o peito doendo de tanto andar rápido. Ele não tinha nem olhado para ela.

"E eu?", ela perguntou em voz alta. "Por que você está zangado comigo?"

Ele se virou, mas continuou sem olhar para ela. Pálidos olhos cinzentos.

"Eu não estou zangado com você, *mi vida*. Eu arruinei você e quase matei o meu melhor cavalo."

Ele gritou, chamando Gabriel. Sua voz ecoou no imenso vale e depois tudo ficou em silêncio. Eles continuaram andando.

Arruinou? Eu estou arruinada? Por causa daquela coisa tão rápida e confusa? Todo mundo vai saber, só de olhar para mim? A Dolores está arruinada?

As bolhas de Laura doíam tanto que ela tirou as botas. Ele lhe disse para não fazer isso, mas ela o ignorou, fingiu não sentir as pedras e gravetos debaixo dos seus pés.

E se tantas mulheres se arriscam a ficar arruinadas, deve haver alguma coisa errada comigo, porque eu mal percebi o que estava acontecendo.

Ela precisava fazer xixi. "Vai indo. Eu te alcanço depois." A calcinha dela brilhava, vermelha, encharcada de sangue. Ela tirou a calça de lã molhada e jogou a calcinha fora para que Dolores não a visse.

"*Apúrate*."

"Vai indo. Eu disse que te alcançava depois."

Ela subiu a colina atrás dele, espalhando pedras.

"Se está zangado porque acha que eu vou contar pra alguém, você não precisa se preocupar." Não havia ninguém a quem contar, ninguém para perguntar.

Ele parou então e a puxou para perto de si, beijou o cabelo dela, a testa, as pálpebras.

"Não. Isso não tinha me ocorrido. Estou tentando pensar no que eu fiz. No que eu posso fazer em relação a isso, se é que tem alguma coisa que eu possa fazer."

"Por favor, me beije", disse ela. "Eu nunca fui beijada." Ele virou o rosto para o outro lado, mas ela segurou a cabeça dele e encostou a boca na dele. A língua dele abriu os lábios dela então e eles ficaram se beijando até que, zonzos, se sentaram na colina.

Som de galope. Eles aguçaram os ouvidos, chamaram. Um grito em resposta. Era Gabriel em seu cavalo, puxando outros cavalos atrás de si. Ponchos e conhaque. Cigarros para Don Andrés. Para casa então, os dois homens bem à frente dela, gritando um para o outro, seguindo a meio galope para cima e para baixo pelas colinas ondulantes na noite prateada, fluorescente.

Xavier estava na cozinha com Dolores. Duas manchas cor de malva nas maçãs do rosto dele indicavam que ele estava bêbado. Don Andrés e Laura também tomaram conhaque enquanto Dolores fazia curativos nas pernas de Don Andrés. Tanto ele quanto Laura estavam cheios de machucados e manchas roxas, provocados pela carroça, pelas pedras, pelos cascos de Lautaro. Don Andrés descreveu o acidente como uma aventura gloriosa, com Laura salvando o precioso puro-sangue dele. Laura ficou pasma quando soube o valor do cavalo.

"Deve ter havido algum momento em que você se odiou por ter atrelado aquele garanhão a um tílburi", disse Xavier.

"Mais que um momento. Foi uma burrice sem tamanho."

68

Xavier sorriu. "Essa é a primeira vez na vida que você admite um erro, *papá*."

Laura tirou a roupa e entrou na banheira iluminada à luz de velas. Dolores recolheu as roupas dela. "A sua calça está suja de sangue. *¿Llegó la tía?*" A sua "tia", a menstruação, chegou? Laura fez que não. Os olhos das duas meninas se encontraram no espelho.

Laura acordou, assustada porque mal conseguia se mexer, mas depois se lembrou do que tinha acontecido e abriu os olhos. Era quase meio-dia, estava escuro e chovia lá fora. A lareira estava acesa. Dolores lhe trouxe o café da manhã. "Don Andrés disse que é para a senhora ficar na cama. Ele espera que a senhora não esteja se sentindo muito mal."

"Onde ele está?"

"Ele foi para Santa Bárbara hoje cedo. Só vai voltar à noite."

"E onde está todo mundo?"

"A Pilar está na cama, doente. A Teresa está na cama, doente. O Pepe está no quarto dele, lendo. O Xavier está na sala de jantar. *Está tomado.*" Bêbado. Laura percebeu que Dolores estava sentada no pé da sua cama. É porque nós estamos na mesma situação agora, arruinadas, pensou. Dolores deve ter lido os pensamentos de Laura, pois se levantou de salto, pedindo desculpa.

"*Perdóname, Doña* Laura. Eu estou muito cansada. Essa manhã está sendo confusa."

Então foi Laura quem ficou com vergonha. Estendeu o braço para pegar a mão de Dolores.

"Eu que peço desculpas. Está sendo mesmo uma manhã confusa. Já é de tarde, pra começar. Eu estou tão dolorida. Ah! Olha só a minha cara!" No espelho escuro, ela viu que uma de suas bochechas estava toda esfolada, o olho roxo e esverdeado.

Com pena de si mesma, Laura caiu em prantos. Dolores também começou a chorar. As meninas se abraçaram e ficaram se balançando, suavemente, depois Dolores saiu do quarto.

A casa estava quieta. O único cão de caça que tinha permissão para entrar na casa andava para lá e para cá pelo assoalho lustroso, as unhas de suas patas produzindo estalidos. Um som solitário, como um telefone tocando numa casa vazia.

Xavier estava dormindo no escritório do pai e acordou quando do Laura passou por ele para pegar o livro de Turguêniev.

"Ah, se não é a nossa boa selvagem! Atalanta, que mergulhou na torrente gelada para salvar o animal em perigo!"

"Cala a boca."

"Desculpe, *gringuita*. Você deve estar se sentindo péssima. Venha se sentar aqui comigo."

Pepe apareceu no vão da porta. Tinha acabado de fazer a barba e estava pálido.

"Laura! ¡*Pobrecita!* Que acidente assustador. Você está bem? E Xavier, o que há com você? O que está acontecendo?"

"Entre, Pepito. Você parece tão mal quanto a gente. Está com medo? Pensando em mudar de ideia?" Xavier se levantou, serviu três taças de xerez, botou mais lenha na fogueira.

"Deve estar na hora de tomar xerez. Que horas são?" Nesse exato momento, um *mozo* entrou para perguntar se eles gostariam de almoçar. "Nem pensar."

"Quer dizer, a gente não quer comer, quer? Falando sério, Pepe, você está bem?"

Pepe fez que sim. "Estou. Só estou me despedindo. Mas é como se eu já tivesse ido embora."

"É como eu me sinto também. Mas você pelo menos sabe para onde vai. Eu só estou me despedindo."

"De quê?"

"De tudo. Da Teresa. Da advocacia. Do papá. Da minha vida até aqui."

"Você não está brincando. O que é que você vai fazer?"

"Isso eu ainda não sei. O que eu sei é que essa é a última vez que eu ponho os pés em Junquillos."

"*Ai*, Xavier." Os irmãos se levantaram, se abraçaram e depois os três ficaram sentados em silêncio. O fogo. A chuva batendo nas janelas. O borrão amarelo dos *aromos* na beira do rio.

"¿Y *tu, gringa?* Você vai voltar, com certeza", disse Xavier.

"Não. Eu não vou voltar."

"Claro que vai", disse Pepe. "O papá adorou você."

Xavier riu. "E, Laura, do que você está se despedindo? Da sua inocência?"

"É, Xavier, da minha inocência", disse Laura.

"Xavier, que grosseria!" Pepe estava chocado. "Você está bêbado!"

Don Andrés chegou um pouco antes do jantar, montado em Electra. Um staccato de cascos no chão de pedras do pátio. Dois homens chegaram em seguida, de caminhão, e foram conduzidos à sala de estar. Don Andrés tinha ido se trocar.

No jantar, Xavier estava muito bêbado, entornando vinho a torto e a direito. Pepe estava lívido e mudo. Nem Laura nem Teresa tentaram fingir que não estavam arrasadas. Don Andrés falava de sistema de drenagem, safras, madeira. Foi Pepe quem primeiro se deu conta do que estava acontecendo.

"Papá! Você vai vender Junquillos?"

"Tudo menos a casa e os estábulos."

Dois fios luzidios de lágrimas escorreram pelo rosto de Pepe. Teresa se retirou da mesa, em prantos. Se fosse generosa eu iria atrás dela, Laura pensou. Mas ela não foi. Xavier riu, com amargura.

"Astuto até dizer chega, como sempre. Você sabe que essa

terra toda vai ser entregue ao povo. Por que não vender também a valiosa casa? Logo, logo ela também se vai. Para virar uma escola, talvez."

Os homens ficaram conversando até depois de meia-noite no escritório. Laura terminou de ler *Primeiro amor* no quarto dela, à luz da lamparina. Ficou acordada na cama. *Aromo* e pinho. Não estava pensando em nada, só acordada, sozinha.

A viagem de trem foi longa, retardada pela chuva, por alagamentos. Don Andrés examinava papéis. Laura estava sentada em frente a ele. Do outro lado do corredor, Pepe lia e Xavier dormia, ou fingia dormir, enquanto Teresa tricotava alguma coisa volumosa, de um tom fechado de laranja. Parecia ter se resignado a virar uma solteirona ressentida, usando óculos que não havia usado em nenhum outro momento. Nada de vozinha de criança agora. Passado um tempo, ela e Pepe também pegaram no sono. Don Andrés estava olhando para Laura.

"Junquillos é encantadora", disse ela.

"Você é encantadora. Por favor, me perdoe, Laura."

Ele voltou a olhar para os papéis no seu colo. Laura ficou olhando lá para fora pela janela suja de fuligem. Gotas de chuva caíam dos *aromos* encharcados. Bem, pensou Laura... um fim de semana no campo.

Na estação, a mãe de Teresa levou-a embora correndo, como se tivesse havido um acidente. O pai de Laura mandou um motorista chinês pegá-la.

Tchau, obrigada pelo fim de semana maravilhoso.

A casa estava em silêncio quando ela chegou, fria. María entrou na sala, amarrando o roupão. Elas se abraçaram.

"Que saudade! Quer que eu faça um chocolate quente? Meu Deus, o que houve com o seu rosto?"

"Um acidente. Uma aventura, na verdade, mas eu estou cansada demais para falar sobre isso. Onde estão os meus pais?"

"A sua mãe está no hospital. Tomou remédios demais. Ficou toda azul e não acordava de jeito nenhum. Mas amanhã ela já volta pra casa."

"Ela estava chateada? Aconteceu alguma coisa?"

María deu de ombros. "*¿Quién sabe?* O seu pai disse que ela só estava exausta demais."

"*Exausta demais!*" As duas riram.

"Ele está com ela agora?"

"Não. Ele foi a um jantar. *Doña*, a sua aparência não está nada boa."

"Eu só estou... exausta demais! O lugar era lindo, María. Amanhã eu te conto tudo. Agora eu vou pra cama. Não vou tomar banho e também não quero chocolate quente. Mas me acorda às cinco amanhã. Eu tenho que estudar química."

"A Quena ligou. Disse que chegou em casa tarde demais para estudar. A Conchi também ligou. Disse que estava apaixonada e que não queria estudar nunca mais."

Elas fizeram um estudo intensivo de química pela manhã. Depois, passaram tanto tempo escrevendo símbolos nos pulsos, debaixo dos punhos brancos de suas blusas, quanto tinham passado estudando. Mas a prova não foi tão ruim. Depois, física. Que homem maçante o Señor Ortega... Álgebra. História. As mãos de Laura doíam de tanto escrever.

Finalmente, o almoço. A oração de graças era sempre feita em inglês. Deus abençoe esta comida ao nosso dispor e as nossas vidas ao Vosso serviço. Durante a refeição, só era permitido falar francês; não se falava muito. Um passeio pelo jardim das rosas. Tempo bastante para ouvir Conchi contar que estava apaixonada de novo. Ele a tratara por *tú*, segurara a mão dela no cinema. Quena tinha esquiado todo dia, o dia todo. A neve estava boa.

Emile Allais tinha lhe dado aulas sem cobrar. Laura relatou o acidente com a carruagem de forma breve, mas dramática. Falou com entusiasmo sobre Electra, a casa, o coche de Maria Antonieta. Mais sobre Electra. Sim, ela tinha usado uma roupa de montaria afinal. "Ah, graças a Deus", disse Conchi, soltando um suspiro.

O sinal tocou. Inglês. *Flower in a crannied wall*. Depois francês, com Madame Perea cochilando sobre o trabalho de tricô que estava fazendo. *Le passé simple*. Espanhol, por fim. Onde nós estávamos? "*¡Suspiros!*"

Laura se levantou. "Eu não li a lição."

A Señora Fuenzalida riu. "Isso nunca pareceu ser um problema para você antes. Você acaba de perder o seu primeiro ponto."

Quena e Conchi também ficaram surpresas quando Laura disse que não ia tomar chá com elas no Golf. "Mamãe está doente de novo."

Helen estava dormindo. Laura estudou até a hora do jantar e jantou sozinha.

Parou ao pé da cama da mãe. "Oi. Está tudo bem?"

"Está sim. A viagem foi boa?"

"Foi. Eu queria que você tivesse ido. Era lindo lá, como num romance."

"As pessoas eram simpáticas?"

"Muito. Era só a família. Eu montei num puro-sangue." Helen estava examinando um terçol na sua pálpebra, num espelho de mão. Laura se sentou na cama, em frente à mãe. Eu estou apaixonada, mãe?, ela perguntou a si mesma. É possível que eu esteja grávida? Eu estou arruinada? Mãe, me ajuda.

Em voz alta, ela disse: "Eu sinto muito que você tenha ido para o hospital, mãe. Você precisa sair mais. Por que a gente não vai ao cinema no próximo fim de semana ou então almoçar no Prince of Wales?".

"Pega o espelho de aumento no banheiro para mim, meu amor?"

Laura estava dormindo quando o pai acendeu a luz do quarto dela. Ele estava com o rosto e os olhos vermelhos, arrancando a gravata do pescoço.

"Senti muito a sua falta, paixão. A viagem foi boa?"

"Foi ótima."

"O que você achou do Andy? Homem de classe, não?"

"Muita classe. Pai, o que houve com a mamãe?"

"Ela conseguiu pôr as mãos num frasco de comprimidos pra dormir, só isso. Mas ela vai ficar bem. Só queria um pouco de atenção."

Laura ouvia a voz do *velador*, enquanto ele andava pelas ruas. Alta a princípio, ecoante. *Son las once, andado y sereno.*

Quadra a quadra, ele avisava à vizinhança que as ruas estavam sendo patrulhadas e tudo estava tranquilo. Anunciava para a noite que a lua estava cheia. *¡Son las once, luna llena!* Até que por fim a voz dele se tornou um longínquo falsete... *Andado y sereno.*

Do pó ao pó

Michael Templeton era um herói, um Adônis, um astro. Um herói de verdade, já que era um bombardeador muito condecorado da Royal Air Force. Quando voltou para o Chile depois da guerra, tornou-se um astro dos esportes como jogador do time de rúgbi e críquete do Prince of Wales. Também pilotava sua moto BSA para a equipe britânica de motociclismo e tinha sido campeão por três anos. Nunca perdia uma corrida. Venceu até mesmo a última corrida que disputou, antes de derrapar e bater no muro.

Ele tinha conseguido lugares para Johnny e para mim no camarote da imprensa. Johnny era o irmão mais novo de Michael e meu melhor amigo. Idolatrava Michael tanto quanto eu. Johnny e eu desdenhávamos de tudo naquela época e sentíamos desprezo pela maior parte das pessoas, principalmente pelos nossos pais e professores. Até reconhecíamos, com certo escárnio, que Michael era um cafajeste. Mas ele tinha estilo, prestígio. Todas as garotas e mulheres, até as mais velhas, eram apaixonadas por ele. Pela sua voz grave, pelo seu jeito vagaroso de falar. Ele levava Johnny e a mim para dar voltas pela praia de Algarrobo na garupa da sua moto. Voando pela areia dura e molhada, afugentando bandos de gaivotas, o barulho das suas asas batendo mais alto que o do motor, que o do mar. Johnny nunca debochava de mim por eu estar apaixonada por Michael, até me dava fotos e recortes de jornais e revistas, das sobras daqueles que ajudávamos a mãe dele a colar em álbuns de recortes.

Seus pais não foram à corrida. Estavam sentados à mesa da sala de jantar, tomando chá com biscoitos. O chá do sr. Templeton na verdade era rum, que ele tomava numa caneca azul. A mãe de Michael estava chorando, enlouquecida de preocupação com a corrida. Ele ainda vai acabar me matando, disse ela. O sr. Templeton disse que estava torcendo para que Mike quebrasse aquela maldita cabeça dura dele. Não era só por causa da corrida... os dois tinham conversas desse tipo praticamente todo dia. Embora fosse um herói, Michael ainda não tinha arranjado um emprego três anos depois de voltar da guerra. Bebia, jogava e se metia em encrencas sérias com mulheres. Conversas telefônicas sussurradas e visitas tarde da noite de pais ou maridos, que saíam batendo a porta com toda a força. Mas as mulheres só ficavam cada vez mais fascinadas com ele e havia gente que chegava a insistir em lhe emprestar dinheiro.

O estádio estava lotado e festivo. Os pilotos e as suas equipes eram glamourosos, charmosos italianos, alemães, australianos. Os principais competidores eram a equipe britânica e a argentina. Os ingleses pilotavam BSAs e Nortons; os argentinos, Moto Guzzis. Nenhum dos pilotos tinha a desenvoltura de Michael, seu ar imperturbável, sua echarpe branca. O que estou querendo dizer é que, mesmo com o choque da sua morte, mesmo com a moto em chamas, com o sangue dele no muro de concreto, seu corpo, a gritaria e as sirenes, tudo teve aquela impassibilidade relaxada tão característica de Michael. O fato de ser a última corrida e de ele tê-la vencido. Johnny e eu não falamos nada, nem sobre o terror nem sobre o drama do que aconteceu. A sala de jantar da casa estava abarrotada e barulhenta. A sra. Templeton tinha frisado o cabelo e empoado a cara. Estava dizendo que aquela tragédia seria a sua morte, mas na verdade estava cheia de vida, fazendo chá, servindo bolinhos, atendendo ao telefone. O sr. Templeton não parava de dizer "Eu falei pra ele que ele ia acabar quebrando aquela maldita cabeça dura! Eu falei!". Johnny lembrou o pai que ele tinha dito que torcia para que aquilo acontecesse.

Era empolgante. Fazia anos que ninguém além de mim visitava os Templeton, e agora a casa estava cheia. Havia repórteres do *Mercurio* e do *Pacific Mail*. O nosso "álbum do Michael" estava aberto em cima da mesa. Por todo canto da casa havia gente dizendo herói, príncipe, trágico desperdício. Viam-se grupos de moças bonitas no andar de cima e no andar de baixo. Uma das moças chorava, enquanto duas ou três delas faziam carinho nela e lhe traziam lenços de papel.

Johnny e eu mantivemos a nossa costumeira postura de desdém zombeteiro. Ainda não havíamos realmente nos dado conta de que Michael tinha morrido, o que só aconteceria no sábado à noite, depois do funeral. Essa era a hora em que costumávamos ficar sentados na beira da banheira enquanto ele fazia a barba, cantarolando "Saturday Night is the Loneliest Night in the Week". Ele nos contava as histórias dos seus "brotos", listando suas qualidades e inevitáveis — e engraçadíssimos — defeitos. No sábado depois que ele morreu só ficamos sentados dentro da banheira. Não choramos, só ficamos sentados lá, falando sobre ele.

Mas a gente se divertiu observando a agitação antes do funeral, as rivalidades entre as namoradas de luto. O mais espantoso de tudo foi o modo como a colônia britânica inteira de Santiago resolveu que Michael havia morrido pelo rei. Glória ao

Império, publicou o *Pacific Mail*. Cheia de energia, a sra. Templeton pôs a nós e às empregadas para bater tapetes, passar óleo nos corrimões, assar mais bolinhos. O sr. Templeton só ficou lá sentado com a sua caneca azul, resmungando que Mike nunca ouvia ninguém, era obstinado demais.

Recebi permissão para sair mais cedo da escola para ir ao enterro. Não teria nem ido à aula, mas fui porque tinha uma prova de química depois do intervalo. Após a prova, tirei meu avental e o guardei no meu armário da escola. Estava muito compenetrada e destemida.

Há coisas sobre as quais as pessoas simplesmente não falam. Não estou me referindo às coisas difíceis, como o amor, mas às coisas embaraçosas, como, por exemplo, sobre como funerais às vezes são divertidos ou como é empolgante ver prédios pegando fogo. O funeral de Michael foi maravilhoso.

Naquela época ainda existiam carruagens fúnebres. Imensas carroças rangentes, puxadas por quatro ou por seis cavalos pretos. Os cavalos usavam antolhos e eram cobertos com grossas redes pretas, com borlas que arrastavam no chão da rua, juntando poeira. Os cocheiros usavam fraque e cartola e traziam consigo um chicote. Por causa do status de herói de Michael, várias organizações haviam dado contribuições para o funeral, de modo que havia seis carruagens fúnebres. Uma era para o corpo dele e as outras para as flores. Os familiares e amigos seguiram as carruagens em carros pretos.

Durante a cerimônia na (alta) igreja anglicana Saint Andrew, várias das moças tristes desmaiaram ou tiveram que ser levadas embora por estarem comovidas demais. Do lado de fora, magros e faceiros, os cocheiros fumavam no meio-fio com suas cartolas. Tem gente que sempre associa o perfume penetrante das flores com funerais. Para mim, ele precisa estar misturado com o cheiro de esterco de cavalo. Estacionadas do lado de fora estavam também mais de cem motocicletas, que seguiriam o cortejo até o cemitério. Motores roncando, engasgos, fumaça, estouros em canos de descarga. Os pilotos todos de couro preto, com capacetes pretos, o emblema de suas equipes na manga. Seria uma atitude de mau gosto da minha parte falar para as meninas na escola da multidão de homens inacreditavelmente lindos que tinha ido ao funeral. Mas eu falei mesmo assim.

Fui no mesmo carro que os Templeton. No caminho inteiro até o cemitério, o sr. Templeton ficou brigando com Johnny por causa do capacete de Michael. Johnny estava com o capacete no colo e planejava botá-lo na sepultura, para ser enterrado junto com Michael. O sr. Templeton argumentava, sensatamente, que capacetes eram difíceis de comprar e muito caros. Você tinha que pedir para alguém trazê-los da Inglaterra ou dos Estados Unidos e tinha que pagar um imposto altíssimo por eles ainda por cima. "Vende para algum outro infeliz que goste de disputar corridas", ele insistia. Johnny e eu trocamos olhares. Você já não sabia que ele só ia pensar no dinheiro?

Trocamos mais olhares e caretas no cemitério em si, com todas aquelas tumbas, criptas e anjos. Decidimos que seríamos enterrados no mar e prometemos ir ao enterro um do outro.

O cônego, com uma veste branca e rendada e por cima de uma batina roxa, se postou na cabeceira do túmulo, cercado pelos pilotos da equipe de corrida britânica, todos com seus capacetes debaixo do braço. Nobres e solenes, como cavaleiros. Enquanto o caixão de Michael era depositado no fundo da cova, o cônego disse: "O homem, nascido de mulher, tem a vida curta e cheia de tormentos. É como a flor que se abre e logo murcha". Enquanto ele dizia isso, Odette atirou uma rosa vermelha na cova, depois Conchi fez o mesmo e, em seguida, Raquel. Empertigada e com ar desafiador, Millie deu alguns passos à frente e jogou um buquê inteiro lá dentro.

80

Foi maravilhoso o que o cônego disse, então, diante do túmulo. Ele disse: "Ensinar-me-ás o caminho da vida, cheio de alegrias em tua presença e delícias à tua direita, perpetuamente". Johnny sorriu. Percebi que ele achou que isso era a melhor coisa que alguém poderia ter dito a Michael. Olhando em volta para ver se mais alguém pretendia jogar rosas, Johnny foi até a beira da cova e jogou o capacete de Michael lá dentro. Ian Frazier, o piloto que estava mais perto do túmulo, deu um grito sentido e, num impulso, atirou o próprio capacete em cima do de Michael. E aí foi tum tum tum, enquanto, como que hipnotizados, os membros da equipe de corrida britânica iam jogando, um a um, seus capacetes em cima do caixão. Não só enchendo a cova, mas formando uma pilha de domos pretos, feito uma porção de azeitonas. Pai misericordioso, dizia o cônego enquanto os dois coveiros jogavam terra em cima da pilha e a cobriam com coroas de flores. Todo mundo cantou "God Save the King". Nos rostos dos pilotos se viam expressões de tristeza e perda. Depois, todos foram se retirando em fila, cabisbaixos, e então se ouviram estrondos e roncos de motocicletas e um ecoante estrépito de cascos quando as carruagens fúnebres saíram a galope, adernando perigosamente, os chicotes estalando, as abas dos fraques pretos dos cocheiros tremulando ao vento.

Itinerário

Já existiam aviões a jato na época? DC-6 de Santiago para Lima. De Lima para o Panamá. Uma longa noite do Panamá até Miami, o oceano cintilando. Sempre tínhamos feito a viagem de Valparaíso a Nova York de navio. Levava mais de um mês. Não era só pela beleza da viagem, mas pela chance de atravessar oceanos, continentes, estações... de compreender a vastidão.

Era a minha primeira viagem de avião e a primeira vez que eu viajava sozinha para onde quer que fosse. Eu estava indo embora do Chile para fazer faculdade no Novo México. Era o fato de estar indo sozinha que era tão glamouroso. Óculos escuros e salto alto. Mala de couro de porco de Bariloche, um presente de formatura. Todo mundo foi ao aeroporto. Quer dizer, menos o meu pai, que não conseguiu sair do trabalho, mas até a minha mãe e todas as minhas amigas foram até lá. Todo mundo estava conversando e rindo, menos Conchi, Quena e eu, que estávamos chorando. Tínhamos feito cápsulas do tempo. Cartas para serem abertas dali a trinta anos, com declarações de amizade e previsões sobre os nossos futuros. As previsões para elas acabaram se revelando bem certeiras. As duas se casaram com quem pensavam que iam se casar e deram aos seus quatro ou cinco filhos os nomes que disseram que dariam. Boris María, Xavier Antonio. Mas tanto Conchi como Quena morreram na revolução, anos antes de chegar o momento de abrir a carta. As previsões para mim estavam todas erradas. Eu também me casei e tive filhos, quando deveria ter continuado solteira, ser jornalista e morar num prédio sem elevador em Manhattan. Bom, eu de fato moro sozinha num prédio sem elevador agora.

Foi empolgante entrar no avião, todo mundo dando adeusinho do terraço panorâmico. Apertamos os cintos e ficamos ouvindo as instruções do comissário de bordo. O avião taxiou na pista e depois parou, ficou parado por muitíssimo tempo. Estava quente. É verão no Chile em dezembro. Havia algum problema; o avião voltou para o terminal e fomos avisados de que deveríamos esperar por uma hora.

Todo mundo tinha ido embora; o saguão estava deserto. Um velho passava um pano no chão, com a ajuda de um pau. Vi a minha mãe dentro do bar, com uns americanos que estavam no avião. Fui até a porta e ela me viu, fez uma cara de espanto e depois virou o rosto para o outro lado, como se eu não estivesse lá. Ela é assim, não vê o que não quer ver, mas na verdade vê tudo o que acontece, mais do que a maioria das pessoas. Uma vez ela me confessou uma coisa "absolutamente torpe e vil" que ela havia feito. Tinha sido na mina Sunshine, no Idaho, quando eu era pequena. Ela odiava a mina Sunshine, odiava todas as dezenas de campos de mineração em que tínhamos morado, odiava as mulheres "chinfrins" e suas casas toscas. Nós também morávamos em casebres de papel alcatroado com fogões a lenha, mas isso ela não via. Costumava usar um casaco de lã que tinha uma gola de pele, raposas de olhos vítreos. Chapéus com penas azuis. Nenhuma das mulheres sabia jogar bridge nem sequer remotamente bem. Mas elas estavam jogando naquele dia, numa sala quente, decorada com enfeites ridículos de Halloween. Papel crepom laranja e preto, lanternas feitas com abóboras. As mulheres falavam de culinária e de receitas. "Os dois assuntos que menos me interessam na vida." Num dado momento, minha mãe ergueu os olhos das cartas e viu que uma cortina havia encostado numa lanterna e estava pegando fogo. As chamas se alastravam depressa. Ela simplesmente tornou a olhar para suas cartas e disse: "Eu aposto quatro, sem trunfo". O fogo acabou saindo do controle de todo e as mulheres tiveram que fugir de lá e ficar do lado de fora, na chuva, até o carro de bombeiro chegar da mina. "Não sei nem descrever o quanto eu estava desesperada de tédio."

Levantar voo sobre Santiago foi deslumbrante. A cordilheira estava na ponta da asa, dava para ver a neve cintilando. O céu azul. Fizemos uma volta sobre Santiago para seguir em direção ao Pacífico. Vi o Santiago College e o jardim das rosas. O monte Santa Lucía. Nunca tinha me passado pela cabeça que eu fosse sentir vontade de voltar para casa.

Ingeborg, a secretária do meu pai em Lima, iria se encontrar comigo no aeroporto. Eu preferia que ele não tivesse feito essa combinação. Ele vivia planejando, fazendo listas. Metas e prioridades. Cronogramas e itinerários. Na minha bolsa eu levava uma lista de todas as pessoas que iam se encontrar comigo, o número delas caso eu me perdesse, os telefones da embaixada etc. Eu estava com muito medo dessa secretária, de ter que passar três horas com ela. A secretária do meu pai em Santiago usava rede no cabelo, tinha em casa uma mãe cega e um filho retardado para os quais voltava toda noite, depois de sair do trabalho às seis e meia e pegar dois ônibus, nos quais provavelmente viajava em pé. Mas quando Ingeborg não apareceu no aeroporto fiquei apavorada, nem de longe uma viajante glamourosa. Liguei para o número na minha lista e uma mulher que falava espanhol com

84

sotaque europeu me disse para pegar um táxi para a rua Cairo, número 22. *Ciao.*

As favelas de Lima eram tão sujas e degradadas quanto as de Santiago. Quilômetros e quilômetros de barracos feitos de papelão e latão, telhados revestidos com latas aplanadas. Só que no Chile tem os Andes e o céu azul e você naturalmente olha para cima, para além do mau cheiro e da miséria. No Peru as nuvens são baixas, soturnas e carregadas. A garoa se mistura com os fios de fumaça que sobem das fogueiras. Uma viagem longa e melancólica cidade adentro.

Uma coisa de que eu ainda gosto nos Estados Unidos são as janelas. A maneira como as pessoas deixam as cortinas abertas. Quando você anda pelos bairros residenciais, do lado de dentro as pessoas estão comendo, vendo televisão. Você vê um gato deitado no encosto de uma poltrona. Na América do Sul você só vê muros altos, com cacos de vidro espetados em cima. Paredes velhas e esfaceladas com portas pequenas e esbodegadas. A corda da campainha do número 22 da rua Cairo estava puída. Uma velha quíchua com jeito de bruxa abriu a porta. As pernas dela estavam enfaixadas com panos embebidos em urina para tratar frieiras. Ela foi para trás para me deixar entrar, rumo a um pátio revestido de tijolos com uma fonte azulejada. Gaiolas com tentilhões e canários. Rosas. Canteiros de cinerárias, anêmonas, nemésias. Era como se o sol estivesse brilhando. Bougainvílleas caíam em cascata de todas as paredes e subiam a escada de pedra, invadindo a sala. Assoalho de madeira clara com exuberantes tapetes peruanos. Cerâmicas pré-incaicas, máscaras. Chusmas de tuberosas e tigelas cheias de gardênias, entorpecentes, perfumadas até dizer chega. Será que o meu pai já tinha estado ali? Ele odiava cheiros.

A "*doña*" estava no chuveiro. A empregada me trouxe uma *aguita* numa xícara de café. Fiquei sentada educadamente durante um tempo, mas estava parecendo que a tal Ingeborg não ia vir nunca, então me levantei e fui examinar as coisas à minha volta. Um vaso chinês azul, um cravo, o instrumento musical. Uma escrivaninha antiga de madeira. Em cima dela havia uma fotografia de um casal idoso vestido de preto, ambos com bengalas pretas. Árvores desfolhadas com neve ao fundo. Um porta-retratos com uma foto desbotada de uma criança loura com um borzói. Uma foto grande e colorida do meu pai num porta-retratos de prata. Ele estava usando o seu poncho de Oaxaca e um chapéu enorme. Vestia uma camisa aberta, uma camisa cor-de-rosa que eu nunca tinha visto. Estava sorrindo. Rindo. Atrás dele viam-se ruínas, os Andes, um céu azul e límpido. Tornei a me sentar na cadeira. A colherzinha de café tilintou.

Ingeborg entrou na sala usando um robe branco, solto, pernas longas e bronzeadas à mostra. Seu cabelo louro estava preso numa única trança, que lhe caía pelas costas. Um aroma do que hoje sei ser L'Interdit. Ela era linda.

"Graças a Deus o seu avião atrasou ou eu nunca conseguiria chegar a tempo. Na verdade, nem assim eu consegui, não foi? Mas não há de ser nada, eu vou lhe dar um bom almoço e pagar a corrida de táxi da volta. Você não se parece nem um pouco com ele. Você puxou à sua mãe?"

"Puxei."

"Ela é bonita? Ela está doente?"

"É, está."

"Você está com fome? O almoço pelo menos não vai atrasar. Peço desculpas por não poder levar você de carro até o aeroporto. Mas o que o Eduardo (Eduardo? O meu pai, Ed?) mais queria mesmo era que eu lhe desse de comer e não deixasse você se sentir sozinha. Mas eu não acho que você seja o tipo de pessoa que fica solitária. Lindo esse seu tailleur. Pelo modo como ele falava de você, eu imaginava uma garotinha, uma criança que ia querer colorir ou mexer com os meus passarinhos."

Eu ri. "E imaginava que você fosse uma velha, com uma casa cheia de gatos e *National Geographics*. Você é sueca?"

"Alemã. Você não sabe nada sobre mim? Isso é típico dele. Eu detesto gatos. Acho que tem uma *National Geographic* aqui em algum lugar. Basta ter uma, elas são todas exatamente iguais."

"Quando aquela foto foi tirada? Aquela que está na escrivaninha?" A minha voz soou severa, com um tom de censura, exatamente como a dele.

Ela apertou os olhos, olhando para a foto. "Ah, anos atrás, em Machu Picchu. Foi um dia fantástico. Ele não parece... feliz?"

"Parece."

O almoço foi servido numa varanda, acima do jardim. Ceviche. Sopa de azedas, com uma clematite roxa no meio. Empanadas e chuchu. Enquanto eu comia, ela só tomou a sopa e um gim-tônica e me fez várias perguntas. Você tem um *novio*? O que o Eduardo faz aos sábados? Esse sapato é italiano? Isso é a pior coisa de Lima... não há sapatos decentes e não há sol. O que você vai estudar? Sobre o que os seus pais conversam? Café?

Ela tocou a campainha para chamar a empregada e falou para ela chamar um táxi para mim. O telefone tocou. Ela disse *¿Bueno?* e depois tapou o bocal com a mão.

"Se você quiser *maquillarte*, o banheiro fica no fim do corredor."

"Desculpe, amor", ela disse ao telefone. A campainha tocou, o táxi tinha chegado. Ela tapou o bocal de novo e, dirigindo-se a mim, disse: "Desculpe, querida, mas eu preciso falar com essa pessoa. Venha aqui me dar um beijo. Boa sorte! *Ciao!*".

No avião que ia de Lima ao Panamá, me sentei ao lado de um padre jesuíta. O tipo de escolha que volta e meia faço. A que parece segura e sensata. Ele tinha tido um colapso nervoso depois de passar três anos trabalhando longe da civilização. O comissário de bordo acabou me levando para me sentar na minúscula cozinha do avião.

Quem foi se encontrar comigo no Panamá foi a sra. Kirby. O marido dela era vice-presidente da Moore Shipping, dona dos navios que a empresa do meu pai usava para transportar cobre, estanho e prata. Dava para perceber que ela não queria nem um pouco fazer aquilo. Eu também não. Trocamos um aperto de mãos enluvadas. Fazia calor. Estávamos atravessando a zona do canal num Rolls-Royce, numa fotografia desbotada. Tudo ali era em matizes de branco, as casas, as roupas, as pessoas. Os gramados eram cuidadosamente tosados, grama bege. Longas sombras. Uma palmeira aqui e ali. Calor. Perguntei a ela se era verão ou inverno. Ela chamou o chofer pelo tubo acústico e perguntou a ele. Ele respondeu que achava que era primavera.

"Então, o que você gostaria de ver?", ela me perguntou. Eu disse que gostaria de ver a Cidade do Panamá. Em questão de minutos, o carro silencioso ultrapassou uma mágica barreira invisível e estávamos no Panamá. Era como se o som tivesse sido ligado. ¡Mambo! ¡Que rico el mambo! Os rádios dos carros estrondeavam; vinha música de tudo quanto era loja. Camelôs vendiam comida, papagaios, brinquedos, tecidos coloridos. Mulheres negras de vestidos floridos gargalhavam. Havia flores por todo lado. E mendigos, crianças, cachorros, aleijados, bicicletas. "Já demos uma boa volta", ela disse pelo tubo e então, deslizando em alta velocidade pelas ruas, voltamos para o pálido silêncio do setor americano.

A sra. Kirby, uma mulher chamada srta. Tuttle e eu passamos o dia inteiro jogando canastra. Talvez tenha sido só a tarde inteira, até a hora do chá, finalmente. Elas mal falaram comigo. Perguntaram da saúde da coitadinha da minha mãe. Será que o meu pai ficava viajando por aí falando para as pessoas que a minha mãe estava doente? Ela estava doente? Talvez ele tivesse lhe dito que ela estava doente, então ela estava. O sr. Kirby chegou, de bermuda e com uma *guayabera* molhada de suor. Estava voltando de jogar golfe.

"Então você é a filha do Ed. A menina dos olhos dele, imagino." Uma empregada negra trouxe *mint juleps*.* Estávamos numa varanda agora, olhando para o gramado bege, para aves-do-paraíso encurvadas.

"Então o Ed acha que transportar minério em navios-tanque chilenos vai acalmar os ânimos deles, é isso? É essa a jogada dele?"

"John!", sussurrou a sra. Kirby. Percebi que ele estava bêbado.

"Se os vermelhos nacionalizarem as minas, a única maneira de mantermos o nosso controle vai ser fazendo um boicote no transporte. Ele está entregando o ouro ao bandido. E cuspindo no prato que comeu, sem nenhuma dúvida. Homem teimoso feito uma mula, o seu pai."

"John!", ela sussurrou de novo. "Santo Deus. Quanto tempo ainda temos?"

Insisti que eles não fossem comigo ao aeroporto, disse que precisava estudar para a prova de ingresso que eu teria que prestar. Essa prova realmente existia e eu deveria ter estudado para ela.

A melhor parte da escala no Panamá foi falar com o chofer pelo tubo acústico. O aeroporto era um edifício baixo, caindo aos pedaços, escondido por bananeiras, trepadeiras perfumadas, hibiscos. Outro velho passava um pano no chão com um pau. Anoiteceu. Luzes azuis marcando a pista. Selva negra estalando, repleta de insetos e pássaros. O que o sr. Kirby teria querido dizer com navios-tanque chilenos? O meu pai era teimoso feito uma mula?

---

* Tipo de drinque muito associado ao Sul dos Estados Unidos, feito tradicionalmente com uísque (*bourbon*), açúcar, gelo moído e folhas de hortelã.

Em Miami era de manhã e inverno. No aeroporto, as mulheres usavam casaco de pele e os cachorros delas também. Fiquei assustada com tanto cachorro. Cachorrinhos com o pelo tingido em tons de pêssego para combinar com o cabelo de suas donas. Unhas pintadas. Sapatinhos de flanela xadrez. Coleiras enfeitadas com diamantes de fantasia ou talvez de verdade. O aeroporto inteiro latia. Não havia toalha no banheiro, mas uma máquina que você apertava para sair ar quente. Fiquei esperando no balcão da Panagra pela minha tia Martha. Estava com medo dela também, não a via desde que eu tinha cinco anos. Minha mãe dizia que ela era uma caipira. Meus pais viviam brigando por causa do dinheiro que o meu pai mandava para ela e para a vovó Proctor, a minha bisavó, que tinha noventa e nove anos. Ela e tia Martha moravam numa casa de um conjunto de casas padronizadas em Miami.

Tive um repelão quando a vi, com toda a arrogância de uma adolescente esnobe. Ela era grotesca de tão gorda e tinha bócio, um bócio enorme no pescoço que era quase como a cabeça de uma irmã siamesa. Os médicos devem ter encontrado uma cura para o bócio. Quando eu era pequena, havia centenas de pessoas com bócio andando pelas ruas. Tia Martha tinha o cabelo pintado de preto-azulado e grandes manchas redondas de ruge nas bochechas. Usava um vestido florido vermelho, longo e solto, e me puxou com força para junto de si, me abraçando e me balançando. Fiquei aninhada entre os imensos bicos-de-papagaio em seus seios. Sem querer, me agarrei a ela, me afundei nela e sorvi o seu cheiro de loção Jergens e talco Johnson. Sufoquei a vontade de chorar.

"Minha querida! Estou tão feliz de te ver! Você deve estar morta de cansaço, coitada. Já a caminho da universidade... os seus pais devem estar explodindo de orgulho!" Ela pegou a minha mala do chão. "Não, não, me deixe cuidar de você um pouquinho. Pensei que a gente podia fazer um lanche, que tal? Eu e a vovó costumamos vir muito aqui, para ficar vendo os aviões. E também por causa dos sanduíches quentes de peito de peru deliciosos que tem aqui."

Nós nos sentamos a uma mesa ao lado do vidro laminado fosco que dava vista para as pistas de pouso e decolagem. Na verdade, nos deitamos, pois ela se reclinou e eu acabei me recostando nela, como numa espreguiçadeira. Comemos sanduíches quentes de peito de peru e depois torta de cereja com sorvete. Como estava com sono, eu me encostei nela e fiquei ouvindo, como quem ouve uma história antes de dormir, enquanto ela contava que a minha avó havia pegado tuberculose e que, então, eles tinham se mudado do Maine para o Texas. Depois, tanto a minha avó quanto o meu avô morreram e aí a vovó Proctor foi para lá para cuidar de Martha e Eddie, o meu pai.

"Então, o coitado do Eddie teve que começar a trabalhar aos doze anos... colhendo algodão e cantalupo. Ele ficava tão cansado que chegava a pegar no sono enquanto estava jantando, tarde da noite, e depois mal conseguia se levantar de manhã para ir pra escola. Mas ele vem trabalhando e provendo o nosso sustento desde então. Depois ele foi trabalhar nas minas de Madri e de Silver City, no Novo México, e custeou os próprios estudos na escola de minas do Texas. Foi lá que ele conheceu a sua mãe."

Como é que eu nunca tinha ficado sabendo de nada disso?

"Ele comprou pra nós a nossa casa em Miami. Claro que pra nós foi difícil ter que ir embora de Marfa, deixar os nossos amigos e tudo o mais pra trás, mas ele disse que seria melhor assim. Minha nossa, eu estou tagarelando sem parar. É melhor a gente tratar de ir para o portão de embarque."

Ela me deu uma cesta em que estava escrito MIAMI BEACH em letras bordadas. Dentro da cesta havia um pequeno diário com capa de cetim, cadeado e chave. Brownies embrulhados em papel encerado. Ela me abraçou de novo.

"Coma direitinho, está bem? Nunca deixe de tomar café da manhã e procure dormir bastante." Fiquei agarrada a ela, não queria me separar dela.

Voo longo de Miami para Albuquerque. Máscaras de oxigênio e coletes salva-vidas já não despertavam mais o meu interesse. Não desci do avião em Houston. Estava tentando pensar. Sobre o que os meus pais conversavam? Meu pai e Ingeborg. É difícil para qualquer pessoa imaginar os pais fazendo amor. Não era isso. Eu não conseguia imaginar o meu pai usando uma camisa cor-de-rosa. Rindo daquele jeito.

O sol estava se pondo quando circundamos Albuquerque. As montanhas Sandia e os quilômetros de deserto rochoso estavam cor de coral. Eu me sentia velha. Não adulta, mas do jeito como me sinto agora. A sensação de que havia tanta coisa que eu não via ou não entendia, e de que agora era tarde demais. O tempo estava limpo e frio no Novo México. Ninguém foi me encontrar.

Lead Street, Albuquerque

"Entendi... você olha pra ela de um jeito, são duas pessoas se beijando. Olha de outro, é uma urna."

Rex se virou para o meu marido, Bernie, e abriu um largo sorriso. Bernie só ficou lá parado, sorrindo também. Eles estavam olhando para uma enorme pintura em acrílico em preto e branco na qual Bernie tinha passado meses trabalhando e que faria parte da sua exposição de conclusão de mestrado. Naquela noite estávamos dando uma festa e fazendo uma prévia da exposição no nosso apartamento, na Lead Street.

Tinha um barril de chope e todo mundo estava bastante bêbado. Eu queria dizer alguma coisa para Rex em resposta àquela piadinha dele. O desgraçado era tão arrogante e cruel. E eu queria matar Bernie por ele só ter ficado lá, com aquele sorrisinho idiota na cara. Mas eu também só fiquei lá, deixando Rex passar a mão no meu traseiro enquanto ofendia o meu marido.

Reenchi as tigelas com pasta de cebola, torradinhas e guacamole, depois saí e fui me sentar na escada da frente. Não havia mais ninguém do lado de fora e eu estava deprimida demais para chamar quem quer que fosse para vir ver o pôr do sol inacreditável. Existe alguma palavra que queira dizer o oposto de déjà-vu? Ou uma palavra que descreva como eu vi o meu futuro inteiro passar diante dos meus olhos? Vi que continuaria a trabalhar no National Bank de Albuquerque e que Bernie faria doutorado, continuaria a pintar quadros ruins, a fazer cerâmica e a dar aula na universidade, sendo por fim contratado como professor com estabilidade. Teríamos duas filhas, uma seria dentista e a outra viciada em cocaína. Bom, claro que eu não sabia de tudo isso, mas eu previ como as coisas seriam difíceis. E eu sabia que, dali a vários anos, Bernie provavelmente iria me trocar por uma de suas alunas e eu ficaria arrasada, mas depois voltaria a estudar e, quando tivesse uns cinquenta anos, finalmente faria o que queria fazer, mas me sentiria cansada.

Voltei lá para dentro. Marjorie acenou para mim. Ela e Ralph moravam no andar de cima. Ele também era estudante de artes. O nosso apartamento na Lead Street ficava num prédio de tijolos muito, muito velho, com janelas e pé-direito bem altos, piso de tábuas corridas e lareiras. A poucos quarteirões do Departamento de Artes, o prédio ficava num terreno enorme, cheio de girassóis selvagens e mato roxo. Ralph e Bernie são bons amigos até hoje. Marjorie e eu nos dávamos razoavelmente bem. Ela era boa pessoa, simples. Trabalhava como empacotadora no supermercado Piggly Wiggly e preparava pratos como Beenie-Weenie Wonder, um feijão com salsicha. Apareceu lá em casa um dia de manhã eufórica porque tinha descoberto que, para não perder tempo fazendo a cama, podia simplesmente se deitar e puxar todos os lençóis e cobertas para cima, esticando bem, depois só deslizar com cuidado para fora da cama e enfiar as pontas debaixo do colchão. Poupa um tempo danado! Ela também poupava embalagens de manteiga para untar fôrmas de bolo com elas depois. Por que é que eu estou sendo tão maldosa? Eu adorava a Marjorie.

"Você não sabe da maior, Shirley! Adivinha quem vai se mudar para o apartamento que está vago? O *Rex*! E ele vai se casar!"

"Putz. Bom, isso vai agitar as coisas por aqui."

Era uma notícia empolgante. Rex era um homem empolgante. Jovem, só tinha vinte e dois anos, mas o talento e a habilidade dele eram incríveis já naquela época. Todos nós aceitávamos o fato de que ele estava destinado à fama. Ele é bem famoso agora, tanto aqui quanto na Europa. Trabalha com bronze e com mármore, faz peças simples, clássicas, que nada têm a ver com as coisas esdrúxulas que ele vinha fazendo em Albuquerque. As esculturas dele são puras, a concepção delas cheia de respeito e esmero. É de tirar o fôlego.

Ele não era bonito. Era grande, ruivo, meio dentuço e sem queixo. Sobrancelha saliente sobre olhos pequenos e penetrantes, atrás de óculos de lentes grossas. Barrigudo. Mãos lindas. Ele era o homem mais sexy que já conheci na vida. As mulheres caíam de quatro por ele num segundo; ele já tinha dormido com o Departamento de Artes inteiro. Era uma questão de força, energia, visão. Não me refiro a uma visão de futuro, embora ele tivesse isso também. Ele via tudo. Detalhes, uma luz numa garrafa. Adorava ver as coisas, olhar para elas. E fazia você olhar também, fazia você ir ver uma pintura, ler um livro. Fazia você tocar na berinjela que tinha ficado quente no sol. Bom, claro que eu também tinha uma tremenda paixonite por ele, mas quem não tinha?

"Então, quem é ela? Quem pode ser?" Eu me sentei ao lado de Marjorie, no nosso sofá-cama troncho.

"Ela tem dezessete anos. É americana, mas cresceu na América do Sul, então tem jeito de estrangeira. Tímida. Está cursando letras. O nome dela é Maria. Por enquanto, o que se sabe é isso."

Os homens estavam conversando sobre a Guerra da Coreia,

como sempre. Todo mundo estava com medo do recrutamento, já que ser estudante não dava mais direito a adiar a convocação. Rex estava falando.

"Você tem que ter um bebê. Saiu na semana passada. Pais agora estão dispensados de servir. Por que outra razão eu iria me casar, deus do céu?"

Foi assim que começou. Quer dizer, não acho que todos nós tenhamos simplesmente ido para a cama naquela noite e concebido bebês. Mas deve ter acontecido algo parecido com isso, pois exatamente nove meses e meio depois tanto Maria quanto Marjorie e eu demos à luz, e os nossos maridos não foram convocados. Não no mesmo dia. Maria teve Ben, uma semana depois eu tive Andrea e uma semana depois disso Marjorie teve Steven.

Rex e Maria se casaram no juiz de paz e depois se mudaram para a casa nova. Mas não como as pessoas costumam fazer. Quer dizer, em geral você faz uma faxina no lugar, arranja uma picape emprestada, instala prateleiras, toma cerveja, desencaixota as tralhas todas e desmaia de cansaço. Eles passaram semanas pintando o apartamento. Era tudo branco, bege e preto, menos a cozinha, que era ocre-escuro. Rex fez a maior parte dos móveis. O ambiente era moderno e despojado, adornado pelas imensas esculturas de metal preto e vitral de Rex e por gravuras em preto e branco. Um belo vaso de cerâmica acoma. A única outra cor era o vermelho-rubi dos bicos dos calafates, presos numa gaiola branca que pendia do teto. Era impressionante; parecia ter saído direto das páginas da *Architectural Digest*.

Ele reformou até Maria. Fomos até lá, levando coisas para comer, quando eles estavam na fase de desencaixotar. Ela era doce e cheia de frescor. Bonita, de cabelo castanho encaracolado e olhos azuis, de calça jeans e camiseta rosa. Mas, depois que eles se mudaram, o cabelo dela foi pintado de preto e alisado. Ela passou a usar maquiagem preta e a só vestir roupas pretas e brancas. Nada de batom. Joias pesadas e extravagantes feitas por ele. Parou de fumar.

Ela falava mais quando ele não estava por perto, era engraçada de um jeito que lembrava Lucille Ball. Fazia piada com a sua transformação, contou para nós que, na primeira vez em que a viu nua, Rex tinha dito: "Você é assimétrica!". Ele a fazia dormir de bruços, com o nariz achatado no travesseiro; o nariz arrebitado dela era uma leve imperfeição. Ele vivia ajeitando Maria, a maneira como ela se sentava, a sua postura quando em pé. Mudava a posição dos braços dela como se eles fossem de argila, inclinava a cabeça dela. Tirava fotos de Maria sem parar. Fazia um estudo em carvão atrás do outro à medida que a barriga dela ia crescendo. Uma das coisas mais bonitas que ele fez na vida é uma escultura em bronze de uma mulher grávida, que está em frente ao prédio da General Motors, em Detroit.

Nenhum de nós, no entanto, saberia dizer o que ele de fato sentia por ela. Se só havia se casado com ela para ter o bebê. Ela devia ter algum dinheiro, pois ele comprou um carro esporte raro, um MG-TD, no dia seguinte ao casamento. Não acho implausível que ele tenha se casado com Maria só por causa da aparência dela. Ele não era afetuoso. Debochava dela e lhe dava ordens a torto e a direito, mas talvez só não conseguisse demonstrar o que sentia.

Maria venerava Rex. Acatava tudo o que ele dizia, ficava quase muda perto dele, embora brincasse e conversasse quando estava só com a gente. Era assustador ou digno de pena, dependendo de como você queira encarar a coisa. Toda noite ela ia para o estúdio com ele. "Eu não posso falar nada, mas ele me deixa observá-lo. É tão fascinante ver Rex trabalhando!"

Pequenas coisas. Numa manhã de inverno, fui até lá pedir um pouco de pó de café emprestado e ela estava passando a ferro uma cueca samba-canção dele para deixá-la quentinha para quando ele saísse do banho.

Não era só porque ela era jovem. Tinha passado a vida inteira se mudando de um lado para o outro. O pai dela era engenheiro de minas; a mãe era doente ou maluca. Ela não falava deles, a não ser para dizer que eles a haviam renegado quando ela se casou, não respondiam as suas cartas. Você tinha a impressão de que ninguém nunca havia lhe falado ou lhe mostrado como era virar adulta, como era fazer parte de uma família ou ser uma esposa. De que um dos motivos por que ela era tão quieta era que estava observando, para aprender como se fazia.

Infelizmente, ela havia ficado observando Marjorie cozinhar. Eu estava lá na noite em que Rex chegou em casa e ela levou para ele, toda orgulhosa, uma espécie de ensopado feito com carne moída, molho, *chips* de milho e queijo, gratinado no forno. Rex despejou o ensopado no colo dela. Quente. "Você nunca se cansa de ser chinfrim, não?" Mas ela aprendeu. Pouco tempo depois, eu a vi com o livro de Alice B. Toklas, fazendo camarão ao molho aurora.

Todo dia ela trocava o forro da gaiola dos passarinhos. As páginas da *New Yorker* eram do tamanho exato. Ela ficava horas pensando em que imagem botar. Não, o Rex detesta esses anúncios dos cristais Steuben! Ela detestava os passarinhos e me pedia para aparar as unhas deles e para tirar os potinhos de dentro da gaiola para lavar.

Maria estava morrendo de medo de ter bebê. Não da parte física da coisa. Mas o que você faz com um neném?

"O que eu vou ensinar a ele? Como eu vou fazer pra que nada de mal aconteça a ele?", ela perguntava.

Foram meses felizes aqueles, quando nós três estávamos grávidas. Todas aprendemos a tricotar. Marjorie fez tudo cor-de-rosa, o que foi uma lástima, porque acabou vindo o Steven. Eu fiz tudo amarelo. Sou prática. Obviamente, sob a orientação de Rex, Maria fez roupas e mantas em tons de vermelho, preto e ocre. Um suéter de bebê cáqui! Passávamos horas na Sears e na Penney's comprando cueiros, camisolas e camisas. Embalávamos tudo cuidadosamente com plástico e depois nos revezávamos indo às casas umas das outras e desembalando peça por peça. Tomávamos chá gelado e comíamos bolacha integral com geleia de uva, enquanto líamos passagens do livro do dr. Spock umas para as outras. Maria tinha sempre que reler a parte que falava de enxaguar a fralda suja na privada. Ela gostava do modo como ele lembrava você de tirar a fralda de dentro da privada antes de puxar a descarga.

Erupções. Todas nós tínhamos pavor de erupções. Elas podiam não ser nada. Só brotoeja causada por calor. Ou podiam ser sarampo, catapora, meningite cerebrospinal. Febre maculosa.

Quando os bebês começaram a se mexer, nos sentávamos lado a lado no sofá e ficávamos sentindo os bebês umas das outras se mexerem e darem chutes. Chorávamos e nos abraçávamos, de alegria.

Os bebês nasceriam em setembro. Maria botou na cabeça que eles iriam precisar de flores ao redor, então lá fomos nós para o quintal com nossos barrigões cavar buracos na terra e plantar zínias, malvas-rosa e girassóis gigantes sob o sol escaldante do Novo México. Maria chegou até a enviar uma solicitação ao Departamento de Agricultura, pedindo exatamente duzentas mudas de choupos. E fez questão de plantá-las todas ela mesma. As mudas só tinham cinco centímetros de altura, mas ela as plantou com um metro de distância umas das outras, como mandavam as instruções. Espalhadas pelo terreno inteiro, quase pelo quarteirão inteiro! Para poder regá-las, ela teve que comprar mais mangueira, que veio carregando no ônibus da Sears até em casa. Mas os choupos cresceram, estavam com mais de meio metro de altura quando os bebês nasceram.

Já faz bastante tempo que me casei de novo. Com Will, um

homem gentil e forte, que é gerente de um banco. Tenho doutorado em história e dou aula na Universidade do Novo México. Minha especialidade é a guerra civil americana. Às vezes, ao voltar para casa, em vez de seguir o caminho de sempre, pego um caminho mais longo só para passar de carro em frente ao velho apartamento da Lead Street. Aquela área agora está totalmente decadente e o prédio virou uma ruína, coberto de pichações e grafites, as janelas tapadas com tábuas. Mas os choupos! Eles ficaram mais altos do que a casa, que já é alta, e sombreiam todo o quarteirão poeirento e abandonado. Ainda bem que ela os plantou tão longe uns dos outros, porque eles agora formam um denso e exuberante paredão verde.

Nenhum dos nossos maridos parou muito em casa durante as nossas gestações. Eles sempre estavam trabalhando, dando aula ou participando de grupos de estudo. Rex estava tendo um caso com Bonnie, uma modelo, mas eu não creio que Maria soubesse. Se fosse com alguma outra amiga, eu contaria a ela, lhe daria conselhos, meteria a minha colher sem nem pestanejar, mas com Maria era diferente, você só queria protegê-la, mantê-la a salvo. Não que ela fosse burra. Ela percebia as coisas, mas tinha sempre aquela hesitação de uma pessoa cega quando chega ao meio-fio. Você tinha que se controlar para não ajudá-la. Ou então você ajudava, dava a ela o que quer que ela precisasse. E ela sorria e dizia: Puxa, obrigada.

Os bebês nasceram. Rex estava numa exposição em Taos quando Ben começou a dar sinais de querer vir ao mundo, então eu e Bernie levamos Maria para o hospital. Foi um parto difícil. Maria tinha um problema de coluna e foi preciso quebrar seu cóccix para que a cabeça do bebê pudesse passar. Mas ela passou, uma cabeça coberta de cabelo bem ruivo, como o de Rex. E o bebê nasceu aos berros, saudável e robusto. Realmente parecia que ele tinha nascido com a paixão e a vitalidade do pai.

Quando entrei no quarto do hospital no dia seguinte, fiquei surpresa ao encontrar Maria fora da cama, em pé em frente à janela. Lágrimas escorriam de seus olhos.

"Ah, você está triste porque o Rex não está aqui? A gente já conseguiu encontrá-lo. Ele vai chegar a qualquer momento!" (Tínhamos finalmente conseguido localizá-lo, no hotel La Fonda, em Santa Fé, com Bonnie.)

"Não, não é isso, não. Eu estou feliz. Estou muito feliz. Shirley, olha aquelas pessoas todas lá embaixo. Andando de um lado para o outro, sentadas nos carros, trazendo flores. Todas elas foram concebidas um dia. Duas pessoas as conceberam e depois cada uma delas veio ao mundo. Nasceu. Como é que ninguém nunca fala sobre isso? Sobre morrer ou sobre nascer?"

Rex parecia mais curioso do que feliz com o bebê. Ficou fascinado com a moleira. No início tirou uma porção de fotos, depois parou. "É maleável demais." Cada vez mais irritado com o choro do bebê, Rex começou a passar mais tempo ainda no estúdio. Estava trabalhando numa série de baixos-relevos. Coisas grandes, corajosas, que remetiam à Antiguidade. Já fui vê-las várias vezes num museu em Washington. Gosto de me lembrar de como todos nós costumávamos ir para o estúdio quente e abafado de Rex e ficar observando-o trabalhar nelas.

Ele odiava os cheiros do bebê. Maria lavava roupa todo dia, à mão, vivia trocando lençóis e fraldas. Ficou ainda mais magra do que já era, mas com os seios cheios, o rosto radiante. "Incandescente!", Rex dizia. E fazia desenhos e mais desenhos dela, em tons pastéis quentes.

A nossa Andrea nasceu e depois Steven. Ambos bebezinhos doces, tranquilos e gorduchos. Bernie e Ralph ficaram tão extasiados quanto eu e Marjorie, chegaram até a abandonar seus grupos de estudo para permanecer mais tempo em casa. Maria e Ben iam lá para casa à noitinha. Nós todos víamos o programa do Ernie Kovacs, o programa do Ed Sullivan e *Gunsmoke*. Às vezes jogávamos Monopoly e Scrabble. Na maior parte das vezes, desavergonhadamente, ficávamos apenas brincando com os bebês, cobrindo-os de beijos, amamentando-os, botando-os para arrotar e trocando fraldas. Um sorriso! Foram só gases. Não, foi um sorriso de verdade.

Acabamos nos acostumando a quase não ver Rex. Ele chegava a trabalhar fins de semana inteiros, enquanto fazíamos churrasco, cercados de zínias e choupos. Maria nunca se queixava, mas parecia cansada. Ben tinha cólica, não dormia. Ela vivia preocupada. Como eu faço para ele ficar bem? Para ele ficar calmo? Como eu faço para ele dormir?

Rex ganhou uma bolsa para estudar em Cranbrook, no semestre do outono. Uma boa escola de arte, no Michigan. Tudo aconteceu muito rápido, ele recebeu a notícia e começou a empacotar suas ferramentas. Ele estava no estúdio na noite anterior à viagem. Eu fui à casa deles para ver Maria. Ben estava dormindo. Muito quieta, Maria me pediu um cigarro, mas eu falei que não, que Rex ia me matar se eu desse um cigarro para ela.

"Você pode ficar com os passarinhos?", ela perguntou.

"Claro. Eu acho esses passarinhos um barato. Amanhã eu venho buscar a gaiola." E foi só isso que falamos, embora eu tenha ficado lá um bom tempo. Um tempo horrível, na verdade, um daqueles momentos em que você sabe que devia dizer alguma coisa, ou ouvir, e o silêncio ecoa.

No dia seguinte, às seis da manhã, Rex botou as coisas dele no carro e no trailer e foi embora. Minutos depois Maria apareceu lá em casa com a gaiola e um pacote de alpiste. Obrigada! Enquanto me arrumava para ir trabalhar, ouvi barulhos no apartamento deles, marteladas, música, batidas.

Cheguei lá só alguns minutos antes de Rex.

Maria tinha tirado todas as gravuras e pinturas modernas das paredes e pregado pôsteres típicos de dormitórios universitários. Girassóis de Van Gogh. Um nu de Renoir. Um anúncio de rodeio com um caubói se equilibrando em cima de um cavalo em pleno pinote. Elvis Presley. O sofá cor de marfim estava coberto com uma manta mexicana. Não uma manta de Oaxaca, mas uma manta laranja, verde, amarela, azul, vermelha e roxa, com uma franja suja e emaranhada. Do rádio que normalmente tocava Vivaldi e Bach agora vinha o rock de Buddy Holly.

Maria havia feito uma maria-chiquinha no cabelo, amarrada com fita amarela. Tinha passado um batom rosa e uma sombra azul-turquesa e estava de novo de jeans e camiseta rosa. Seus pés, calçados com botas de caubói, estavam em cima da mesa da cozinha. Ela estava fumando e tomando café. Usando apenas uma fralda encharcada, Ben engatinhava pelo piso de ladrilhos pretos da cozinha, fazendo serpentinas de baba. Segurava uma torrada numa das mãos e parecia tê-la esfregado pelo rosto inteiro. Com a outra mão, puxava panelas de dentro do armário e as botava no chão.

Fiquei lá parada. Rex subiu a escada e entrou na sala. Não fazia mais que meia hora que ele tinha saído.

"A porra do eixo quebrou. Tenho que esperar consertarem." Ele olhou em volta.

"Cadê os calafates?", perguntou.

"Na minha casa."

Os dois se encararam. Ela continuou lá sentada, em pânico, sem mover um músculo. Não se mexeu nem para pegar o bebê, que agora estava choramingando, todo lambuzado de torrada. Rex estava furioso. Avançou em direção a ela. Depois recuou e só ficou lá parado, completamente arrasado.

"Olha, gente... desculpa a intromissão, mas, por favor, não

se exaltem. Isso é engraçado. Um dia vocês vão olhar pra trás e achar isso tudo muito engraçado."

Eles me ignoraram. O ambiente estava pesado, saturado de raiva. Rex desligou o rádio, que tocava Perez Prado. Cherry Pink! "Eu vou esperar a ligação da oficina lá fora, na escada", disse Rex. "Não. É melhor eu ir embora logo de uma vez." E ele foi. Maria não tinha saído do lugar.

Momentos perdidos. Uma palavra, um gesto, pode mudar a sua vida inteira, pode estragar tudo ou dar um jeito em tudo. Mas nenhum dos dois fez esse gesto. Ele foi embora, ela acendeu outro cigarro, eu fui trabalhar.

Tanto Maria quanto eu estávamos grávidas de novo. Eu estava felicíssima e Bernie também. Maria não queria falar no assunto. Não, claro que ela não tinha contado para Rex. Então, estava sendo diferente dessa vez; eu aguardava, cheia de esperança, que ela acabasse se animando.

Mas passamos um outono delicioso. Nos fins de semana íamos às fontes de águas termais nas montanhas Jemez, fazíamos piqueniques na beira do rio. Em noites quentes, todos nos espremíamos no nosso carro para assistir a sessões duplas no Cactus Drive-In. Maria estava mais calma, mais feliz. Tinha conseguido trabalho como tradutora, passava horas traduzindo enquanto Ben dormia. Estava cursando uma disciplina de poesia na Universidade do Novo México e tomava sol lendo Walt Whitman, fumando e tomando café. Usava sempre um lenço vermelho na cabeça, porque o seu cabelo tinha começado a ficar da cor natural na raiz. Estava mais relaxada em relação a Ben, curtindo mais o menino. O resto de nós ia com mais frequência à casa dela, para comer chili e espaguete e jogar mímica, enquanto os bebês engatinhavam à nossa volta.

Estava chegando o Dia de Ação de Graças. Rex ia voltar para casa. Minha nossa, eu não conseguia nem imaginar o que ela estava sentindo. Eu estava uma pilha de nervos. Ajudei Maria a deixar o apartamento exatamente como ele era antes de Rex ir embora, dei a ela alguns dos meus calmantes, para que conseguisse parar de fumar. Ela disse que preferia não ficar sozinha com Rex de início e, então, planejou um jantar de boas-vindas para ele. Botou um cartaz com a mensagem BEM-VINDO AO LAR! na porta da frente, mas imaginou que ele fosse achar cafona e tirou. Estávamos todos lá, nervosos, e alguns outros casais do departamento também. O apartamento estava lindo. Crisântemos brancos num vaso preto de Santo Domingo. Muito bronzeada, Maria tinha se vestido de linho branco, com um toque de turquesa. O cabelo dela estava comprido, liso e preto retinto.

Rex irrompeu na sala. Sujo, magro e cheio de vida, caixas e pastas de desenho deslizando até o chão. Era a primeira vez que eu o via beijar Maria. Eu torcia desesperadamente para que eles ficassem bem.

Foi uma celebração. Maria tinha feito frango ao curry caseiro e havia vinho à vontade. Mas foi Rex, na verdade, quem trouxe novidades, piadas e uma onda de entusiasmo que contagiou a todos nós. O pequeno Ben cambaleava pela sala com seu sapatinho de borracha, rindo e babando. Rex o pegou no colo, levantou-o no alto e ficou olhando para ele.

Enquanto tomávamos café, Rex nos mostrou slides de trabalhos que havia feito naquele verão, a maioria deles esculturas da mulher grávida, mas várias outras coisas também, desenhos, cerâmicas, entalhes em mármore. Ele estava transbordando de empolgação, de possibilidades.

"Agora vamos às *notícias*. Vocês não vão acreditar. Eu mesmo ainda não estou acreditando. Eu tenho um mecenas. *Uma* mecenas. Uma senhora rica de Detroit. Ela vai me *pagar* para que eu vá para a Itália e passe pelo menos um ano lá. Numa vila nos arredores de Florença. Mas a vila não importa. O que importa é que tem uma fundição lá. Uma fundição de bronze! Eu viajo mês que vem!"

"É para mim e o Ben irmos também?", Maria sussurrou.

"Para eu e o Ben irmos. Claro. Só que eu vou primeiro para ajeitar as coisas."

Todo mundo estava batendo palmas e se abraçando, até que Rex se levantou e disse: "Esperem, ainda tem mais. Escutem só! Eu também consegui uma bolsa Guggenheim!".

A primeira pessoa em que eu pensei foi Bernie. Eu sabia que ele ficaria feliz por Rex, mas entenderia perfeitamente se ele ficasse com inveja. Bernie tinha trinta anos; Rex só tinha vinte e três e o futuro dele já estava ali, entregue de bandeja. Mas Bernie estava sendo sincero quando apertou a mão de Rex e disse: "Ninguém merece mais do que você".

Todo mundo foi embora, menos Bernie e eu. Bernie deu um pulo em casa e trouxe uma garrafa de Drambuie. Os homens ficaram bebendo e conversando sobre Cranbrook, viram os slides de novo. Maria e eu lavamos a louça e jogamos o lixo fora.

"Já está mais que na hora de a gente ir pra casa", eu disse para Bernie e peguei Andrea no colo. Maria e Rex tinham ido para o quarto para ver como Ben estava. Ficamos esperando para nos despedirmos e ouvimos os dois sussurrando lá dentro.

Ela deve ter contado a ele que estava grávida de novo. Rex saiu do quarto, pálido. "Boa noite", disse.

Ele foi embora na manhã seguinte, antes de Maria e Ben acordarem. Levou as pinturas, as esculturas e as cerâmicas, o rádio e o vaso acoma. Nunca mais nenhum de nós viu Rex.

Natal. Texas. 1956

"A Tiny está no telhado! A Tiny está no telhado!"
É só disso que eles falam lá embaixo. Eu estou no telhado, sim, e daí? O que não sabem é que é bem possível que eu não desça daqui nunca mais.

Eu não pretendia ser tão dramática. Teria simplesmente ido para o meu quarto e batido a porta, mas a minha mãe estava no meu quarto. Então, eu bati a porta da cozinha. E aí tinha uma escada de mão bem ali, para subir no telhado.

Eu me sentei lá, ainda fula da vida, e tomei uns goles da minha garrafinha de bolso de Jack Daniel's. Ora, ora, pensei comigo, é bem gostoso aqui em cima. Protegido, mas com vista para os pastos, o Rio Grande e o monte Cristo Rey. Agradável à beça. Principalmente agora que a Esther me arranjou um fio de extensão e me trouxe um rádio, um cobertor elétrico, umas revistas de palavras cruzadas. Ela esvazia o meu penico e me traz comida e uísque. Não tem nem dúvida de que eu vou ficar aqui em cima até depois do Natal.

Natal.

O Tyler sabe o quanto eu detesto o Natal, odeio de verdade. Ele e o Rex Kipp entram num verdadeiro frenesi todo santo ano... fazendo doações para instituições de caridade, distribuindo brinquedos para crianças aleijadas, mantimentos para os idosos. Eu ouvi os dois bolando um esquema para entregar brinquedos e alimentos na favela de Juarez na véspera do Natal. Qualquer desculpa é válida para eles se exibirem, gastarem dinheiro e agirem feito um perfeito par de cretinos.

Este ano o Tyler disse que estava me preparando uma grande surpresa. Uma surpresa pra *mim*? Tenho vergonha de admitir, mas cheguei a imaginar que ele fosse me levar para Bermudas ou para o Havaí. Nem por um segundo me passou pela cabeça que a grande surpresa fosse uma reunião de família.

Ele acabou admitindo que, na verdade, estava fazendo isso pela Bella Lynn. Bella Lynn é a insuportável da nossa filha mimada, que voltou pra casa agora que o Cletis, o marido dela, a deixou. "Ela está tão pra baixo", o Tyler falou. "Está precisando reencontrar as próprias raízes." Raízes? Prefiro encontrar monstros-de-gila na minha caixa de chapéu.

Pra começar, ele convida a minha mãe. Vai lá e tira a velha da clínica de repouso Bluebonnet. Onde ela é mantida amarrada. Onde é o lugar dela. Depois ele chama os irmãos dele: o John, que é caolho e alcoólatra, e a Mary, que é só alcoólatra. Tudo bem, eu também bebo. O Jack Daniel's é meu *amigo*. Mas eu não perco o senso de humor nem fico malvada como ela. Além do mais, ela tem sentimentos incestuosos pelo Tyler, sempre teve. Como se não bastasse, ele convida também o chato de galocha do marido dela, que acabou não vindo, graças a Deus. A filha deles, a Lou, está aqui, com um bebê. O marido dela também a deixou. Ela consegue ser tão cabeça-oca quanto a minha filha Bella Lynn. Ah, paciência. Logo, logo as duas vão fugir de novo com algum outro desajustado analfabeto que elas encontrarem por aí.

Enfim, o Tyler convidou oitenta pessoas para uma festa na nossa casa na véspera de Natal, que é amanhã. Foi aí que a Lupe, a nossa nova empregada, surrupiou as nossas facas de trinchar com cabo de marfim. Ela tinha escondido as facas na cinta e aí, quando estava atravessando a ponte para Juarez, resolveu se abaixar por algum motivo bobo. Resultado: ela se esfaqueou, quase morreu de tanto sangrar e tudo acabou virando culpa do Tyler. Ele teve que pagar a ambulância, a conta do hospital e uma multa astronômica, porque ela é mexicana e imigrante ilegal. E claro que a polícia descobriu que os nossos jardineiros e a nossa lavadeira também são imigrantes ilegais. Então agora a gente está praticamente sem criadagem nenhuma. Só tem a coitada da Esther e uns estranhos que o Tyler contratou para trabalhar meio expediente. Ladrões, com certeza.

Mas o pior de tudo mesmo foi que ainda por cima ele convidou os meus parentes de Longview e de Sweetwater. Uma gente horrível. São todos ou muito magros ou grotescos de tão gordos, e só o que eles fazem é comer. Todos têm cara de quem passou por maus bocados. Secas. Tornados. A questão é que são pessoas que eu nem conheço e nem quero conhecer. Foi por causa delas que me casei com o Tyler, para nunca mais ter que ver aquelas pessoas na vida.

Não que eu precise de mais razões para ficar aqui em cima, mas ainda tem mais uma. De vez em quando eu ouço, com toda a clareza do mundo, absolutamente tudo o que o Tyler e o Rex falam lá embaixo, na oficina.

Tenho vergonha de admitir isso, mas, dane-se, é a verdade. Eu tenho ciúmes do Rex Kipp. Veja bem, eu sei perfeitamente que o Tyler anda dormindo com aquela secretariazinha vulgar dele, a Kate. E quer saber? Estou pouco me importando. Evita que ele venha bufar e se esfalfar pra cima de mim.

Mas, voltando ao Rex, faz anos e anos que ele está na nossa

vida. Nós passamos metade da nossa lua de mel em Cloudcroft e a outra metade no rancho do Rex. Aqueles dois pescam, caçam e jogam juntos e vão pra tudo quanto é canto, sabe Deus pra onde, no avião do Rex. O que mais me enlouquece é como eles ficam conversando, lá na oficina, horas a fio. O que eu quero dizer é que isso vinha me aporrinhando o juízo de verdade. Sobre o que raios aqueles dois cretinos tanto falam um com o outro lá?

Bom, agora eu sei.

Rex: Sabe de uma coisa, Ty, esse uísque é bom pra dedéu.

Tyler: Se é. É bom pra cacete mesmo.

Rex: Desce feito leite de mãe.

Tyler: Macio que nem seda.

(Eles só vêm mamando aquela porcaria de uísque há uns quarenta e tantos anos.)

Rex: Olha só aquelas nuvens... parecem ondas subindo e estourando.

Tyler: É verdade.

Rex: Acho que esse é o meu tipo favorito de nuvem. Cúmulo. Cheia de chuva para o meu gado e bonita que só ela.

Tyler: Pra mim, não. Não é a minha favorita, não.

Rex: Como não?

Tyler: É espalhafatosa demais.

Rex: Mas é isso que é bacana, Ty, o espalhafato. Ela é majestosa às pampas.

Tyler: Eta uisquinho vagabundo bom!

Rex: Esse céu tá bonito pra danar.

(Longo silêncio.)

Tyler: Eu gosto mesmo é de um céu cheio de cirro.

Rex: O quê? Aquelas nuvenzinhas esfiapadas mixurucas?

Tyler: Isso. Em Ruidoso, lá no alto da serra, o céu de lá é azul pra valer. E fica polvilhado dessas nuvens cirros, passeando pra lá e pra cá, tão leves e tranquilas.

Rex: Eu sei exatamente de que céu você está falando. Estava assim no dia que eu abati dois antílopes.

(Só isso. A conversa inteira. Aqui vai mais uma:)

Rex: Mas será que as crianças mexicanas gostam dos mesmos brinquedos que as crianças brancas?

Tyler: Claro que gostam.

Rex: A impressão que eu tenho é de que elas brincam com coisas como latas de sardinha como se fossem barcos.

Tyler: Mas é exatamente esse o objetivo da nossa operação em Juarez. Dar brinquedos de verdade. A questão é: de que tipo? Que tal armas?

Rex: Dar armas para os mexicanos? Nem pensar.

Tyler: Todos eles são loucos por carros. E as mulheres por bebês.

Rex: É isso! Carrinhos e bonecas!

Tyler: Brinquedos de montar e de construir!

Rex: Bolas. Bolas de beisebol e de futebol de verdade!

Tyler: Pronto, resolvido. A gente solucionou a coisa toda direitinho, Rex.

Rex: Perfeito.

(Que grande dilema existencial foi esse que os dois abestalhados acham que resolveram eu não faço a mínima ideia.)

Tyler: Como é que você vai encontrar o lugar, voando no escuro?

Rex: Eu consigo encontrar tudo quanto é lugar. E, de qualquer forma, a gente vai ter a estrela para se guiar.

Tyler: Que estrela?

Rex: A estrela de Belém!

Eu acompanhei a festa toda daqui de cima. Nunca ninguém viu uma anfitriã mais relaxada que eu, deitada sob o céu estrelado, o meu radinho tocando "Away in a Manger" e "White Christmas".

Às quatro da manhã a Esther já estava em pé, cozinhando e

limpando. A Bella e a Lou deram uma mãozinha, tenho que admitir. O florista chegou, depois o pessoal do bufê com mais comida e bebida, os garçons de smoking. Um caminhão veio entregar uma máquina de fazer bolhas gigantesca, que o Tyler mandou botar dentro de casa. Não quero nem pensar no meu tapete. Alto-falantes começaram tocar, num volume altíssimo, Roy Rogers e Dale Evans cantando "Jingle Bells" e "I Saw Momma Kissing Santa Claus". Então, começaram a chegar carros e mais carros com mais gente ainda que eu não quero ver nunca mais na minha vida. A Esther, que Deus a abençoe, trouxe pra mim aqui em cima uma bandeja com comida, uma jarra com gemada e uma garrafa do meu velho amigo Jack cheia. Ela estava toda elegante de preto, com um avental branco rendado, o cabelo branco preso em tranças e enrolado em volta da cabeça. Parecia uma rainha. Ela é a única pessoa que eu gosto no mundo ou talvez ela seja a única pessoa que gosta de mim.

"O que é que a vagabunda da minha cunhada tá fazendo?", eu perguntei pra ela.

"Jogando carta. Alguns dos homens começaram uma partida de pôquer na biblioteca e ela pediu com uma voz toda doce: 'Ah, eu posso jogar também?'".

"Eles vão levar uma boa de uma lição."

"Foi isso mesmo que eu pensei assim que ela começou a embaralhar as cartas. Chuf chuf chuf."

"E a minha mãe?"

"Tá zanzando por lá, falando pra todo mundo que Jesus é o nosso salvador."

Não precisei perguntar a ela sobre Bella Lynn, que estava no balanço da varanda dos fundos com o velho Jed Ralston. A mulher dele, que a gente chama de Martha marmota, provavelmente estava carregada demais de diamantes para andar e descobrir o que ele andava aprontando. Então, a Lou sai porta afora com o Orel, filho da Willa, um brutamontes que joga no ataque do time de futebol americano dos Texas Aggies. Os quatro saem da varanda e começam a caminhar pelo jardim, dando risadinhas e gritinhos agudos, cubos de gelo tilintando nos copos. Caminhar? Além de semiembriagadas, aquelas garotas estão usando saias tão apertadas e saltos tão altos que mal conseguem andar. Eu berro lá pra baixo:

"Vadias de peão de obra! Ralé branca!"

"O que é que foi isso?", o Jed perguntou.

"É só a mamãe. Lá em cima do telhado."

"A Tiny está no telhado?"

Então, me recostei de novo e voltei a olhar para as estrelas. Aumentei o volume da minha música de Natal para abafar os ruídos da festa. Cantei também, baixinho. *It came upon a midnight clear.* Línguas de vapor saíam da minha boca e a minha voz, cantando, parecia de criança. Fiquei lá deitada, cantando sem parar.

Por volta das dez horas, o Tyler, o Rex e as duas garotas saíram de mansinho lá de dentro, sussurrando e tropeçando no escuro. Botaram duas sacas enormes dentro do nosso Lincoln e saíram em dois carros pelo caminho que corta o pasto dos fundos em direção ao campo perto da vala, onde o Rex pousa o Piper Cub. Os quatro amarraram as sacas do lado de fora do avião e depois o Tyler e o Rex embarcaram. A Bella Lynn e a Lou acenderam o farol do carro para iluminar a pista de onde o Rex ia decolar. Mas a noite estava tão clara que dava a impressão de que ele conseguiria enxergar só com a luz das estrelas.

O avião estava tão carregado que mal conseguia sair do chão. Quando finalmente conseguiu, levou um tempão para ganhar altitude. Tirou um fino da fiação elétrica e depois outro fino dos choupos perto do rio. As asas se inclinaram algumas vezes, e não foi porque o Rex estivesse querendo se exibir. Por fim, ele tomou o rumo de Juarez e a luzinha vermelha na traseira desapareceu. Respirei fundo, dei graças a Deus e bebi um pouco mais. Tornei a me recostar, tremendo. Eu não ia aguentar se o Tyler despencasse lá de cima. Justo nessa hora começou a tocar "Noite feliz" no rádio, uma música que sempre mexe comigo. Eu chorei à beça, me debulhei em lágrimas. Não é verdade aquilo que eu disse sobre ele e a Kate. Eu me importo, sim, e muito.

As garotas ficaram esperando no escuro, perto dos tamariscos. Quinze, vinte minutos, que pareceram horas. Eu não vi o avião, mas elas devem ter visto, porque acenderam o farol do carro e, então, o avião pousou.

Não consegui ouvir nem uma palavra por causa da barulheira da festa e porque eles estavam com a porta e as janelas da oficina fechadas, mas vi os quatro ao pé da lareira. Era uma cena tão tocante, parecia saída de *Uma canção de Natal*, com os quatro brindando com champanhe, seus rostos radiantes de alegria.

Foi mais ou menos nessa hora que anunciaram a notícia no meu rádio. "Agora há pouco, um misterioso Papai Noel jogou brinquedos e providenciais mantimentos na favela de Juarez. Mas, azedando essa surpresa natalina, chega também a trágica notícia de que um pastor de ovelhas idoso foi morto, supostamente atingido por uma lata de presunto que caía do céu. Mais detalhes à meia-noite."

"Tyler! Tyler!", berrei.

O Rex abriu a porta da oficina e veio para o lado de fora.

"O que é? Quem está aí?"

"Sou eu. A Tiny."

"Tiny? A Tiny ainda está no telhado!"

"Chama o Tyler aí, paspalhão."

O Tyler saiu lá de dentro e eu falei do boletim de notícias para ele. Disse que era melhor o Rex tratar de se mandar rápido para Silver City.

Eles saíram de carro de novo, para levar o Rex embora. Quando voltaram, a casa estava silenciosa, salvo pelos ruídos que a Esther fazia, arrumando a bagunça. As garotas entraram. O Tyler veio andando na minha direção e parou embaixo de onde eu estava. Prendi a respiração e fiquei ouvindo o Tyler sussurrar "Tiny? Tiny?" durante um tempo, depois me debrucei na beira do telhado.

"O que é que você quer?"

"Desce desse telhado agora, Tiny. Por favor."

A casa de adobe com teto de zinco

A casa tinha cem anos, paredes arredondadas e amaciadas pelo vento, e o mesmo tom vivo de marrom que a terra dura em volta dela. Havia outras construções no terreno, um curral, uma latrina externa, um galinheiro. E ainda uma casinha independente, também de adobe, perto da parede sul da casa principal. Ela não tinha telhado de zinco como a casa maior. Lisa e simétrica, parecia ter brotado da própria terra, feito um cogumelo empoeirado.

Eram quatro acres de terra desgastada. Vinte macieiras prestes a dar flor. Pés de milho secos, um arado manual enferrujado. Um tordo de bico curvo estava pousado debaixo de um choupo desfolhado, perto de uma bomba vermelha. Um jato forte de água jorrou da bomba quando Paul a testou.

A maior parte das janelas estava quebrada, as portas entreabertas. O interior da casa estava fresco e escuro e cheirava a pinheiro, cedro. Outro cheiro intenso emanava de uma cortina feita de bagas de eucalipto e de contas vermelhas.

Ecos. Um envelope desbotado no chão de pinho poeirento.

Vara-de-ouro PARA CÓLICA num frasco de vidro amarelo. Paul pegou Max, o bebê, no colo e se sentou no peitoril largo de uma das janelas.

"Essas paredes têm uns noventa centímetros de espessura! É uma ótima casa. Eu ia poder tocar piano bem alto, na altura em que eu quisesse. As crianças iam poder brincar lá fora sem se preocupar com carros. E a vista é maravilhosa! Olha só as montanhas Sandia daqui!"

"É linda a vista", disse Maya. "Mas a casa não tem água encanada nem eletricidade."

"A gente pode botar encanamento em... fácil. Nós não tínhamos eletricidade na nossa casa em Truro quando eu era criança."

"Mas eu iria cozinhar naquele fogão a lenha velho?"

As objeções de Maya não passaram disso. O que ela sentia por Paul ainda tinha um grande componente de gratidão. O primeiro marido de Maya a deixara quando Sammy tinha nove meses e ela estava grávida de Max. Tinha parecido um milagre quando Paul surgiu na sua vida e se apaixonou não só por ela, mas por Sammy e por Max também. Ela estava determinada a ter um bom casamento, a ser uma boa esposa. Tendo só dezenove anos ainda, não fazia ideia do que significava ser uma boa esposa. Fazia coisas como segurar a parte quente da xícara, oferecendo a asa ao marido, quando lhe passava uma xícara de café.

Paul havia acabado de conseguir um emprego numa casa noturna de Albuquerque. Ele era músico, pianista de jazz. Eles estavam procurando um lugar onde Paul pudesse praticar piano e dormir durante o dia, onde as crianças pudessem brincar do lado de fora.

"Escuta!", disse Maya. "Que som é esse? Pombos?" Eles estavam caminhando pelo pomar de macieiras.

"Codornas. Olha lá." Sammy tinha avistado as aves e correu

atrás delas, que fugiram em direção aos tamariscos. Ao longe, no campo, um papa-léguas passou correndo e sumiu. Eles riram; era igualzinho ao personagem do desenho animado, só que preto e branco, surpreendente em contraste com o marrom opaco da terra.

Foram de carro até a Corrales Road, para a casa dos amigos Betty e Bob Fowler, as únicas pessoas que eles conheciam até então. Bob era poeta, dava aula de inglês numa escola particular. Ele e Paul tinham estudado juntos em Harvard, eram velhos amigos. Betty e Maya se davam mais ou menos bem. Maya achava Betty mandona e intrometida; Betty achava Maya insuportavelmente passiva e ingênua. Betty e Bob tinham quatro filhas, todas com menos de cinco anos.

Os Fowler eram uma das poucas famílias anglo-americanas que moravam por ali, em Alameda. Eram quilômetros e quilômetros de plantações e pomares, com choupos e árvores-do-paraíso demarcando os campos. Alfafa, milho, feijão, pimenta. Gado holandês e cavalos quarto de milha em pastagens poeirentas. Alameda em si consistia em uma igreja, uma loja de ração, um mercado e o salão de beleza de Dela, Bella Della Beauty Parlor.

Todos entraram na van dos Fowler e voltaram para dar uma olhada na casa. As quatro menininhas dos Fowler ficaram brincando do lado de fora com Sammy e Max enquanto os adultos examinavam os cômodos. Bob e Paul falaram sobre botar encanamento, sobre onde comprar lenha. Betty e Maya falaram sobre a viabilidade de lavar roupa e cozinhar. Betty disse que seria impossível morar ali com duas crianças de fralda. Sem eletricidade? Com um fogão a lenha, sem água encanada, sem banheiro? Totalmente impossível. Em parte para contrariar, Maya insistiu que não seria nenhum problema, que as mulheres tinham feito isso durante séculos. Seria até divertido, na verdade.

Como Betty sempre sabia de tudo, ela sabia que Dela Ramirez havia herdado aquela casa do pai. Sabia até que a cidade inteira achava que quem devia ter herdado a casa era Pete ou Frances García, o irmão e a irmã de Dela. Ainda que fossem dois inúteis, eles eram mais velhos e, além disso, Dela e o marido já tinham uma casa.

No salão Bella Della, Dela conversou com Betty por cima da cabeça molhada de uma freguesa, volta e meia abrindo grampos de cabelo com os dentes. Betty tinha trocado sua voz de ex-aluna de teatro por uma fala arrastada e ficou papeando com Dela sobre os irmãos Tafoya, sobre alugar o campo de alfafa, sobre o programa educacional Head Start e sobre o xampu Head & Shoulders. Maya não disse nada; folheou alguns números do *National Enquirer*, penteou o cabelo. Ainda não conhecia os rituais sociais do lugar. Agora as duas mulheres estavam falando sobre dividir touceiras de canáceas e pintar a parte de baixo do tronco de árvores frutíferas.

"*Oye*, Dela, você sabe de alguma casa para alugar por aqui?", Betty finalmente perguntou.

Dela fez que não com a cabeça. "Ninguém aluga casas por aqui." Ela cobriu as orelhas da mulher com cones de papel e pôs uma rede na cabeça dela, por cima dos grampos e das presilhas. "Não, não está me ocorrendo nenhuma."

"Os meus amigos estão procurando uma casa que tenha um terreno razoável. Algum lugar com aluguel baixo ou então onde, em vez de pagar aluguel, eles pintem a casa, botem encanamento, façam coisas assim em troca. Capinem o terreno, consertem as janelas… façam melhorias na propriedade, sabe?"

"Quanto eles pagariam de aluguel?", Dela perguntou, de costas para elas. Puxou a cúpula de um secador para baixo, posicionando-a acima da cabeça da mulher, e girou o botão, selecionando a temperatura baixa, depois média, quente, muito quente.

"Cinquenta no máximo, imagino... já que eles vão fazer melhorias. Algum lugar te ocorre?"

"Bom, tem a casa dos meus pais. Fica numa transversal da Corrales Road, lá embaixo. O meu irmão Pete vai lá de vez em quando. Pra casa pequena, não pra grande. Mas é tudo propriedade minha agora."

"Pode ser bom ter alguém cuidando da propriedade."

Dela ficou em silêncio, girou o botão da temperatura para quente, média, baixa. A mulher, que estava lendo uma revista, pousou-a no colo para ouvir a conversa.

"Eles poderiam alugar a casa dos meus pais. Mas o aluguel seria setenta. A casa é grande."

"Setenta!", exclamou Betty, com escárnio. Maya se inclinou para a frente então e disse para Dela: "A gente paga os setenta, mas pela propriedade toda, sem o seu irmão lá".

"Ah, ele não iria pra lá com gente morando na casa. Ele é um inútil."

"Quando a gente poderia se mudar?"

Dela deu de ombros. Tanto fazia.

"Então a gente começa a limpar a casa, conserta as janelas e, quando a gente se mudar pra lá, eu venho aqui pagar o aluguel."

"Não", disse Betty. "Tem que ter um contrato. Eles vão precisar de um contrato, se vão fazer essas melhorias todas."

Paul e Maya trabalharam para valer nas semanas seguintes, instalando vidraças nas janelas, lixando pisos, emboçando paredes e pintando. Os Fowler também ajudaram, e as duas famílias faziam piqueniques do lado de fora, enquanto o sol se punha nas montanhas Sandia.

A última coisa que eles fizeram foi pintar a esquadria das janelas, de um tom de azul conhecido como *Santa Fe blue*. Inspirados pelo nome da cor, fizeram uma música: "Got the Santa Fe Blues". Ao mergulhar seus pincéis na lata de tinta, Paul e Maya paravam e se beijavam, felizes com a casa nova. Sammy e Max corriam pelo terreno ou brincavam com caminhões e blocos de montar, na lama perto da bomba d'água.

No último dia em que foram lá para pintar, havia três cachorros deitados nos degraus de pedra da escada dos fundos. Um buldogue velho com testículos cor-de-rosa, uma cadela sarnenta de língua preta e um filhote preto e peludo. Não se via sinal do dono deles. Embora tenham latido a princípio, os cachorros logo voltaram a se acomodar nos degraus. O filhote era mansinho e deixou que Max o carregasse de cabeça para baixo pelo quintal.

Maya fez café. Estava na cozinha com Paul. Ela ainda não tinha tentado cozinhar no fogão a lenha; vinha usando um fogão portátil para fazer chá e café.

"Tem tinta no seu cabelo", disse ela. "Eu queria tanto que você não tivesse que voltar a trabalhar." Paul havia pedido a Willie Tate que o substituísse no piano durante cinco dias, na casa noturna.

"Eu também... só que a gente realmente conseguiu reunir um grupo fantástico. O Ernie Jones é o melhor baixista com quem eu já toquei na vida. Tenho certeza de que o Prince Bobby Jack vai renovar o nosso contrato. A casa tem lotado para as duas apresentações toda noite."

"Deus do céu, que casa bonita!" A mulher tinha entrado sem nenhuma cerimônia pela porta da cozinha. Cinquentona, imensa de gorda, de macacão e botas de homem. Mechas de cabelo comprido e embaraçado escapavam de baixo de um chapéu de caubói.

"Muito, muito bonita! Aqui já foi a minha casa, sabe? Eu tenho a minha própria casa, ali do outro lado da Corrales, tá vendo?" Ela apontou, abrindo um sorriso desdentado, para um barraco no meio da mata, do lado oposto da estrada. "Alguém tocou fogo nela. Inveja. Eu tenho um namorado, o Romulo. Vocês viram ele? Apareceu na televisão, com os carros de bombeiro, vocês viram?"

Ela ficou alguns instantes calada. Uma mancha surgiu no chão e depois alguns pingos. Ela havia molhado as calças. "Vocês viram o Pete? Quando ele aparecer vocês falem pra ele que os cachorros dele estão aí. É cachorro demais. Eu tenho os meus próprios cachorros. O Pete nasceu bem aí onde vocês estão sentados. Eu vi tudinho."

"A gente está morando aqui agora", disse Paul. "Agora você vai pra casa, tá bem? Pra sua própria casa."

"Eu tenho a minha própria casa. Bem ali, do outro lado da estrada. Garrafas!"

Tendo avistado algumas garrafas vazias de Crush de laranja numa pilha de lixo, ela voltou lá para fora e começou a botar as garrafas e outras coisas dentro de um carrinho de compras. Depois foi embora, empurrando seu carrinho, que chacoalhava ruidosamente na pista pedregosa, e atirando pedras nos cachorros quando eles tentavam ir atrás dela.

"Leve os cachorros com você!", Paul gritou.

"São do Pete. Eles moram aqui. Eu tenho os meus próprios cachorros! O meu nome é Frances."

Os Fowler os ajudaram a fazer a mudança para a casa nova. Eles tomaram champanhe ao pé da lareira acesa com lenha de pinheiro e Maya fez frango frito e milho na palha no fogão a lenha. A broa de milho ficou queimada na parte de baixo, mas Maya não demoraria a pegar a manha do forno. Lavar a louça foi uma amolação, carregar a água para dentro de casa, depois esquentá-la. Não, talvez naquela noite tenha sido divertido, depois é que virou uma aporrinhação.

Maya e Paul não conseguiram dormir na primeira noite que passaram na casa nova. Fizeram amor no tapete navajo em frente à lareira, tomaram chocolate quente sentados no peitoril das janelas e ficaram vendo o luar nas macieiras. Na manhã seguinte, as macieiras tinham começado a dar flor. Da noite para o dia! Eles se sentaram do lado de fora e ficaram tomando sol, recostados na parede quentinha, enquanto os meninos brincavam com os cachorros ali perto. Cheiro de flor de macieira, de café, de pinheiro queimado.

A porta da casinha perto da deles se abriu com violência. Paul e Maya pularam de susto; não tinham ouvido nenhum carro entrar ali na noite anterior. Pela porta de tela rasgada, alguém atirou um jato de café com creme para o lado de fora. A porta tornou a se fechar, com força.

Pete saiu de dentro da casinha. Um homem parrudo, de pele morena, cabelo preto comprido, olhos verdes, dentes da frente de ouro. Aparentava ter uns quarenta e cinco anos, mas andava com o gingado atrevido de um *chicano* adolescente. Sorriu para eles, botou a cabeça debaixo da torneira da bomba d'água, empurrou a alavanca para cima e para baixo. Um borbotão de água jorrou no cabelo e no rosto dele; suas costas enormes estremeceram. Ele assoou o nariz, fungou, lavou a boca e cuspiu. Quando se levantou, tornou a sorrir para eles, com água escorrendo do cabelo pela sua camiseta suja abaixo. Cuspiu de novo e secou a boca com a fralda da camiseta.

"Eu sou Pete Garcia. Eu nasci aqui."

"Eu sou Paul Newton e essa é a minha esposa, Maya. Nós moramos aqui agora. Alugamos o terreno inteiro, com todas as construções."

"A Dela disse que você não ia mais vir para cá depois que a gente se mudasse", disse Maya.

"A Dela! Eu cuido da minha vida. Vocês cuidam da vida de vocês. Eu tenho a minha própria casa, no centro da cidade. Às vezes eu venho pra cá pra ter um descanso da minha mulher."

Os cachorros estavam pulando em volta dele, querendo carinho. "Esse cachorro velho aqui é o Bolo. Aquela cadela lerda ali é a Lady, e o filhote se chama Sebache, que quer dizer 'pedra muito preta' em espanhol." Ele sorriu.

Paul e Maya ficaram calados enquanto Pete se apresentava e apresentava os cachorros aos meninos. Ele voltou para dentro da casa. Quando saiu, estava usando uma jaqueta do exército e um chapéu de caubói. Trazia uma garrafinha de vinho Garden DeLuxe Tokay e uma panela com angu de fubá, que pôs no chão para os cachorros.

Tirou seu carro de trás da casa, de ré, e parou perto de onde eles estavam sentados. Era um velho Hudson, sem portas nem janelas na parte traseira. Pete ficou um tempo lá sentado, pisando no acelerador e dando goles na sua garrafinha de vinho. Então, acendeu um cigarro, deu um sorriso dourado e um adeusinho para eles e desceu a pista em alta velocidade. Os cachorros seguiram o carro até a Corrales Road, depois voltaram, ofegantes, e se deitaram no chão bem no lugar onde as crianças estavam brincando.

"É melhor você ir conversar com a Dela", disse Paul.

"Por que eu? Por que *você* não conversa com *ele*?"

"Pode não ser tão ruim, Maya. Na verdade, eu acho até bom os cachorros estarem aqui. Você vai ficar isolada aqui quando eu estiver trabalhando. Sem carro, sem telefone. O que eu quero dizer é que, se acontece alguma coisa com um dos meninos... pelo menos ele pode levar vocês de carro até algum lugar."

"Que ótimo. Eu vou ficar isolada aqui com o Pete. Mas é uma tremenda sorte, na verdade."

"Sarcasmo não combina com você, Maya."

Não discutiram mais o assunto. Paul saiu cedo para ensaiar com a banda. Maya e os meninos passearam pelo pomar e pela beira da vala e, depois, ela pôs os dois para tirar uma soneca. Enquanto eles dormiam, ela se sentou na escada dos fundos e ficou lendo e olhando para as montanhas.

Pete chegou por volta das cinco horas. Parou o carro bem ao lado dela e tirou uma muda de roseira do banco de trás.

"Esse tipo de rosa é chamado de Angel Face. É uma rosa cor-de-rosa linda, linda. Você planta a muda aqui, no lado norte, pra ela não pegar sol demais. Eu trabalho no viveiro Yamamoto. Eles não vão dar pela falta de uma roseira. O solo aqui é só caliche velho e ruim, então você tem que cavar um buraco bem fundo, depois botar terra boa e turfa lá dentro."

Ele tirou sacos de terra e de turfa de dentro do carro, depois se sentou atrás do volante e foi dirigindo até a casinha dele. Maya procurou em volta, encontrou finalmente uma pá e começou a cavar um buraco, mas mal conseguia afundar a pá naquele solo argiloso duro. Ela estava resmungando consigo mesma quando Pete reapareceu, trazendo uma picareta. Mas ele deixou que ela cavasse o buraco, enquanto tomava cerveja sentado na escada. Explicou como acomodar as raízes sobre o montinho de terra boa, depois lhe disse para botar mais terra e água, depois mais terra e turfa, apertando tudo para baixo de leve, deixando o ponto do enxerto só um pouco acima da terra. Limitou-se a observar enquanto ela carregava quatro baldes de água da bomba até lá.

"Pete! ¡Órale, mano!" Romulo e Frances estavam subindo a pista de entrada. Frances empurrava seu carrinho de compras cheio de cerveja e sacolas de mercado. Romulo era um homenzinho minúsculo e enrugado, de calça e botas de paraquedista e chapéu de aviador com as abas forradas de pele voltadas para baixo, cobrindo suas orelhas. Pedalando uma bicicletinha de criança, ele dava voltas e mais voltas em torno de Frances. Os quatro cães de caça de Frances e Bolo, Lady e Sebache latiam e pulavam ao redor deles. Os três entraram na casa de Pete. Ficaram bebendo, discutindo e rindo. Jogaram cartas e beberam mais. Quando terminavam uma garrafa de cerveja, quase sempre abriam a porta com toda a força e jogavam as garrafas vazias dentro do carrinho de compras de Frances. Quando precisavam fazer xixi, faziam em frente à porta mesmo, depois entravam e batiam a porta de novo. Frances se agachava do lado de fora e mijava, cantando: "*Pretty little fellow, everybody knows... Don't know what to call him but he's mighty lak a rose!*". Não havia um único lugar na casa onde Maya pudesse se enfiar para não ouvir os barulhos que eles faziam.

Paul não entendeu quando ela falou que estava ficando maluca com aquela turma. Que estava ficando maluca com aquelas plantas. Paul achava ótimo Pete estar trazendo tanta planta, quase todos os dias.

"Já passou pela sua cabeça que talvez você tenha preconceito contra mexicanos?", Paul perguntou.

"Preconceito? Ah, pelo amor de Deus. Bom, desses *cucarachas* aí eu estou de saco cheio."

"Maya! Que coisa horrível. Totalmente indigna de você." Ele ficou profundamente chocado e foi cedo para o trabalho, sem dizer tchau.

Ela construiu duas treliças para as roseiras trepadeiras American Beauty. No terreno agora havia dois arbustos de lilás, uma forsítia perto da bomba d'água. Um jasmim-de-veneza encostado à latrina. Uma madressilva trepava no mastro do varal de roupas. Uma rosa Peace, um amaranto, uma rosa Just Joey. Um tomateiro Abe Lincoln. Maya plantou tudo. Todo dia ela carregava baldes e mais baldes de água. Pete ficava observando-a, encostado numa parede, tomando cerveja. "Mais fertilizante!", dizia. Ele havia trazido uma picape cheia de esterco de cavalo e despejado ali, para ela espalhar.

Agora que o tempo estava mais quente, era divertido dar banho nos meninos na banheira perto da bomba. Paul tomava banho de chuveiro e vestia o smoking toda noite no trabalho. No início Maya tomava banho na banheira, no chão da cozinha, mas fazia sujeira demais e era preciso carregar baldes demais. Então, ela passou a tomar banho de chuveiro na casa dos Fowler e, quando acabava, tomava conta das meninas de Betty enquanto ela ia ao mercado. Duas vezes por semana as duas mulheres iam lavar roupa na lavanderia Angel's, na rua 4 Norte. Os dois casais jantavam juntos algumas vezes por mês. Durante o jantar e depois, enquanto tomavam café ou vinho, eram os dois homens que falavam, sobre poesia, jazz, pintura. As mulheres tiravam a mesa, lavavam a louça, botavam as crianças para dormir, ficavam ouvindo os maridos conversar.

Os vendavais da primavera começaram lançando areia contra as janelas, arrancando as flores das árvores, obrigando Maya e as crianças a ficar dentro de casa. Os meninos se tornaram irritadiços, manhosos. Ela queria muito que eles tivessem um rádio ou uma televisão. Estava cansada de passar horas sentada no chão, jogando jogos, lendo ou cantando para eles. Paul dormia até tarde e praticava piano horas a fio todos os dias. Escalas, intermináveis.

O vento uivava, o calor do fogão a lenha invadia a cozinha em lufadas. O cabelo dela grudava na testa, molhado de suor. Era horrível bombear água levando saraivadas de areia na cara. A água ficava cheia de areia. Tinha areia no café e no feijão. A manteiga ficava crocante com areia. Quando ia à latrina, Maya ouvia rajadas de areia batendo nas paredes e, quando voltava correndo para casa, seu cabelo e seus olhos se enchiam de areia.

"Quando é que a gente vai mandar botar encanamento na casa, hein?", ela perguntou.

"Olha, larga do meu pé, tá bom? Eu estou trabalhando em músicas novas. A gente está criando novos arranjos. A banda está realmente se acertando. Você sabe como isso é importante pra mim."

Paul foi para o trabalho. Maya passou a tarde fazendo um bolo de chocolate. Quando estava tirando o bolo do forno, Pete bateu na porta.

"Você tem que regar mais. As plantas estão todas morrendo de sede."

"É muito difícil com essa ventania, Pete."

"Bom, elas precisam de mais água. Olha aqui, eu trouxe uma lantana e uma caixa com mudas de zínia pra você. Não molhe as folhas da zínia quando for regar. Elas apodrecem."

"Ah… Obrigada, Pete."

O vento não estava tão forte naquele momento, afinal. Ela foi lá para fora. Sammy e Max a ajudaram a plantar a lantana e as zínias ao lado da escada. Ela regou as plantas novas, carregou baldes e mais baldes de água e regou todas as roseiras, todos os tomateiros. Regaria o resto no dia seguinte.

Naquela noite, Maya e Paul comeram bolo e tomaram leite

ao pé da lareira. Do lado de fora, o vento soprava areia contra as janelas. Paul disse que tinha uma má notícia para dar. Ele havia conversado com um encanador na cidade antes de ir para o trabalho. Custaria uma fortuna contratar um encanador credenciado para instalar um banheiro e uma cozinha. "Talvez exista alguém por aqui que possa fazer isso. Por que você não pergunta a um dos irmãos Romero?"

No dia seguinte, depois que Paul foi para o trabalho, Maya e os meninos atravessaram o campo de alfafa rumo à casa de Eleuterio Romero. Eleuterio veio até a cerca falar com ela. "Pois não?"

"Eu sou Maya Newton", disse ela, estendendo a mão. Ele não apertou a mão dela; limitou-se a encará-la com seus olhos castanhos e uma expressão insolente.

"Nós estamos querendo instalar encanamento na nossa casa", disse ela. "Por acaso você conhece alguém por aqui que possa fazer isso?"

"Por que vocês não foram morar na cidade, se queriam encanamento?"

"Nós gostamos daqui."

"Por que o seu marido não instala?"

"Ele não tem tempo. Ele é músico."

"Eu sei quem ele é. Toca com o Prince Bobby Jack, não é? Lá no Skyline Club? Ele é um bom pianista."

"Não é?" Ela sorriu, contente. "Enfim, ele trabalha muito e dorme durante o dia, e nós realmente precisamos botar encanamento na casa."

"Pergunta para o meu irmão Tony. Ele mora na última casa."

As terras dos Romero começavam com a propriedade de Eleuterio, na esquina da rua deles, e se estendiam pela Corrales Road abaixo, até a rua 4 Norte. As terras tinham sido divididas em quatro lotes de três acres, um para cada irmão. As duas propriedades seguintes eram de Ignacio e de Eliseo e eram bem parecidas com a de Eleuterio. Casas de adobe de telhado reto, cercadas de campos de milho, chili e alfafa. Crianças, picapes, carros destroçados e carcomidos de ferrugem no fundo dos terrenos. Cavalos, vacas, galinhas, cachorros. Chilis vermelhos pendurados em *ristras* em frente à porta das cozinhas, ao sol. Sempre havia um caldeirão imenso no quintal, para fazer *chicarrónes* com pele de porco, *menudo, pozole*. A última propriedade, do outro lado da vala de irrigação, era de Tony. Ele era o irmão mais novo. Só plantava alfafa para os seus cavalos; durante o dia, trabalhava como açougueiro. Sua casa era grande, de estuque, pintada de verde, com um toldo de fibra de vidro. Tony e Eliseo estavam construindo um posto de gasolina entre as suas casas. De bloco de concreto, com janelas de vidro laminado. Aos domingos, todos os irmãos estacionavam seus carros no terreno de Eleuterio. Seus filhos brincavam com as outras crianças menores no pasto. Os filhos mais velhos de Eleuterio ficavam sentados na varanda da frente: meninos com topetes esculpidos com pente molhado, meninas de saia-balão e batons envergonhados. Tomavam coca-cola e ficavam vendo os carros da família passeando pela Corrales Road. As mulheres ficavam dentro de casa, mas saíam de vez em quando para dar uma conferida no caldeirão preto, cheio de *pozole*. A chaminé da cozinha soltava fumaça sem parar. Os irmãos Romero tomavam cerveja sentados em bancos encostados na parede da casa que ficava de frente para as montanhas, na sombra, quando estava calor, ou na parede sul, ao sol, quando estava frio.

No dia seguinte de manhã, enquanto Paul dormia, Maya foi de carro até a casa de Tony. Ele não estava, mas a mulher dele, Rosie, convidou Maya para entrar na cozinha e se sentar, por favor. Ela também se sentou, sorrindo. Disse que tinha certeza de que Tony podia instalar o encanamento para eles. Com orgulho, mostrou a Maya a pia da cozinha, a máquina de lavar, o banheiro. Abriu a torneira da banheira e deu descarga no vaso sanitário. Sammy e Max ficaram fascinados. "É maravilhoso", disse Maya, com um suspiro. Ela e Rosie tomaram café e conversaram sobre os filhos, os maridos. Rosie a convidou para assistir à novela *Ryan's Hope* com ela, mas Maya disse que era melhor voltarem para casa; estava quase na hora de Paul acordar.

Tony foi à casa deles no dia seguinte, à tarde. Ele e Paul se sentaram num banco do pomar e ficaram conversando, fumando e tomando cerveja. Tony escreveu números na terra com um graveto; Paul fez que sim com a cabeça. Trocaram um aperto de mão e Tony foi embora na sua picape, levando metade do dinheiro que ia cobrar para fazer o serviço, todo o dinheiro que Paul e Maya haviam economizado. Mesmo assim, disse Paul, era menos de um terço do valor que um encanador credenciado cobraria.

No dia seguinte, Tony voltou com um caminhão cheio de canos. Ele e Eleuterio descarregaram o material perto da bomba d'água. Naquela tarde, ele abriu buracos na parede e no chão da cozinha e do cômodo onde o banheiro seria instalado. No dia seguinte, os dois irmãos passaram horas cavando uma fossa perto das árvores-do-paraíso. Um buraco largo e fundo. Max e Sammy pularam dentro dele. Depois, saíram lá de dentro e fizeram estradas para caminhões nos montes de terra.

Tony não voltou. Eles o viram na loja. Estava na época de arar a terra, disse ele. De manhã, Paul e Maya ficavam vendo os irmãos trabalharem nos campos, queimando ervas daninhas, consertando cercas, se revezando atrás de um arado puxado a cavalo. Algumas semanas se passaram e, então, chegou a época de plantar. Mas, àquela altura, o tempo havia esquentado e as ventanias tinham passado. Era agradável tomar banho do lado de fora. Maya e os meninos estavam bronzeados e fortes. Eles a ajudavam a arrancar ervas daninhas e a regar as plantas. Os tomateiros e os pés de milho estavam crescendo, os lilases e a forsítia estavam em flor! Paul comprou uma rede mexicana e a pendurou entre duas macieiras. Antes de ele ir para o trabalho, os quatro ficavam deitados na rede, balançando suavemente, observando pedro-ceroulos e pássaros-pretos-da-asa-vermelha, um picanço de peito branco. Além deles, acima deles, estavam as montanhas Sandia e o céu azul. As cores das montanhas mudavam o dia inteiro. Tons de marrom, de verde e de azul-escuro, até que o pôr do sol as coloria de rosa, depois magenta, que acabava virando um violeta aveludado sob um céu malva.

Antes de botar os meninos para dormir lá dentro, Maya se deitava com eles na rede e lia histórias. Era lá que estavam na noite em que Pete chegou de mudança, puxando um trailer azul atrás do Hudson. Havia uma cama, uma mesa e um fogão a lenha, caixas com louças e com comida. Os cachorros, que tinham vindo no trailer, saltaram lá de dentro para saudar os meninos.

"Pete, nós alugamos *todas* as construções do terreno. Você não tem o direito de se mudar para cá."

"Não tenho o direito? Eu nasci aqui, porra! A Dela tem casa própria. Eu vou morar onde eu quiser."

"Pete, nós temos um contrato de aluguel. Somos *nós* que moramos aqui agora."

"Vocês cuidam da vida de vocês. Eu cuido da minha vida."

Normalmente, depois que os meninos dormiam, Maya regava as plantas e então ia ler deitada na rede, tomando café, até que ficasse escuro demais para enxergar. Mas ela não conseguia ler com Pete batendo na porta, cantando, cortando lenha e berrando com os cachorros a poucos metros de distância. Fula da vida, ela foi para dentro de casa e acendeu uma lamparina ao lado da poltrona vermelha da sala. Tentou ler *Middlemarch* e ignorar o estardalhaço do carrinho de Frances, os uivos da cachorrada toda, as gargalhadas de Romulo. Para onde quer que fosse dentro de casa ou mesmo na latrina externa, Maya ouvia as discussões, provocações e brincadeiras bêbadas dos três. Puta merda! Ou: Santo Deus, ¡a la morí, esse pendejo! *Pinche jodido, esse chili tá salgado demais, compadre.* Ganidos quando um deles chutava um cachorro. ¡Vayase, pinche perra!

Maya acordou quando Paul chegou em casa. Ela acendeu a vela ao lado da cama. Mesmo à luz da vela, ele parecia pálido e cansado. Cheirava a cigarro, cerveja, boate. Tirou o smoking e a gravata-borboleta, depois as abotoaduras de rubi da camisa. "Nossa, eu estou pregado. Noite de sábado. Tudo quanto é beberrão e bronco da cidade estava lá naquela boate hoje." Ele se enfiou na cama e pôs a máscara preta que o ajudava a dormir de manhã. Antes que ele botasse os tampões nos ouvidos, ela disse mais que depressa: "O Pete se mudou pra cá. Mudou mesmo. Trouxe um fogão, trouxe toda a mobília".

"Pelo amor de Deus, eu não aguento mais ouvir falar no Pete. Você e a Dela têm que resolver esse negócio. Amanhã a gente fala sobre isso. Estou exausto." Ele botou os tampões nos ouvidos.

De manhã, Maya se deu conta de que tinha se esquecido de encher o cântaro de água. Quando foi até a bomba pegar água, a bomba não funcionou. Devia ter entrado ar. Ela foi até a casa de Pete e bateu na porta. Ele tinha acabado de acordar, estava só de cueca, uma samba-canção manchada.

"Bom dia, simpatia!" Ele sorriu.

"Oi, Pete. Você tem água em casa? Eu estou sem nenhuma e entrou ar na bomba."

"Como é que você não tem água nenhuma? A minha mãe tinha sempre uma *olla* bem grande de água em casa. Ah, como era boa aquela água, tão fresquinha, tão gostosa! Maya, a nossa água é ou não é a melhor água que você já tomou na vida?"

Ela riu. "É uma água muito boa, sim. Mas, Pete, você tem água aí? Pra tirar o ar da bomba?"

"Espera um instante que eu já volto."

Ela ficou esperando. Sammy e Max saíram de dentro da casa, com fome, querendo o café da manhã. Pete voltou, descalço, de Levi's e sem camisa, trazendo um cântaro de água. Ele despejou água lentamente na parte de trás da bomba.

"*Pinche*, nada feito, e essa era toda a água que eu tinha."

"Vou lá dentro ver se eu tenho uma jarra ou alguma coisa com água." Maya entrou. Quando ela voltou, de mãos vazias, Pete estava despejando lentamente o conteúdo de uma garrafa de cerveja Hamm dentro da bomba. A bomba pegou; jorrou água dentro da banheira.

"Uma Hamm resolve praticamente qualquer problema que você tenha", disse ele.

"Sei. Bom, obrigada."

Depois de alimentar e vestir os meninos, Maya pôs os dois e o saco de roupa suja dentro do carro. Antes de ir para a casa dos Fowler, passou na de Tony. Ele e o irmão estavam instalando as novas bombas de gasolina. Ela parou o carro em frente a eles, no chão de cascalho.

"Oi, Tony. Alguma ideia de quando vai dar pra… pra você retomar a obra do nosso encanamento?"

"Sim, claro! Eu e o Eliseo só queremos espalhar o concreto aqui antes que as chuvas comecem. Daqui a umas duas semanas eu passo lá e toco a obra de vocês pra frente."

* * *

Depois que Paul foi para o trabalho, Maya deu um banho nos meninos com a água que tinha ficado esquentando no sol e pôs os dois na cama. Levou a banheira para dentro de casa, esquentou água no fogão, carregou mais alguns baldes de água para encher a banheira e tomou banho também. Vestiu roupas limpas e foi lá para fora, para ler deitada na rede, segurando o seu livro numa mão e uma xícara de café na outra. A noite ainda estava só começando a cair e o ar cheirava a maçã, alfafa e esterco de cavalo. Bacuraus sobrevoavam o pomar, em círculos.

Pete chegou e, com uma freada brusca, parou o carro em frente à porta da casa dele. Havia uma mulher com ele, de cabelo tingido com hena e aparência para lá de vulgar. Cambaleando, os dois entraram na casinha. Pouco depois, vieram barulhos de briga, garrafas se quebrando, sexo raivoso. Maya tentava ler. ¡Puta desgraciada! Pete começou a bater na mulher, uma vez atrás da outra. Ela berrava e chorava. Uma cadeira quebrou uma janela. Max acordou chorando, assustado, e logo Sammy acordou também. Maya levou os dois para a cama de casal e ficou cantando para eles durante um tempo, até que ambos pegaram no sono de novo.

De manhã, ela não viu mais sinal da mulher. Pete estava se lavando perto da bomba, de ressaca, com os olhos inchados. Maya foi até lá de roupão de banho.

"Pete, nunca mais faça isso. Você deixou os meus filhos apavorados. Foi horrível. Da próxima vez, eu chamo a polícia."

"Você cuida da sua vida, eu cuido da minha. Estou atrasado pra ir trabalhar."

Os cachorros ficaram latindo, como sempre, enquanto ele acelerava o motor. Por engano, ele engatou a marcha a ré e atropelou Sebache. O cachorro guinchou. Sammy e Max gritaram da janela do quarto. Por debaixo do pneu, começou a escorrer sangue.

O cachorro tinha morrido.

"Puta merda. Pobre cachorrinho. Eu estou atrasado pra ir trabalhar. Maya, você enterra o Sebache pra mim?"

Maya foi para a rede com os meninos e tentou consolá-los. Eles nunca tinham visto a morte, estavam tristes, fascinados. Ela cavou uma cova perto da fossa, enrolou o cachorrinho numa toalha velha, deixou que Sammy e Max o cobrissem com terra.

"Agora a gente rega ele?", Sammy perguntou. Ela riu. Ficou rindo e chorando, o que deixou os dois meninos muito confusos. Eles nunca a tinham visto chorar. Os três voltaram para a rede e choraram. Depois, tomaram café da manhã.

Pete voltou, não no carro dele, mas num caminhão do viveiro Yamamoto. Descarregou um salgueiro-chorão na terra perto da porta da cozinha. Para Sebache.

Mais tarde, Paul acordou e eles almoçaram. Ela ia começar a falar sobre Pete quando Ernie Jones entrou pela porta, carregando o seu baixo.

"O Ernie e eu vamos tocar um pouco aqui em casa antes de ir para o trabalho. Talvez o Buzz Cohen também venha. Ele é saxofonista. A gente tocava junto na faculdade, mas faz muito tempo que ele não toca. Ele era fantástico naquela época."

"Vai ser ótimo ouvir vocês. Eu faço café?"

"Eu trouxe refrigerante", disse Ernie.

Os meninos ficaram extasiados. Ouvindo a música, até se esqueceram de Sebache. Maya também ficou ouvindo um tempo, cantarolando baixinho. Depois, plantou o salgueiro e foi buscar água para regar as plantas. Estava andando, trôpega, com um balde cheio em cada mão em direção ao jasmim-de-veneza, quando Buzz Cohen parou perto dela num Porsche vermelho.

"Rápido, me deixa te levar pra longe disso tudo!" Ele sorriu. Era moreno, bonito, sexy. Um cafajeste, sem dúvida, ela pensou, mas retribuiu o sorriso.

"Você é o Buzz? Eu sou Maya, esposa do Paul. Pode entrar, eles estão lá dentro."

Eles tocaram a tarde inteira. Buzz volta e meia arranjava alguma desculpa para ir até a cozinha, para pegar uma cerveja ou um copo d'água, ou lá para fora, para perguntar como escorar tomateiros. Ela gostou disso, da atenção. Ficou com pena quando a música parou e os homens foram embora. Depois Pete viria para casa, e então Romulo, Frances e os cachorros.

Era julho e estava quente. Ratos silvestres entravam na casa por todos os buracos que Tony havia aberto para passar o encanamento. Atrevidos, corriam pela casa toda, o dia inteiro. À noite, ouviam-se ruídos de patinhas correndo, estalidos e até estampidos e baques quando eles derrubavam vassouras, potes e panelas. Maya começou a botar ratoeiras pela casa, atrás do fogão e do piano. O que era horrível era que elas funcionavam na mesma hora. Poucos minutos depois que ela as botava no chão, vinha um estalo, um gemidinho e lá estava o rato morto. Crac, crac, crac. Então, ela parou de fazer isso.

Uma noite, quando Maya estava na cama, um rato passou correndo pela cara dela. No dia seguinte ela botou veneno em lugares seguros, na cozinha e no quarto.

Naquela noite um barulho a acordou. Ela acendeu uma vela e foi até a cozinha tomar um copo d'água. Dezenas de ratos moribundos zanzavam, trôpegos, pelo chão da cozinha, gemendo baixinho. Ela gritou, apavorada. Os meninos acordaram. Também ficaram assustados com todos aqueles ratos cambaleando pela cozinha, feito brinquedos de corda bêbados. Ela estava tentando varrê-los porta afora quando Pete apareceu.

"¡Hijola! O que é que os ratos têm?"

"Eles estão morrendo. Eu botei veneno hoje." Pete acendeu outra vela e se sentou à mesa da cozinha. Maya levou os meninos para a cama. Quando ela voltou para a cozinha, Pete estava recolhendo os ratos e botando-os dentro de um saco. Era a primeira vez que ele entrava na casa dela.

"Veneno. Maya, você está maluca por acaso? Se esses ratos vão lá pra fora, o Bolo e a Lady podem comer um deles e morrer. Os seus filhos podem tocar neles, passar mal e morrer. Que mal eles te fizeram, esses ratos? Eles não fazem mal a ninguém. Além do mais, eles vão voltar lá pra fora quando chover. Eles só entram porque querem água."

"Água!"

"Isso foi maldade, Maya. Eles nunca te fizeram mal nenhum."

"Eles estão me deixando maluca. E vocês também, berrando e brigando toda noite. E os cachorros latindo. É enlouquecedor!"

"Nós estamos te deixando maluca? Nós somos seus amigos. Seus vizinhos. Eu sou o seu melhor vizinho. Vem aqui! Vem! Vem aqui!" Ele saiu para o quintal dos fundos.

"Sente só o cheiro das nossas American Beauties! Sente esse cheiro!"

No ar fresco da noite, as rosas exalavam um perfume doce e forte. Acompanhando a fragrância intensa das rosas, vinha o cheiro de verão mormacento da madressilva.

Paul subiu a pista de entrada e saiu do carro às pressas.

"O que houve?" Ele cravou um olhar raivoso em Pete, que estava lá parado, de cueca samba-canção.

"Ela botou veneno de rato na casa. Eu estava dizendo pra ela que ela pode acabar matando os próprios filhos, botando veneno na casa. Eu tenho ou não tenho razão?"

"Tem. Santo Deus, Maya, isso foi muita burrice."

Eu estou enlouquecendo, ela pensou. Então, deixou os dois lá e foi para a cama.

Num fim de tarde, estava tanto calor que Pete e Romulo carregaram a mesa deles para o lado de fora e a puseram debaixo das árvores. Ficaram jogando dominó e tomando cerveja. Frances lavava a cozinha de Pete. Todos os móveis estavam do lado de fora e ela jogava baldes de água no chão e varria a água de lá para fora, cantando "Mighty Lak a Rose". Sammy e Max estavam na banheira perto da bomba. Sentada ao lado da banheira, Maya segurava seu livro com uma das mãos, enquanto mexia distraidamente na água com a outra. Bacuraus planavam sobre o pomar. Eleuterio tinha irrigado suas plantações; havia um cheiro doce e úmido de alfafa no ar.

Buzz subiu a pista de entrada no Porsche dele. Quando saiu do carro, deixou o motor ligado para continuar ouvindo música, bem alto. Stan Getz, bossa nova. Buzz tinha trazido uma jarra grande cheia de daiquiri congelado. Ele e Maya se sentaram na escada e ficaram tomando daiquiri em taças de vinho. Frances dançava debaixo dos choupos, ao som de "Garota de Ipanema". Pete franzia o cenho; as peças de dominó produziam estalidos. O daiquiri estava forte. Bem gelado, delicioso! "Claro!", Maya disse quando Buzz perguntou se ela e os meninos não gostariam de dar uma volta de carro. Eles podiam passear pela beira do Rio Grande, onde era mais fresco, comprar hambúrguer e refrigerante numa lanchonete drive-in.

Foi divertido. Uma noite bonita de verão. Quando eles voltaram para casa, Buzz ficou esperando na cozinha enquanto ela botava os meninos na cama.

"Eu gostei muito do passeio", disse Maya.

"Eu também", disse Buzz. "Caramba, que programa barato. É só dar um cubo de gelo pra ela que ela vai com você pra qualquer lugar." Ambos riram e ele a beijou. Aquilo mexeu com ela. Ele a beijou de novo. "Você precisa de carinho, de alguém que cuide de você." Ela o puxou para junto de si, louca de desejo por ele.

Pete estava batendo na porta.

"O que é?"

Ela falou com Pete de dentro da cozinha, atrás da porta entreaberta. Só tinha acendido uma vela.

"O que é que você está fazendo no escuro?", ele perguntou.

"Eu preciso de um pouco de açúcar, você me empresta? Não consigo tomar o meu café sem açúcar."

Ela despejou um pouco de açúcar numa xícara. Ratos fugiram para trás das latas.

"Toma aqui." Ela lhe passou a xícara pela fresta da porta.

"Obrigado."

Depois que Pete foi embora, Buzz a abraçou de novo, mas Maya já tinha caído em si e se afastou. "Boa noite", disse. "Não volte mais aqui quando o Paul não estiver em casa."

Em agosto vieram as tempestades. Era maravilhoso; o som da chuva caindo no telhado de zinco, os relâmpagos e trovões. No terreno, deu tomate, abóbora e milho. Maya e os meninos mergulhavam e pescavam todo dia na vala limpa.

Mas os ratos nunca foram embora. O encanamento nunca foi instalado. Buzz voltou várias vezes quando Paul não estava em casa.

No outono, Paul arranjou um trabalho em Nova York. Ele e Maya puseram tudo que tinham na van e num trailer alugado. Pete, Frances e Romulo se mudaram para a casa grande naquele mesmo dia. Os três ficaram acenando sem parar enquanto a van e o trailer se afastavam. Maya acenou também e chorou. As plantas, os pássaros-pretos-da-asa-vermelha, seus amigos. Ela sabia que nunca mais voltaria ali. Sabia também que não tinha um bom casamento. Frances morreu alguns anos depois, mas Pete e Romulo ainda moram na casa. Os dois estão velhos agora. Ficam sentados debaixo das árvores, jogando dominó e tomando cerveja. Da Corrales Road, dá para ver a propriedade. Uma boa casa de adobe, com bem mais de cem anos de existência. É a casa que tem um jasmim-de-veneza com flores vermelhas como brasa, a casa que tem roseiras por todo lado.

Um dia enevoado

No sul de Manhattan, o Washington Market fica deserto até a meia-noite de domingo, quando de repente as lojas de frutas, legumes e verduras se abrem e transbordam para as ruas, exuberantes faixas de limões, ameixas, tangerinas. Mais adiante, em direção à Fulton Street, os marrons e vermelhos sutis de batatas, abóboras e cebolas.

Compras e carregamentos são executados em staccato até de madrugada, quando os últimos caminhões de entrega se vão e os comerciantes gregos e sírios partem em alta velocidade em carros pretos. Ao raiar do dia o mercado já está tão vazio e melancólico quanto antes, salvo pelo cheiro de maçã.

Lisa e Paul caminhavam na chuva, no sul deserto de Manhattan. Ela estava falando. "Morar aqui embaixo é como viver no campo. Tem milho e melancia no verão... Tem estações. É pra cá que trazem as árvores de Natal pra Nova York inteira. Elas ocupam quarteirões e quarteirões. É como uma floresta! Uma noite nevou e três cachorros ficaram correndo à solta pela neve como os lobos em *Doutor Jivago*. Você não sentia nenhum cheiro de carro nem de fábrica, só o cheiro dos pinheiros..." Ela continuou tagarelando como sempre fazia quando conversava com ele, ou com dentistas.

Ela queria que ele visse como era bonita a cidade, a cidade dela. Sabia que ele não via. Ele olhava para os homens que comiam inhame cru e toranja roubada, ou que queimavam caixotes de laranja em incineradores enferrujados. Latas cor de bronze de ração militar tipo K, vendidas a um dólar cada meia dúzia, e garrafas verdes de vinho do Porto Gallo reluziam à luz de fogueiras, que bruxuleavam na chuva. Um velho vomitou na sarjeta, onde papéis roxos de embalar fruta produziam borrões cor de índigo na grade feito anêmonas esmagadas.

Ele não enxergava nenhuma beleza na noite, durante as horas em que fogueiras pontilhavam a paisagem ao longo de quarteirões, delineando em silhueta os gestos dos homens e fazendo com que parecessem danças ritualísticas bêbadas. Nem da janela dela ao amanhecer, diante de um menino negro seminu, dormindo num estonteante colchão de limões na carroceria de um caminhão.

Começou a chover forte. Eles ficaram esperando a chuva passar na porta da Sahini e Filhos, Alcachofras. Quando a chuva ficou fina, eles recomeçaram a andar, molhados. Desengonçada e lentamente, como costumavam andar em Santa Fe, como velhos amigos.

Em Santa Fe, o marido de Lisa, Benjamin, tinha trabalhado no restaurante de George, junto com Paul. George era uma lésbica sovina que se vestia como um caubói, se imaginava uma Gertrude Stein e servia uma comida do tipo da Alice B. Toklas. Escargots, marrons-glacês. Benjamin tocava piano, num estilo suave de jazz, e Paul era maître. Os dois usavam smoking. Nenhum dos dois falava nada. Os fregueses tagarelas e espirituosos do restaurante se vestiam feito índios... veludo, prata, turquesa.

Os homens chegavam em casa por volta das duas e meia da manhã, cheirando a cigarro e a camarão ao molho aurora. Lisa preparava o café da manhã enquanto eles contavam as gorjetas em cima da mesa de madeira redonda da cozinha. Uma noite Benjamin ganhou dez dólares por tocar "Shine on Harvest Moon" cinco vezes para um político. Os homens riam, falando dos fregueses e de George para ela.

Passado um tempo, ambos acabaram sendo demitidos. Paul entrou em um verdadeiro duelo com George na poeirenta Canyon Road, exatamente como em *Matar ou morrer*. Ele de fato se parecia um pouco com Gary Cooper. Ela parecia Charles Laughton com uma roupa de caubói e o batom preto de Bette Davis. Ela venceu.

No caso de Benjamin, ele apareceu para trabalhar uma noite e encontrou um mexicano lá, chacoalhando maracas e cantando *"Nosotros, que nos quisimos tanto..."*. Benjamin empurrou seu piano Yamaha com rodinhas para fora de lá e, com dificuldade, para dentro da Kombi.

Mesmo assim, aquele foi um bom ano. Fumaça de lenha de pinheiro, risadas. Os três ouviam música sem parar. Miles, Coltrane, Monk. Em fitas rangentes, ouviam também Charles Olson, Robert Duncan, Lenny Bruce.

Paul era poeta. Parecia não dormir nunca. Passava a manhã inteira escrevendo, em algum lugar. Benjamin dormia até tarde, praticava escalas, tocava a maior parte da tarde e ouvia música, de fones nos ouvidos, com a seriedade de um estudante num laboratório de línguas.

Benjamin era um homem grande e quieto, um homem bondoso com um senso firme de Certo e Errado. Era paternal e paciente com Lisa, a não ser quando ela exagerava (frequentemen-

144

te), o que ele dizia que era quase o mesmo que mentir. Nunca usava o tempo pretérito nem o futuro.

Toda noite ela ficava surpresa quando ele fazia amor com ela. Ele era carinhoso, brincalhão e passional, beijava-a em tudo quanto era lugar, olhos, seios, dedos dos pés. Ela adorava as mãos fortes dele nos seus seios e a maneira como ele a fazia gozar com a língua. Adorava a nudez nos seus olhos castanho-claros quando ele entrava nela.

Toda noite ela achava que as coisas entre eles ficariam diferentes de manhã, depois do que tinha acontecido, como ela havia achado na primeira vez em que transou na vida... ela com certeza não iria parecer mais a mesma no dia seguinte.

Depois que eles faziam amor, ele botava vaselina e luvas brancas nas mãos, uma máscara de dormir do Cavaleiro Solitário nos olhos e tampões nos ouvidos. Lisa ficava sentada na cama, fumando, relembrando coisas bobas que tinham acontecido naquele dia e desejando poder acordar Benjamin.

Durante o dia ela passava a maior parte do seu tempo com Paul, lendo, conversando, discutindo à mesa da cozinha. Tempos depois, ela viria a imaginar que havia chovido aquele período todo, porque durante meses ela e Paul leram Darwin, W. H. Hudson e Thomas Hardy, ao pé de uma lareira acesa com lenha de pinheiro que também só existia na cabeça dela.

E, então, apareceu Tony. Um velho amigo de Benjamin dos tempos de Harvard, rico, moreno e bonito. Ele levou Lisa para casa, de Albuquerque até Santa Fe, em vinte minutos, num Maserati, na chuva. Se outros carros não diminuíam os faróis, ele simplesmente desligava os dele.

Ele costumava levar Lisa para jantar no restaurante de George, para ouvir Benjamin tocar. Benjamin tocava bem para o seu velho amigo do bebop. "Round Midnight", "Scrapple from the Apple", "Confirmation".

Tony usava ternos italianos com lapelas de couro. Paul entregava cardápios para os dois, calado. Tony estava se separando da mulher. "Cara... eu odeio fins... só curto começos." "Incrível", disse Lisa. "Já eu curto fins."

Os olhos dos dois se encontraram por sobre taças de cristal de cabernet sauvignon. *"... and there will never, ever be another you..."*, Benjamin tocava. Uma música de Chet Baker...

O caso amoroso entre Lisa e Tony era inevitável, ou pelo menos foi o que Tony disse. Ridiculamente previsível, disse Paul. Benjamin não disse absolutamente nada.

Ela tinha dezenove anos. Não que isso sirva de desculpa, mas é só que ela estava numa idade em que se precisa de uma boa conversa. Ela adorava quando Tony dizia coisas como "Nós fomos feitos um para o outro. As nossas sobrancelhas se juntam no meio...".

Uma noite, quando Benjamin chegou em casa, ela disse: "Ben, eu quero palavras! Eu quero palavras! Quero trocar umas palavras com você!".

Ele olhou para ela. Tirou a gravata-borboleta e as nove abotoaduras de rubi que usava na camisa do smoking. Tirou o paletó e os sapatos e se sentou ao lado dela na cama de armar.

"Paixão", disse. (Ele costumava chamá-la de Paixão.)

Ele ficou calado então, enquanto tirava a calça, a cueca e as meias. Ele se sentou na cama nu, cansado, e ela se deu conta de como ele era um homem bom.

"Eu sou um homem de poucas palavras", disse ele. Então, segurou a cabeça dela entre as suas mãos de pianista.

"Eu te amo", falou. "Eu te amo com todo o meu coração. Você não sabe disso?"

"Sei, sim", disse ela, depois se virou para o outro lado e chorou até pegar no sono.

A coisa toda acabou sendo muito passional e dolorosa e, sim, ridiculamente previsível. Lisa deixou Benjamin, levando apenas *Far Away and Long Ago*, de W. H. Hudson. Trocou-o por Tony e por romantismo, mas Tony estava "passando por muitas mudanças no momento", então ela foi morar sozinha numa casa de pedra no cânion Tijeras.

Benjamin foi de carro até lá. Ao vê-lo pela janela andando em direção à casa, ela soltou um suspiro. Paul vinha atrás dele, pálido.

"Oi, Paixão... está na hora de mudar de ares. Nós vamos pra Nova York. Entra lá na Kombi", disse Benjamin.

Ela ficou parada, tentando pensar. Benjamin já tinha voltado para dentro da Kombi. Paul ficou esperando no vão da porta, enquanto ela juntava suas poucas coisas. Ela acendeu um cigarro e se sentou.

"Santo Deus. Entra lá no carro, tá bom?"

Trôpega, ela foi andando atrás de Paul.

Quando eles chegaram em casa, depois de viajar em silêncio, Benjamin vestiu o smoking e foi trabalhar. Ele estava tocando com Prince Bobby Jack, no Skyline Club. *"She brings me coffee in my favrit cup..."* Bom blues.

Lisa e Paul guardaram as tralhas todas em caixas da loja de bebidas M and B Liquors. Uma lua sensacional se derramava, fluorescente, sobre as montanhas Sandia. Normalmente, ela e Paul teriam ficado eufóricos com um acontecimento como aquele. Mas eles só o testemunharam, tremendo do lado de fora.

"Seja uma boa esposa pra ele, Lisa. Ele te ama, de verdade."

Benjamin e Lisa rumaram para Nova York na manhã seguinte. Paul acenou um adeus e saiu andando em direção às macieiras. Lisa dirigiu a maior parte do caminho até Nova York, mesmo quando eles atravessaram Chicago. Benjamin dormiu praticamente a viagem inteira, de máscara nos olhos, salvo quando cruzaram o rio Mississippi. Era lindo de verdade, o rio Mississippi.

Eles passaram pela cidadezinha onde Paul nasceu e viram a casa e o celeiro. Ou, pelo menos, Lisa insistiu que o lugar era aquele... Conseguia imaginar Paul no campo verde. Um menino lourinho. Pássaros-pretos-da-asa-vermelha. Ela sentia muita falta de Paul.

"Então, Paul", disse Lisa no segundo dia da visita dele a Nova York, sob a chuva fina que caía na Varick Street... "O que é que você queria falar comigo?"

"Nada, na verdade... Eu só não queria acordar o Benjamin." (Benjamin tinha tocado num casamento no Bronx na noite anterior.)

"Vir pra Nova York foi uma boa decisão", ele continuou. "É incrível como ele está tocando bem."

"Está mesmo! Cara... ele trabalhou tanto... foram seis meses só pra conseguir entrar no sindicato... depois ele tocou em boates de striptease, fez vários trabalhos de uma noite só, tocou no Grossinger's... mas ele tem feito jam sessions com músicos sensacionais."

"E conseguiu bons trabalhos em casas de jazz também."

"Eu queria que você tivesse ouvido o Ben tocar com o Buddy Tate, com todos aqueles jazzistas da banda do Count Basie dos velhos tempos. Ele estava de fato arrasando."

"Ele sempre arrasa... ele é um ótimo músico."

Ela sabia disso.

"Eu vi Red Garland na semana passada, no Birdland. Ele estava em pé no bar. Eu disse 'oi' pra ele e ele disse 'oi' pra mim." Ela estava pensando em Red Garland, cantarolando "You're My Everything" da maneira como ele tocava, quando o braço dela roçou no de Paul na Varick Street. Ficou tão zonza de desejo por Paul que tropeçou, depois foi saltitando até voltar a emparelhar com ele. Eu sou uma depravada, disse consigo e se concentrou na calçada. Se pisar na linha, a sua mãe quebra a espinha.

"Vamos pegar a barca pra Hoboken!", ela sugeriu, agradável como sempre.

Eles atravessaram a velha estação das barcas. Estava vazia. Com todo o jeito de uma manhã de sábado. Um jornaleiro com barba por fazer dormia, segurando na mão um peso de papel da *Time*. Uma gata acordou e se espreguiçou em cima da prateleira de revistas. Filhotes tolinhos, todos cinzentos.

Estava muito escuro. A chuva empurrava fuligem para dentro de claraboias em forma de diamante rachadas. Os passos de Paul e Lisa produziam ecos altos, nostálgicos, como num velho ginásio vazio ou numa estação de trem em Montana tarde da noite, durante uma crise familiar.

Mal dava para ver a barca na névoa, uma velha senhora vitoriana, elegante e pesada, que vinha contornando rebocadores e barcaças de coleta de lixo estupidamente lentas. Vagarosa e de maneira cuidadosa, a barca se aproximou do cais. Na plataforma de madeira, os passos de Paul e Lisa ecoaram alto de novo. Pombos arrulhavam por cima deles, no telhado apodrecido. Vinham de suas penas iridescentes como óleo as únicas cores daquela manhã.

Os dois estavam sozinhos na barca. Rindo, mudaram de lugar uma dezena de vezes, passearam pelos deques. A névoa cercou a barca.

149

"Paul! Não tem Nova York! Não tem Nova Jersey! Vai ver a gente está no canal da Mancha!"

Eles ficaram olhando fixo para a névoa, tentando enxergar alguma coisa, até que começaram a surgir, sinistramente, vagões de carga amarelos, vagões de frenagem vermelhos na costa de Nova Jersey. Um sonho com um pátio ferroviário em Dakota do Norte.

A barca bateu na estacada. Gaivotas agitaram as asas para não cair, depois se equilibraram de novo nas estacas oscilantes.

"Vem, vamos descer", disse ele.

"Ficando aqui, a gente não vai ter que pagar."

"Lisa, por que você nunca faz as coisas da maneira certa? Por exemplo, por que você não compra uma pá de lixo?"

"Eu detesto pás de lixo", disse ela, descendo da barca atrás dele. Na verdade, ela vivia comprando pás de lixo, mas jogava-as fora por engano.

Eles ficaram do lado de fora na viagem de volta, debruçados no parapeito cheio de sal, sem encostar.

"Eu queria que você estivesse feliz", disse ele. "Quando o Ben foi te buscar... aquilo foi a coisa mais corajosa que eu já vi um homem fazer. Ele te perdoou. Me deixa triste ver que fez tão pouca diferença."

Bem que ela queria estar mareada, contar para ele que desde que tinha chegado a Nova York conversava com ele o dia inteiro, guardava as cartas dele para ler ao anoitecer, no terraço, de onde o céu fazia lembrar o do Novo México.

Ele passou as mãos pelo cabelo loiro-claro. "Eu senti a sua falta, Lisa. Senti mesmo."

Ela fez que sim, de cabeça baixa, lágrimas embaçando a água e a espuma como vidro fosco. Ela estava batendo os dentes.

Ela apontou para a palavra WORLD no letreiro do prédio do jornal *World-Telegram*, o neon brilhando no meio da névoa.

"Essa é a primeira coisa que eu vejo quando abro os olhos todo dia de manhã. WORLD. Só que de trás pra frente, claro."

Com o céu mais claro agora, eles avistaram a roupa lavada que Lisa tinha estendido no terraço, acima do apartamento da Greenwich Street. Brilhantes e salpicadas de fuligem, as roupas adejavam ao vento, em contraste com os prédios enegrecidos pela chuva no entorno da prefeitura.

"Olha a Diana!", disse Lisa, rindo.

A estátua de bronze de Diana se elevava logo acima das roupas estendidas, como se fosse jogar todas elas dentro do rio Hudson.

"Mas foi você que me perdoou, Paul", disse ela. Quando a barca se aproximou do cais, os motores foram desligados. Mesmo quando as barcas estão cheias, esse é um momento de terrível silêncio. A água batendo no casco de madeira até que a barca atraque, com um baque soturno e um estouro de gaivotas assustadas.

"Paul...", disse Lisa, mas ela estava sozinha. Paul tinha se virado e estava andando com largas passadas em direção ao portão de metal na proa, agora ansioso para voltar.

A época das cerejeiras em flor

Lá estava ele de novo, o homem dos correios. Depois que reparou nele, Cassandra começou a vê-lo em tudo quanto era lugar. Como quando você aprende o que quer dizer *exacerbar* e aí todo mundo começa a usar essa palavra e ela aparece até no jornal da manhã.

Ele estava descendo a Sexta Avenida em ritmo de marcha, seus sapatos lustrosos se erguendo bem acima do chão. Um/ dois. Um/ dois. Ao chegar à rua 13, ele virou a cabeça para a direita, girou e desapareceu. Estava entregando correspondências.

Cassandra e seu filho de dois anos, Matt, estavam cumprindo a sua própria rota matinal. A delicatéssen, o mercado, a padaria, o posto do corpo de bombeiros, a loja de animais. Às vezes, a lavanderia. De volta para casa para tomar leite e comer biscoitos, depois lá para baixo novamente, para a Washington Square. Para casa de novo para almoçar e tirar uma soneca.

Quando notou pela primeira vez o homem dos correios e como os caminhos deles se cruzavam e recruzavam, ela ficou se perguntando por que não o tinha visto antes. Será que a vida inteira dela tinha se adiantado ou se atrasado cinco minutos? O que aconteceria se ela se adiantasse ou se atrasasse uma hora?

Então, ela percebeu que a rota dele era tão perfeitamente cronometrada que, ao longo de vários quarteirões, ele subia no meio-fio da calçada oposta no exato instante em que o sinal ficava vermelho. Nunca se desviava do caminho, até as raras interações cordiais com outras pessoas eram previstas e previsíveis. Aí ela se deu conta de que as dela e de Matt também eram. Às nove, por exemplo, um bombeiro botava Matt dentro do carro de bombeiro ou botava o capacete dele na cabeça de Matt. Às dez e quinze, o padeiro perguntava a Matt como o meninão dele estava hoje e lhe dava um biscoito de aveia. Ou o outro padeiro dizia "Oi, moça bonita" para Cassandra e dava o biscoito para ela. Quando eles saíam pela porta do prédio da Greenwich Street, lá estava o homem dos correios, descendo do meio-fio.

É compreensível, ela disse a si mesma. Crianças precisam de ritmo, precisam de uma rotina. Matt era tão novinho ainda. Ele gostava das caminhadas deles, do tempo que passavam no parque, mas a uma hora em ponto ele começava a ficar mal--humorado, precisava almoçar e tirar uma soneca. Mesmo assim, ela começou a tentar variar a ordem das atividades deles. Matt reagiu mal. Não estava pronto para brincar na caixa de areia nem para o vaivém sonolento do balanço antes de os dois terem dado a caminhada deles. Se iam para casa mais cedo, ele ainda estava cheio de energia demais para tirar uma soneca. Se iam ao mercado depois do parque, ele ficava choramingando e se contorcendo para sair do carrinho. Então, eles voltaram à rotina normal, às vezes logo atrás do homem dos correios, outras vezes do lado oposto da rua. Ninguém atrapalhava o caminho dele nem se metia na sua frente. Um/ dois. Um/ dois. Lá ia ele, abrindo uma trilha em linha reta pelo meio da calçada.

Uma manhã eles poderiam ter se desencontrado dele se tivessem, como de costume, passado um tempo dentro da loja de animais. Mas no meio da loja havia uma gaiola nova. Ratos valsadores. Dezenas de ratinhos cinzentos correndo pela gaiola em círculos frenéticos. Haviam nascido com tímpanos defeituosos e, por isso, davam voltas sem parar. Cassandra tirou Matt da loja e eles quase colidiram com o homem dos correios. Do outro lado da rua, uma lésbica chamava sua namorada na prisão feminina. Ela fazia isso todo dia, às dez e meia da manhã.

Na Sexta Avenida, eles entraram na delicatéssen para comprar fígado de galinha, depois na lavanderia ao lado para pegar a roupa lavada. Matt carregava as compras, ela empurrava um carrinho com a roupa lavada. O homem dos correios deu um pulinho para evitar as rodas do carrinho.

O marido de Cassandra, David, chegava em casa às 17h45. Ele tocava a campainha do porteiro eletrônico três vezes e ela apertava o botão para abrir a porta para ele. Ela e Matt ficavam esperando perto do corrimão, vendo David subir um, dois, três, quatro lances de escada. Oi! Oi! Oi! Eles se abraçavam e entravam. David se sentava à mesa da cozinha com Matt no colo e tirava a gravata.

"Como foi hoje?", ela perguntava.

"A mesma coisa", ele respondia, ou "pior". David era escritor, estava quase terminando o seu primeiro romance. Trabalhava numa editora, mas detestava o emprego, não lhe sobrava tempo nem energia para o livro.

"Eu sinto muito, David", ela dizia, depois preparava drinques para os dois.

"Como foi o seu dia?"

"Foi tudo bem. Nós caminhamos, fomos ao parque."

"Ótimo."

"O Matt tirou uma soneca. Eu li Gide." (Ela tentava ler

Gide; geralmente, lia Thomas Hardy.) "Tem um homem dos correios…"

"Um carteiro?"

"Isso, um carteiro", ela se corrigiu. "Ele me deixa tão deprimida. Ele parece um robô. Todo santo dia faz o mesmo percurso, exatamente nos mesmos horários. Até os sinais de trânsito ele cronometrou. Faz com que eu me sinta triste em relação à minha própria vida."

David se irritou. "É, a sua vida é uma dureza mesmo. Olha, todo mundo faz coisas que não quer fazer. Você acha que eu gosto de trabalhar no setor de livros didáticos?"

"Não foi isso que eu quis dizer. Eu adoro o que faço. Só não quero ter que fazer determinada coisa exatamente às dez e vinte e dois. Entende?"

"Acho que sim. Ô, mulher, vai lá preparar o meu banho."

Ele sempre falava isso, de brincadeira. Então, ela preparava o banho dele e depois preparava o jantar enquanto ele tomava banho. Comiam quando ele saía do banheiro, seu cabelo preto molhado e lustroso. Depois do jantar ele escrevia ou pensava. Ela lavava a louça, dava banho em Matt, lia e cantava para ele, "Texarkana Baby" e "Candy Kisses", até que ele pegasse no sono, um fio de baba pendendo dos seus lábios cor-de-rosa. Então, ela ficava lendo ou costurando até David dizer "Vamos pra cama", e eles iam. Faziam amor, ou não faziam, e dormiam.

Na manhã seguinte ela acordou e permaneceu deitada na cama, com dor de cabeça. Ficou esperando que ele dissesse "Bom dia, amor", e ele disse. Quando ele estava de saída, ela ficou esperando que ele a beijasse e dissesse "Não faça nada que eu não faria", e ele disse.

No caminho para a Washington Square, ela pensou consigo

que alguma criança provavelmente cairia do escorregador e cortaria o lábio. Mais tarde, no parque, Matt caiu do balanço e cortou o lábio. Cassandra ficou apertando o corte com um lenço de papel, tentando segurar o próprio choro. O que há de errado comigo? O que mais eu quero? Deus, permita que eu veja as coisas boas. Ela se forçou a olhar ao redor, para fora de si mesma, e viu que as cerejeiras estavam em flor. Os botões já vinham se abrindo pouco a pouco, mas foi naquele dia que as cerejeiras ficaram realmente lindas. Então, como que porque ela havia visto as árvores, o chafariz foi ligado. "Olha, mamãe!", Matt exclamou e começou a correr. Todas as crianças e suas mães foram correndo em direção ao esguicho cintilante. O homem dos correios passou bem ao lado do chafariz, como sempre. Aparentemente, não notou que o chafariz estava ligado e se molhou com os respingos. Um/ dois. Um/ dois.

Cassandra levou Matt para casa para que ele tirasse uma soneca. Às vezes ela também dormia, mas geralmente ficava costurando ou trabalhando na cozinha. Adorava essas horas sonolentas do dia, quando o gato bocejava e os ônibus circulavam silenciosos lá fora, quando os telefones tocavam e tocavam, sem ser atendidos. A máquina de costura fazia um barulho como o de moscas zumbindo, um som de verão.

Mas naquela tarde a luz do sol estava se refletindo no aço cromado do fogão, a agulha da máquina de costura se quebrou. Das ruas vinham sons de freadas, rangidos. Talheres retiniam no escorredor, uma faca roçou num prato de ferro esmaltado, produzindo um guincho. Cassandra picou salsa. Um/ dois. Um/ dois.

Matt acordou. Ela lavou o rosto dele, tomando cuidado com o lábio machucado. Eles tomaram milk-shakes, ficaram esperando com bigodes de chocolate David chegar em casa, tocar três vezes a campainha do porteiro eletrônico.

Ela gostaria de poder contar para ele como se sentia angustiada, mas era ele que levava uma vida dura, trabalhando naquela editora, sem tempo para se dedicar ao livro dele. Então, quando ele perguntou como tinha sido o dia dela, Cassandra disse:

"Foi ótimo. As cerejeiras estão em flor e ligaram o chafariz da praça. É primavera!"

"Que bom." David sorriu.

"O homem dos correios se molhou", ela acrescentou.

"O carteiro."

"O carteiro."

"Hoje a gente não vai ao mercado", Cassandra disse a Matt. Fizeram biscoitos de pasta de amendoim e ele apertou cada um deles com o garfo. Pronto. Ela preparou sanduíches e leite, botou mantas e um travesseiro dentro do carrinho de compras. Eles foram para a Washington Square por um caminho totalmente diferente, pela Quinta Avenida. Foi um prazer se deparar com o arco, emoldurando as árvores e o chafariz.

Ela e Matt jogaram bola, ele brincou no escorregador, na caixa de areia. Quando deu uma hora, ela estendeu uma manta para fazerem um piquenique. Eles comeram sanduíches, ofereceram biscoito para as pessoas que passavam. Depois do piquenique, Matt a princípio não quis dormir, mesmo com a própria manta e o próprio travesseiro. Mas ela cantou para ele. *She's my Texarkana baby and I love her like a doll, her ma she came from Texas and her pa from Arkansas.* Cantou vezes a fio, até que Matt finalmente pegou no sono e ela também. Os dois dormiram um bom tempo. Quando acordou, Cassandra ficou assustada de início, pois ao abrir os olhos só viu as flores cor-de-rosa com o céu azul ao fundo.

Eles cantaram no caminho de volta para casa, parando na lavanderia para pegar a trouxa de roupa. Ao sair de lá, empurrando o carrinho pesado, Cassandra ficou surpresa quando viu o homem dos correios. Eles não o tinham visto o dia inteiro. Preguiçosamente, ela foi andando atrás dele em direção ao meio-fio. Então, soltou o carrinho, deixando que ele deslizasse com o próprio peso calçada abaixo, nos calcanhares do homem. O carrinho bateu num dos pés dele de tal forma que o sapato saiu. Ele virou para trás e olhou para ela com ódio, depois se abaixou para desamarrar e botar o sapato de volta no pé. Ela recuperou o carrinho e o homem começou a atravessar a rua. Mas ele estava atrasado, o sinal ficou vermelho quando ele ainda estava no meio da rua. Um caminhão de entrega dobrou a esquina e por pouco não atropelou o homem, chegando a cantar pneu ao frear. O homem estacou, apavorado, depois seguiu até o meio-fio e pela rua 13, correndo.

Cassandra e Matt foram direto para a rua 14 e depois fizeram uma volta rumo ao prédio deles. Era um caminho completamente novo, uma maneira totalmente diferente de voltar para casa.

David tocou a campainha do porteiro eletrônico às 17h45. Oi! Oi! Oi!

"Como foi o seu dia?"

"A mesma coisa. E o seu?"

Matt e Cassandra interrompiam um ao outro, contando como tinha sido o dia deles, o piquenique.

"Estava lindo. A gente dormiu debaixo das cerejeiras em flor."

"Que bom." David sorriu.

Ela sorriu também. "No caminho pra casa eu matei o homem dos correios."

"O carteiro", disse David, tirando a gravata.

"David. Por favor, conversa comigo."

Noite no paraíso

Anos depois às vezes você olha para trás e diz que aquele foi o começo de... ou nós estávamos tão felizes na época... antes... depois... Ou você pensa eu vou ficar feliz quando... assim que conseguir... se nós... Hernán sabia que estava feliz agora. O hotel Oceano estava cheio, seus três garçons trabalhando a toda. Hernán não era o tipo de pessoa que se preocupa com o futuro nem que fica remoendo o passado. Enxotava do seu bar os garotos que vendiam chiclete sem nem pensar na sua própria infância de órfão, de menino de rua que esquadrinhava a praia e engraxava sapatos.

Quando começaram a construir o hotel Oceano, Hernán tinha doze anos e passou a fazer pequenos serviços para o dono. Ele idolatrava o Señor Morales, que usava terno branco e cha-péu-panamá e tinha uma papada da mesma cor que suas olheiras empapuçadas. Depois que a mãe de Hernán morreu, o Señor Morales passou a ser a única pessoa que o chamava pelo nome. Hernán. Não "ei, garoto", "*ándale hijo*", "*vete callejero*". Mas "*Buenos días*, Hernán". Conforme a construção avançava, o Señor

Morales lhe deu um trabalho regular, limpando a sujeira que os trabalhadores deixavam. Quando o hotel ficou pronto, ele o contratou para trabalhar na cozinha e lhe deu um quarto no terraço para morar.

Outros homens teriam contratado funcionários experientes, vindos de outros hotéis. Os chefs e o recepcionista do novo Oceano eram de Acapulco, mas todos os outros empregados eram moleques de rua analfabetos como Hernán. Todos eles se sentiam orgulhosos de ter seu próprio quarto, um quarto de verdade, no terraço. Havia chuveiros e vasos sanitários para os empregados, homens e mulheres. Trinta anos depois, todos os homens ainda continuavam trabalhando no hotel. As moças que trabalhavam na lavanderia e as arrumadeiras tinham todas vindo de cidadezinhas serranas, como Chacala ou El Tuito. As mulheres ficavam até se casarem ou não aguentarem mais de saudades de casa. As novas eram sempre moças jovens, recém-chegadas das montanhas.

Socorro era de Chacala. Na primeira vez em que Hernán a viu, ela estava parada no vão da porta do quarto dela, de vestido branco, suas tranças entremeadas com fitas de cetim cor-de-rosa. Ela ainda não havia pousado a trouxa amarrada com corda em que trazia seus pertences. Estava ligando e desligando a luz. Ele ficou impressionado com a doçura dela. Eles sorriram um para o outro. Tinham ambos quinze anos e ambos se apaixonaram naquele exato momento.

No dia seguinte, o Señor Morales viu Hernán observando Socorro na cozinha.

"Ela é uma gracinha, não é?"

"É", disse Hernán. "Eu vou me casar com ela."

Ele trabalhou em dois turnos durante dois anos até eles conseguirem se casar e se mudar para uma casinha perto do hotel. Na época em que a primeira filha deles, Claudia, nasceu, ele era aprendiz de barman. Quando Amalia nasceu, ele já era barman de fato e Socorro parou de trabalhar. A segunda filha, Amalia, ia fazer a sua festa de *quinceañera* dali a duas semanas. O Señor Morales era padrinho das duas meninas e ia dar a festa no hotel. Solteirão, ele parecia amar Socorro e as meninas quase tanto quanto Hernán, nunca cansava de falar delas para as pessoas. "Elas são tão distintas, tão bonitas. Delicadas e puras e orgulhosas e..."

"Inteligentes, fortes, trabalhadoras", Hernán acrescentava.

"*Dios mío...* aquelas mulheres têm um cabelo... *tan, pero tan brilloso.*"

John Apple estava no bar como de costume, olhando para o *malecón* acima da praia. Caminhões e ônibus passavam roncando na rua pavimentada com pedras em frente ao hotel. John bebericava sua cerveja e resmungava.

"Está sentindo o cheiro dessa fumaça horrorosa? Que barulheira. Agora acabou-se tudo, Hernán. O paraíso já era. É o fim da nossa bela aldeiazinha pesqueira adormecida."

O inglês de Hernán era muito bom, mas havia coisas que ele não entendia, como aquele comentário de John. Só o que ele sabia era que vinha ouvindo comentários como aquele fazia anos. Ignorou o suspiro que John soltou quando fingiu de novo estar esvaziando seu copo já vazio. Outra pessoa que pagasse a próxima bebida dele.

"Não é o fim", disse Hernán. "É uma nova Puerto Vallarta."

Dezenas de resorts de luxo estavam sendo construídos, a nova rodovia já havia sido concluída, o grande aeroporto tinha acabado de abrir. Em vez de um voo por semana, agora eram cinco ou seis voos internacionais por dia. Hernán não lamentava o fato de a cidade não ser mais tão tranquila quanto no passado, quando aquele era o único bar decente da cidade e ele era a única pessoa que trabalhava nele. Gostava de ter vários garçons para ajudar. Quando chegava em casa agora, não estava nem cansado, podia jantar com Socorro, ler o jornal, conversar um pouco.

Mais e mais gente estava entrando no bar. Hernán falou para Memo ir até a cozinha chamar os assistentes de garçom para virem ajudar e trazer cadeiras extras. A maioria dos hóspedes do hotel naquele momento eram repórteres ou faziam parte do elenco e da equipe de filmagem de A noite do iguana. A maior parte deles estava no bar, interagindo com os locais, mexicanos e americanos residentes. Turistas e casais em lua de mel procuravam Ava, Burton e Liz.

Naquela época, uma vez por semana um filme mexicano era exibido na praça. Como não havia televisão, a cidade não ficou impressionada com o elenco de A noite do iguana. Por outro lado, todo mundo sabia quem era Elizabeth Taylor. O marido dela, Richard Burton, estava no filme.

Hernán gostava deles e gostava também do diretor, John Huston. O velho era sempre respeitoso com Socorro e com as filhas deles. Falava com elas em espanhol e levantava o chapéu quando as via na cidade. Socorro havia pedido ao irmão dela que trouxesse *raicilla*, mescal clandestino, das montanhas perto de Chacala para o Señor Huston. Hernán mantinha a bebida dentro de um vidro de maionese enorme, debaixo do balcão, e tentava servi-la com parcimônia, além de diluí-la sempre que possível sem que o Señor Huston percebesse.

Advogados e banqueiros mexicanos testavam seu inglês com a loira *ingénue* Sue Lyon. Ruby e Alma, duas americanas divorciadas, flertavam com cinegrafistas. Ambas eram muito ricas e tinham casas em encostas à beira-mar. Continuavam acreditando que encontrariam romance no bar do Oceano. Geralmente, encontravam homens casados em viagens para pescar ou, agora, jornalistas e cinegrafistas. Ninguém que fosse querer ficar por ali.

Alma era linda e doce até certa hora da noite, depois seus olhos e sua boca viravam hematomas e sua voz adquiria um tom choroso, como se ela só quisesse que você batesse nela e fosse embora. Ruby tinha perto de cinquenta anos, era esticada, tingida e remodelada. Era engraçada e divertida, mas depois que bebia muito ficava malvada, depois exausta e então Hernán pedia a alguém que a levasse para casa. John Apple foi se sentar perto delas. Alma pediu ao garçom que trouxesse uma margarita dupla para ele.

Luis e Victor ficaram parados na entrada tempo suficiente para que todo mundo notasse a presença deles. Depois, com andar macio, avançaram bar adentro e se sentaram num lugar bem visível. Morenos e bonitos, ambos usavam calças brancas apertadas, camisas brancas abertas. Descalços, com uma corrente cintilante num dos tornozelos. Sorrisos brancos, cabelos pretos molhados. *"Ratoncitos tiernos."* Ratinhos tenros, as prostitutas chamam os malandros jovens e sexy.

Hernán já estava trabalhando na cozinha do Oceano quando conheceu os dois, ainda crianças. Eles sobreviviam pedindo trocados a turistas, furtando pessoas bêbadas. Naturais de Culiacán, chamavam um ao outro de *compa*, de *compadre*.

Fazia anos, Luis e Victor passavam as noites dormindo em barcos, debaixo de *petates*, e os dias fazendo michê. Hernán entendia os dois e não os condenava, nem mesmo por roubar. O modo como eles tratavam as mulheres não o chocava. No entanto, ele condenava as mulheres. Um dia ele tinha visto Victor abordar Amalia no *malecón*. Ela estava usando a saia xadrez e a blusa branca da escola, segurando os livros junto aos seios recém-surgidos. Hernán saiu correndo do bar e atravessou a rua em disparada.

"Já pra casa!", ele disse para Amalia. Para Victor ele disse: "Se você falar com alguma das minhas filhas de novo, eu te mato".

Hernán serviu martínis em copos congelados e os botou na bandeja de Memo. Saiu de trás do bar e foi até os dois rapazes.

"*Quibo.* Por que será que ver vocês dois no meu bar me deixa tão nervoso?"

"*Cálmate, viejo.* A gente vai testemunhar dois acontecimentos históricos."

"Dois? Um deve ser com o Tony e o outro com o Beto. O que há com o Beto?"

"Ele vem comemorar com o pessoal do filme. Ele conseguiu um papel em *A noite do iguana.* Vai ganhar dinheiro de verdade. *Lana.*

"*¡No me digas!* Que bom pra ele. Então agora ele não é mais só um moleque de praia. Qual é o papel?"

"Ele vai fazer um moleque de praia!"

"Vamos ver a trapalhada que ele vai fazer. O outro acontecimento eu já sei qual é. O Tony está trepando com a Ava Gardner."

"Isso não é um acontecimento. *Fíjate.* Ali está o acontecimento!"

Uma magnífica lancha Chris-Craft estava entrando na enseada, levantando espuma e agitando a água do mar, que o pôr do sol coloria de magenta. Tony ficou em pé e acenou, depois lançou a âncora da *La Ava.* Um garotinho foi buscá-lo num barco a remo.

"*Híjola.* Ela realmente comprou esse barco pra ele?"

"O título está no nome dele. Ela estava esperando por ele ontem à noite, nua numa rede, com o título preso com fita adesiva no peito dela. Adivinha qual foi a primeira coisa que ele fez?"

"Foi ver o barco."

Os três riram, enquanto Ava, linda e instável, descia a escada, sorrindo para todo mundo. Ela se sentou a uma mesa com bancos de encosto alto, sozinha, à espera de Tony. Hernán ficou contente de ver que, embora todo mundo estivesse olhando para ela e a admirando, ninguém foi perturbá-la. Os meus fregueses têm bons modos, pensou.

Hernán voltou para detrás do balcão e tratou de trabalhar rápido para tirar o atraso. *Pobrecita*. Ela é tímida. Solitária. Ele começou a cantarolar uma música de um filme de Pedro Infante. "Os ricos também choram."

Hernán ficou olhando como todo mundo quando o casal se cumprimentou com um beijo. Flashes cintilaram feito fogos de artifício pelo salão inteiro. Todos os americanos a conheciam, a cidade inteira adorava Tony. Ele devia estar com uns dezenove anos agora. Tinha mechas louras no cabelo comprido, olhos cor de âmbar e um sorriso angelical. Sempre havia trabalhado no porto, carregando e descarregando barcos, pegando carona em passeios, economizando dinheiro para, um dia, comprar seu próprio barco e levar turistas para praticar esqui aquático.

As histórias variavam. Algumas pessoas diziam que tinha acontecido num jogo de dados, outras diziam que Tony havia pagado Diego para que ele o deixasse conduzir o barco das estrelas de cinema até o set em Mismaloya todos os dias. Depois de cerca de três dias em que os olhos dourados dele fitaram insistentemente os olhos verdes dela, ela começou a fazer passeios de barco com ele nas horas vagas, até que, nas palavras de Tony, a sorte sorriu para ele. Memo disse que Tony era o tipo mais baixo de homem, um gigolô.

"Olha pra ele", disse Hernán. "O garoto está apaixonado. Ele não vai fazer nenhum mal a ela."

Do outro lado do salão, Luis chamou uma senhora americana que estava passando em frente ao bar.

"Senhora, por favor, junte-se a nós. O meu nome é Luis e o

dele é Victor. Ajude a gente a comemorar o meu aniversário", disse ele.

"Ah, claro, com prazer." Ela sorriu, surpresa. Pediu drinques e pagou ao garçom com um punhado de notas. Ria, feliz com a atenção que estava recebendo dos dois. Tirou todas as suas compras das sacolas para mostrar a eles.

Luis não era mais garoto de praia, havia progredido. Agora ele tinha uma minúscula lojinha de vestidos que era a febre do momento. Também vendia pinturas coloniais e arte pré-colombiana. Ninguém sabia onde ele conseguia as peças nem quem fazia os vestidos. Luis dava aulas de ioga para mulheres americanas, as mesmas que compravam todos os vestidos dele em todas as cores disponíveis. Era difícil saber se Luis amava ou odiava as mulheres. Ele fazia com que elas se sentissem bem. E ganhava dinheiro com todas elas, de uma forma ou de outra.

Memo perguntou a Hernán se as mulheres pagavam Luis para fazer sexo com elas. *¿Quién sabe?* Ele desconfiava que Luis saía com elas, depois as levava para casa e as roubava quando elas desmaiavam. As mulheres ficavam envergonhadas demais para contar o que havia acontecido. Hernán não sentia pena das mulheres. Elas estavam pedindo que algo assim acontecesse, viajando sozinhas, bebendo, entregando-se ao primeiro *callejero* que encontravam.

Beto chegou com Audrey, uma garota hippie de uns quinze anos. Cabelo louro sedoso, o rosto de uma deusa. Repórteres dispararam seus flashes e a atriz loura ficou emburrada. Audrey se movia feito mel. Tinha os olhos cegos de uma estátua.

Victor foi até o bar para falar com alguém. Hernán perguntou a ele o que Audrey tinha tomado.

"Seconal, Tuinal, alguma coisa assim."

"Você não vendeu nada pra ela, vendeu?"

"Não. Qualquer pessoa pode comprar soníferos na farmácia. Com eles, ela fica mansinha, mansinha."

Beto estava sentado junto com a equipe do filme. Todos ergueram um brinde a ele, tentando falar espanhol. Ele sorriu e bebeu. Beto tinha sempre a expressão idiota de um passageiro de ônibus que acabou de ser acordado.

O Señor Huston fez sinal para Hernán, pedindo uma dose de *raicilla*. Hernán levou ele mesmo a bebida, curioso para saber por que o diretor estava falando de um jeito tão zangado com Audrey. O Señor Huston agradeceu Hernán, mandou lembranças à família dele. Depois lhe contou que Audrey era filha de uma amiga querida dele, uma grande atriz de teatro. Audrey havia fugido de casa no ano anterior.

"Imagine como a mãe dela está se sentindo. A Audrey era mais nova do que as suas duas filhas quando desapareceu."

Audrey implorou ao Señor Huston que não contasse a ninguém onde ela estava.

"O Beto me ama. Finalmente alguém me ama só por mim. E agora o Beto tem um emprego. A gente pode alugar um apartamento."

"Que droga você está usando?"

"Eu só estou sonolenta, seu bobo. A gente vai ter neném!"

Ela se levantou e deu um beijo no velho. "Por favor", disse, depois foi se sentar um pouco atrás de Beto, cantarolando baixinho. O Señor Huston se levantou, rígido, derrubando a cadeira em que estava sentado. Foi até Beto, fez menção de dizer alguma coisa, depois sacudiu a cabeça e saiu andando com passos firmes para fora do bar. Atravessou a rua rumo ao *malecón*, onde se sentou, acendeu um cigarro e ficou olhando para o mar.

Hernán notou que todos os repórteres, fossem homens ou mulheres, e todas as pessoas da equipe do filme conheciam Victor; muitos paravam para falar com ele. Victor ia ao banheiro dos

167

homens com frequência, logo antes ou depois de algum americano entrar lá. Ele era o principal fornecedor de maconha da cidade e tinha alguns discretos fregueses consumidores de heroína. Aquilo era diferente. Ninguém saía depois para dar uma volta pela praia.

Hernán tinha ouvido falar que a coisa já havia chegado a Acapulco. Bem, agora Puerto Vallarta tem a sua própria cocaína, pensou.

Sam Newman chegou ao hotel num táxi, acenou para Hernán enquanto atravessava o pátio rumo à recepção, registrou-se e deixou sua bagagem para que fosse levada lá para cima. Depois, foi até Tony e Ava Gardner, abraçou Tony e beijou a mão de Ava. No caminho até o bar, foi parando ao lado de várias mesas, trocando apertos de mão, beijando as mulheres que conhecia, dando uma conferida nas que ainda não conhecia, todas as quais ficaram visivelmente animadas. Ele era um americano boa-pinta e tranquilão, casado com uma mulher rica e mais velha que lhe dava rédeas largas. Eles moravam mais adiante na costa, em Yelapa. Sam vinha à cidade a cada duas semanas para comprar mantimentos e para descansar. Morar no paraíso o deixava exausto, ele dizia. Sorrindo, ele se sentou num dos bancos do bar e entregou a Hernán um pacote de café Juan Cruz.

"Obrigado, Sam. A Socorro estava sentindo falta do café dela." Hernán preparou um drinque duplo para ele, Bacardi e água de Tehuacán. "Você veio no *Paladín?*"

"Vim, infelizmente. Junto com uma multidão de turistas. E com o John Langley. Adivinha o que ele disse."

"Estamos todos no mesmo barco."

"Ele sempre diz isso. Agora ele tem uma tirada nova. Quando a gente estava passando pelo set do filme, uma senhora segurou o braço dele e perguntou: 'Senhor, aquela ali é a Mismaloya?'. O Langley tirou a mão dela do braço dele e disse daquele jeito de inglês esnobe dele: 'Para a senhora é *mister* Maloya, minha senhora'. Então, quais são as novidades, além do barco do Tony?"

Hernán contou a ele sobre a carreira cinematográfica de Beto e sobre Audrey ter fugido de casa, estar grávida e tomando drogas. Depois, convidou Sam para a festa de *quinceañera* de Amalia. Claro que ele iria, disse Sam. Hernán ficou contente.

"O Señor Huston também vem. Ele é um grande homem, um homem digno."

"Bacana você saber disso. Quer dizer, mesmo sem saber que ele realmente *é* um grande homem. Um homem famoso."

Alma foi até lá e deu um beijo em Sam, na boca. John Apple voltou para o balcão e Sam pagou uma margarita dupla para ele.

Luis e a americana estavam saindo do hotel, num táxi. Victor estava sentado com alguns repórteres. Hernán não sabia o que fazer em relação a Victor. Jamais chamaria a polícia para prendê-lo, mas também não queria que ele ficasse vendendo drogas no Oceano. Ia perguntar a Socorro quando chegasse em casa. Ela sempre sabia exatamente o que fazer.

"Sam, por favor, me apresenta à Ava Gardner", pediu Alma. "Eu quero convidá-la pra ficar na minha casa." Ela e Sam foram até a mesa do casal apaixonado e se juntaram a eles. No caminho, Sam parou para falar com Victor. Acenaram a cabeça um para o outro e trocaram algumas palavras, olhando para baixo enquanto falavam.

O Señor Huston voltou lá de fora e se instalou na mesa grande "dele". Richard e Liz chegaram. Aonde quer que os dois fossem, era como se uma granada tivesse sido lançada janela adentro. Flashes explodiam, pessoas gemiam, gritavam, exclamavam "Aah! Aah!". Cadeiras eram arrastadas e caíam no chão, ouviam-se ruídos de vidro se estilhaçando. Sons de passos apressados, correria.

O casal distribuiu sorrisos e acenos, como quem agradece os aplausos da plateia ao fim de um espetáculo, depois foi se sentar à mesa do Señor Huston. Liz mandou um beijo à distância para Hernán. Ele já estava preparando uma bandeja com uma margarita dupla para ela e água de Tehuacán para Burton, que não estava bebendo. Uma dose de *raicilla* misturada com tequila para o diretor. Guacamole e *salsa* com bastante alho, como ela gostava. Ela estava soltando um monte de palavrões. Hernán gostava dela; ela era calorosa e tinha um humor irreverente e picante. Ela e Burton davam grandes e sonoras gargalhadas, estavam simplesmente apaixonados, um pelo outro, pelo lugar, pela vida.

Aos poucos o bar foi se esvaziando, conforme as pessoas iam se arrumar para sair para jantar. Elas saíam a pé ou em um dos vários táxis que ficavam à espera de passageiros em frente ao hotel. Victor saiu a pé com cinco ou seis homens, seguindo na direção norte, rumo à parte "barra-pesada" da cidade. Sam e Alma saíram no jipe dela, junto com Tony e Ava.

Ruby, Beto e Audrey dormiam a sono solto. John Apple se ofereceu para levá-los para casa no carro de Ruby. Hernán sabia que John estava pensando no armário de bebidas e na geladeira de Ruby, mas, pelo menos, ele ainda estava em condições de dirigir. Memo e Raúl ajudaram os três a andar até o carro.

Entre os que ficaram no bar estavam dois velhos, que tomavam conhaque Madero em taças enormes. Eles montaram um tabuleiro de xadrez e começaram a jogar. Um jovem casal em lua de mel que acabara de voltar de uma caminhada no *malecón* entrou no bar e pediu drinques de vinho.

Hernán passou um pano no balcão, botou algumas garrafas no lugar e substituiu outras. Memo já estava cochilando, sentado ereto, como que em posição de sentido, numa cadeira perto da cozinha. Hernán ficou olhando lá para fora, para o mar e as palmeiras, enquanto ouvia Liz, Burton e John Huston conversarem. Eles discutiam, riam, recitavam falas do filme ou, talvez, de outros filmes. Quando Hernán levou uma nova rodada de bebidas para eles na mesa, Liz perguntou se eles estavam fazendo barulho demais.

"Não, de jeito nenhum", disse Hernán. "É maravilhoso ouvir pessoas falando sobre o trabalho delas quando elas amam o que fazem. Vocês têm muita sorte."

Ele se sentou atrás do balcão e pôs os pés em cima de um banco. Raúl trouxe *café con leche* e *pan dulces* para ele. Mergulhando os pãezinhos no café com leite, ele comeu lendo o jornal. Teria algumas horas tranquilas pela frente agora. Mais tarde talvez algumas pessoas viessem tomar uma saideira antes de ir para a cama. Depois, ele iria andando para casa, que não era longe, onde Socorro estaria esperando por ele. Eles jantariam juntos e falariam sobre seus dias e noites, sobre as filhas. Ele lhe contaria todas as fofocas. Eles discutiriam. Ela sempre defendia as mulheres. Sentia pena de Alma e de Ruby, sem ninguém que as protegesse. Ele contaria a ela sobre Victor e as drogas. Até Sam parecia ter falado sobre drogas com ele. Socorro faria uma massagem nas costas de Hernán quando fossem para a cama. Eles ririam de alguma coisa.

"Meu Deus, como eu tenho sorte." Ele disse isso em voz alta. Ficou envergonhado e olhou ao redor. Ninguém o tinha ouvido. Ele sorriu e disse: "Eu tenho muita sorte!".

"Hernán, você está falando sozinho aí? Está se sentindo solitário?", Elizabeth Taylor perguntou a ele da mesa.

"Estou com saudade da minha mulher. Ainda faltam quatro horas para eu ir pra casa ficar com ela!" Eles lhe pediram que recomendasse um restaurante. Ele falou de um restaurante italiano que ficava atrás da igreja. "Turistas nunca vão lá, acham maluquice comer comida italiana no México. Mas a comida é boa e o lugar é tranquilo."

Eles saíram e, pouco tempo depois, o casal em lua de mel e os velhos enxadristas foram lá para cima. Raúl agora estava dormindo em frente a Memo, diante da porta da cozinha. Os dois pareciam objetos decorativos, marionetes gigantes para turistas, com seus *boleros* pretos, faixas vermelhas e bigodes.

Hernán estava quase pegando no sono também quando a porta de um táxi foi batida com força. Luis saiu do táxi com a americana. Ela estava caindo de bêbada. Pancho foi ajudá-lo a levar a mulher escada acima, até o quarto dela. Luis não voltou para o andar de baixo.

Alguns minutos depois, ouviu-se o estrondo de outra porta de táxi batendo com violência e uma mulher gritando "Seu cretino!" e então Ava Gardner entrou no hotel calçando apenas um sapato de salto alto, de modo que os seus passos foram fazendo um barulho de soluço conforme ela atravessava o pátio e subia a escada. A mesma porta de táxi bateu de novo e Hernán viu com espanto Sam sair lá de dentro, descalço e sem camisa. Ele estava com um tremendo olho roxo, o lábio cortado e inchado.

"Qual é o quarto dela?"

"Subindo a escada, é a segunda porta, do lado do mar."

Sam começou a subir a escada, mudou de ideia e desceu de novo. Foi andando até o bar com a mão para a frente, para pegar o drinque que Hernán lhe estendia. Quando falou, era como se estivesse com a boca anestesiada, de tão inchado que o seu lábio estava.

"Hernán. Você não pode contar pra ninguém. A minha reputação vai ficar arruinada. Diante de você está um homem desmoralizado. Totalmente humilhado. Eu ofendi a Ava Gardner! Ai, Deus."

Outro táxi, outro estrondo de porta batendo. Tony entrou correndo, com lágrimas escorrendo dos olhos. Subiu a escada em disparada e esmurrou a porta do quarto de Ava. "¡Mi vida! ¡Mi sueño!" Outras portas se abriram ao redor. "Cala a boca, imbecil! Silêncio! Silêncio!"

Tony voltou para o andar de baixo. Abraçou Sam, pediu desculpas e apertou a mão dele. Chorava em pequenos arquejos, como uma criança.

"Sam, vai lá falar com ela. Você pode explicar. Eu não falo inglês. Fala pra ela que estava escuro demais. Explica pra ela, por favor, Sam!"

"Não sei, não, Tony. Ela está com muita raiva de mim. É melhor você mesmo ir. Entra lá e dá um beijo nela, chora essas suas lágrimas de crocodilo na frente dela."

Hernán se intrometeu. "Olha, eu não sei o que aconteceu, mas aposto que amanhã ela já não vai nem lembrar essa coisa horrível que aconteceu hoje. Não faça com que ela lembre!"

"Bem pensado. Boa, Hernán." Sam subiu com Tony, abriu a porta do quarto de Ava com um cartão de crédito e empurrou delicadamente Tony lá para dentro. Esperou um pouco, mas Tony não tornou a sair.

Ao descer, Sam parou no meio do pátio pavimentado com pedras, segurou seu cartão de crédito diante de si e começou a falar para uma câmera invisível: "Olá! Eu sou Sam Newman... viajante experimentado, bon vivant, frequentador das altas-rodas. Eu não iria a lugar nenhum sem o meu cartão American Express".

"Sam, *¿qué haces?*"

"Nada. Olha, Hernán... Você tem que me jurar."

"Eu juro pela alma da minha mãe. Vem cá, me conta tudo."

"Bom... Ai, meu Deus. Então, a gente chegou lá na casa da Alma e ela pediu à cozinheira que preparasse o jantar pra gente. Nós fomos pra varanda e bebemos mais ainda, ouvindo música e tal. O Tony é fraco pra bebida, normalmente não bebe nada. E eu mal tinha começado. Mas as duas mulheres já estavam de cara cheia. Estava escuro e nós todos estávamos esparramados naqueles sofás feitos de colchão d'água que a Alma tem, e aí ela pega o Tony pela mão e, bom, leva o garoto para o quarto dela. A Ava estava só lá, olhando para as estrelas, enquanto eu entrava em pânico. De repente, ela percebe que os dois sumiram, se levanta de salto e me puxa pra que eu vá com ela procurar os dois. Bom, eles estavam na cama da Alma, nus, trepando loucamente. Eu cheguei a pensar que a Ava fosse bater nos dois com algum objeto não cortante, mas, não, ela só sorriu e me levou de volta pra varanda. Ai, Deus, como é que eu fui negar fogo desse jeito? Eu sou uma desgraça. Um doente. Bem ali, na frente de Deus e todo mundo, ninguém menos que Ava Gardner tira o vestido e se deita no sofá. Ai, Deus me ajude. Meu amigo, aquela mulher é magnífica. Ela é da cor de pudim de leite, no corpo inteiro. Os seios dela são o paraíso na terra. As pernas… rapaz, ela é a porra da duquesa de Alba! Não. Ela é a Condessa Descalça! Então, eu arranco as minhas roupas e me deito com ela. E lá está ela. Ava, quente, em carne e osso, olhando nos meus olhos com aqueles olhos verdes que EU CONHEÇO. O meu pau desapareceu. Foi pra Tijuana e os meus culhões se mandaram pra Ohio. E aquela Condessa, aquela Deusa, ela fez tudo que podia. Mas foi inútil. Eu fiquei morrendo de vergonha. Pedi desculpas e… ah, que merda, feito um completo IDIOTA, eu disse: 'Puxa, me desculpa. É que eu sou loucamente apaixonado por você desde que eu era garotinho!'. Foi ela que fez esse estrago no meu lábio. Depois o Tony apareceu e realmente começou a me encher de porrada. Justo nessa hora, a cozinheira entrou, acendeu a luz e disse: 'O jantar está servido'. Eu dei uma gorjeta pra cozinheira e pedi que ela fosse buscar um táxi pra mim, vesti a minha calça e fui correndo lá pra fora. A cozinheira voltou com um táxi, eu entrei e aí a Ava entrou atrás de mim. O Tony veio correndo pela rua atrás de nós, mas ela não deixou o motorista parar. Ava Gardner. Eu estou com vontade de me matar."

Tony veio descendo a escada, com leveza e agilidade, e entrou no bar.

"Ela me perdoou, ela me ama. Está dormindo agora."

"Vamos voltar lá pra jantar?", perguntou Sam, abrindo um largo sorriso. Tony se ofendeu. Passado um tempo, porém, ele disse que, na verdade, estava morrendo de fome. Memo, que tinha acordado e estava ouvindo tudo, falou que também estava com fome e que eles deviam ir para a cozinha preparar o café da manhã.

Victor chegou sozinho e se instalou numa mesa afastada, sob a luz agora tênue. Raúl levou chocolate quente e *pan dulces* para ele. Victor nunca bebia nem usava drogas. Hernán achava que ele já devia estar muito rico àquela altura. Raúl disse a Victor que Luis ainda estava lá em cima. "Eu espero", disse Victor.

Memo voltou da cozinha na mesma hora em que algumas pessoas entraram no bar, querendo tomar alguns drinques depois do jantar. Tony foi para a mesa de Victor para esperar por Luis junto com ele. Tony também tomou chocolate quente e Hernán mandou que levassem uma aspirina para ele. Tony não contou a Victor o que havia acontecido naquela noite, só falou do seu barco novo.

Sam veio até o bar e pediu um Kahlúa com conhaque. Ficou segurando a cabeça entre as mãos. Hernán lhe entregou o drinque e disse: "Você também está precisando de uma aspirina".

Luis desceu, carregando uma das sacolas de compras da americana. Os três amigos ficaram conversando aos cochichos, rindo feito adolescentes. Depois saíram, pulando com facilidade pelas janelas abertas do bar, o som do riso fácil e inocente dos três reverberando pelo salão junto com o barulho das ondas.

"Que estalidos foram esses? Maracas?"

"Dentes. O Luis roubou a dentadura da mulher."

Hernán pegou o copo vazio de Sam e secou cuidadosamente o círculo úmido que o copo havia deixado no balcão.

"Está na hora de eu ir pra casa. Quer um pouco de gelo pra botar nesse lábio?"

"Não, tudo bem. Obrigado. Boa noite, Hernán."

"Boa noite, Sam. *Hasta mañana.*"

La barca de la ilusión

O chão da casa era de areia branca e fina. De manhã Maya e Pilla, a empregada, passavam ancinho e vassoura na areia, para conferir se havia escorpiões e para deixá-la limpa e lisa. Na primeira hora depois dessa limpeza, Maya ficava gritando para os meninos "Não andem no meu chão!", como se fosse um piso de linóleo recém-encerado. De seis em seis meses, Luis caolho vinha na mula dele, enchia os alforjes de areia e a despejava lá fora, depois fazia incontáveis viagens até a praia para buscar areia fresca, branca e cintilante, lavada pelo mar.

A casa era uma *palapa*, com telhado feito de colmo. Três telhados, na verdade, pois havia uma estrutura retangular mais alta, cercada por dois semicírculos, um de cada lado. A casa tinha a imponência de uma velha barca vitoriana e, por isso, recebeu o nome de *la barca de la ilusión*. Fresca por dentro, com um teto imenso, pilares muito, muito altos de pau-ferro, vigas transversais atadas umas às outras com caule de *guacamote*. A casa era como uma catedral, sobretudo à noite, quando o brilho das estrelas ou da lua entrava pelas claraboias formadas nas linhas de junção dos três telhados. Salvo por um cômodo de adobe sob o *tapanco*, não havia paredes.

Buzz e Maya dormiam num colchão no *tapanco*, um sótão amplo, feito de nervuras de folhas de palmeira. Ben, Keith e Nathan dormiam em beliches no cômodo de adobe quando estava muito frio. Normalmente, dormiam em redes na enorme sala de estar ou do lado de fora, perto da datura. Na época da floração, a datura dava uma profusão de flores brancas, que pendiam desajeitada e pesadamente até a noite, quando então a luz da lua ou das estrelas dava às pétalas um brilho prateado opalescente, e o cheiro inebriante delas invadia a casa inteira e chegava até a lagoa.

A maior parte das outras flores não tinha perfume e estava a salvo das formigas. Bougainvílleas, hibiscos, canáceas, maravilhas, marias-sem-vergonha e zínias. Os goivos, as gardênias e as rosas exalavam perfumes estonteantes, atraindo enxames de borboletas de todas as cores.

À noite, Maya e Teodora, sua vizinha, patrulhavam a horta, o jardim e o pequeno bosque de coqueiros com suas lanternas, matando as velozes colunas de formigas-cortadeiras, jogando querosene nos formigueiros, tentando acabar com essas formigas que comiam seus tomateiros e pés de feijão, suas alfaces e flores. Teodora havia ensinado Maya a plantar durante a lua nova e a podar na lua cheia, a amarrar recipientes com água nos galhos mais baixos de mangueiras que não estavam dando frutos. Juanito, o filho de sete anos de Teodora, frequentava a escolinha de Maya de manhã, a não ser quando os grãos de café ficavam maduros nas colinas e ele tinha que trabalhar todo dia.

Ben e Keith, sete e seis anos, tinham um nível de aprendizado em aritmética e ortografia que ficava entre a primeira e a quarta séries. Keith adorava frações e decimais, um mistério para Ben e Maya. Ben lia de tudo, desde livros infantis até livros de adultos como *The White Nile*. Todas as manhãs, os meninos tinham aulas ao redor da grande mesa de madeira. Inclinando suas costas bronzeadas nuas, eles se debruçavam sobre seus cadernos de capa marmorizada e garatujavam, suspiravam, apagavam, riam. Leitura e escrita, aritmética, geografia. Leitura e escrita em espanhol, com Juanito.

A casa ficava perto de um pequeno bosque de coqueiros, numa das margens do rio. Do outro lado do rio ficavam a praia e a perfeita baía de Yelapa. Acima dos rochedos da praia e no alto da colina se situava a aldeia, sobranceando um pequeno vale. Como a baía era cercada de montanhas altas, não existiam estradas para Yelapa. Por trilhas para cavalo abertas no meio da mata se chegava a Tuito, a Chacala, depois de horas de viagem.

O rio mudava o ano inteiro. Às vezes ficava fundo e verde, às vezes virava apenas um regato. Às vezes, dependendo das marés, a praia vinha para bem perto e o rio se transformava numa lagoa. Essa era a melhor época, com garças-azuis e garças-brancas. Os meninos passavam horas brincando de pirata nas suas pirogas, pegando lagostins, pescando com rede, transportando passageiros que vinham da praia até o outro lado do rio. Até Nathan conseguia manejar bem uma canoa, e ele mal tinha quatro anos. Na estação seca o rio ficava sem água nenhuma. As crianças jogavam bola com meninos da aldeia, apostavam corridas em cavalos esqueléticos. Depois que as chuvas começavam a água reaparecia, às vezes em torrentes violentas, que arrastavam ramos repletos de flores, galhos carregados de laranjas, galinhas mortas e, uma vez, até uma vaca. E então aquela água revolta e enlameada atravessava a praia, tragando e sorvendo uma quantidade enorme de areia em seu torvelinho, e invadia impetuosamente o oceano azul-turquesa. Com o passar dos dias, a água do rio ia ficando mais limpa e doce, e as piscinas mornas nas pedras cheias de água boa para tomar banho e lavar coisas.

À noitinha, Teodora passava em frente à casa deles a caminho do rio carregando na cabeça uma enorme bacia de metal cheia de louça chacoalhante. Alguns passos atrás dela vinha Donasiano, com uma machete na mão e, na cabeça, um chapéu de palha em que se lia ACAPULCO. Teodora era viúva e Donasiano seu amante, embora ele tivesse esposa e filhos na cidade. Eles voltavam depois de escurecer, as louças repinicando, agora mais lentamente. De manhã, antes de ir para as colinas colher café, Donasiano se acocorava do outro lado do rio, na sombra da grande figueira ou do *papelillo* de flores amarelas, e ficava esperando que algum cervo viesse beber água. Maya só tinha visto Donasiano matar um cervo uma vez, embora ele fizesse isso com frequência, dividindo a carne com a aldeia. Ele havia saltado de trás da árvore e decapitado uma corça com um golpe certeiro de sua machete cintilante. A cabeça caiu na areia, o sangue se misturou à corrente, os filhotes da corça fugiram.

Buzz e Maya trabalhavam para manter a cerca em boas condições, consertando os estragos causados por jumentos e porcos, e para manter a horta e o jardim irrigados e livres de ervas daninhas. Pilla e Luis carregavam baldes de água incessantemente, da cabeceira do rio ou, durante a estação seca, do poço da aldeia. Luis, Pablo e Buzz juntavam e cortavam lenha para o fogo que ardia o dia inteiro.

"É dureza, esse negócio de viver no paraíso", dizia Buzz.

Maya se perguntava por quanto tempo eles aguentariam viver no paraíso. À noite, enquanto ela lia à mesa, Buzz fumava maconha deitado na rede, olhando para o mar.

"Você está bem, Buzz?"

"Eu estou entediado", ele respondia.

Talvez se eles tivessem uma fazenda, uma fazenda de verdade, ou abrissem uma escola de verdade. O problema era que Buzz não precisava fazer nada. Nunca havia precisado. Era filho de um médico rico de Boston. Bonito e extremamente inteligente, Buzz havia sido um dos melhores alunos das suas turmas em Andover e em Harvard. Quando estava cursando o segundo ano da escola de medicina, começou a tocar saxofone e a sair para ouvir Dizzy e Bird, Jaki Byard, Bud Powell. Ficou viciado em heroína, foi expulso da escola de medicina por usar morfina. Casou com Circe, herdeira de uma família rica de Boston, e largou as drogas. Os dois viajaram pelo mundo e foram morar no Novo México, onde ele tocava saxofone e competia pela Porsche em corridas automobilísticas, nos Estados Unidos e na Europa. Para ter o que fazer, abriu um negócio. Comprou a primeira franquia da Volkswagen a oeste do Mississippi e quase ficou milionário praticamente do dia para a noite. Parou de disputar corridas de automóvel, parou de tocar saxofone. Ele e Circe se divorciaram. Ele e Maya se apaixonaram um pelo outro, tiveram um caso.

"Me dê uma razão pra viver: você e os meninos", foi como ele a pediu em casamento. Maya realmente achou isso romântico. Os dois se casaram. Ele adotou Ben e Keith e eles tiveram Nathan. Ela só descobriu que ele tinha voltado para a heroína um mês depois de eles terem se casado. É fácil esconder o vício em heroína quando se é rico, porque você sempre a tem à disposição.

Quando Buzz não estava consumindo drogas, a vida deles era maravilhosa. Os dois se amavam, tinham filhos lindos. Eram ricos e livres, viajavam no aviãozinho deles para tudo quanto era canto dos Estados Unidos e do México.

Com o tempo, no entanto, as drogas acabaram se tornando a única razão para viver de Buzz. Não demoraria muito, as crianças teriam idade o suficiente para perceber isso. As únicas pessoas que eles viam eram passadores, traficantes e os policiais da divisão de narcóticos que os seguiam. A heroína era a principal preocupação de todo dia, o dia inteiro, para os dois. A mudança para Yelapa era a única tábua de salvação que eles tinham.

Aos poucos, começou a parecer que ia ficar tudo bem. Que Yelapa poderia ser a casa deles. Buzz pescava de barco na baía, pegando cavalas ou vermelhos. Fazia mergulhos livres perto dos rochedos e voltava trazendo ostras e lagostas. Cada vez mais, Ben e Keith passaram a ir junto com ele. Com total falta de lógica, já que tinha tanto medo de que cocos caíssem na cabeça deles, Maya não ficava apreensiva quando os meninos iam para o mar no barquinho aberto e minúsculo. Era verdade que às vezes apareciam ondas perigosas, tubarões, raias-jamantas que brincavam com o barco. Dentro da água havia raias-prego, moreias. Mas eles voltavam trazendo peixes, mariscos, lagostas e histórias sobre golfinhos, jubartes, peixes-serra gigantes. Maya adorava ouvir Buzz e os meninos falando de suas expedições, discutindo, exagerando. Keith era o melhor pescador, paciente e determinado; Ben era fera em encontrar coisas, como belos búzios ou a ponta da antena de uma lagosta azul escondida entre as pedras.

Passado um ano, Buzz comprou um gerador e o instalou no promontório. Eles enchiam tanques de mergulho e caçavam peixes debaixo d'água, com arbaletes. Pouco a pouco, mais meninos da aldeia foram aprendendo a mergulhar e a pegar peixes, depois começaram a ganhar a vida dessa forma. Sefarino e Pablo compraram seus próprios barcos e tanques e passaram a vender peixes na cidade. Um pequeno restaurante foi aberto na cidade. Ronco e Buzz compraram um motor e um barco de fibra de vidro. Passaram a ir mais longe para mergulhar, chegando até as ilhas. Quando ancoravam o barco no fim da tarde, seus gritos e risadas reverberavam pelo mar.

Dias e meses se passaram num ritmo manso e embalante. Pouco antes do amanhecer os galos cantavam e, tão logo a manhã raiava, centenas de gaivotas gargalhantes passavam voando pela casa rumo à nascente do rio. Revoadas de papagaios riscavam a paisagem de chispas verdes, estonteantes, em contraste com os cocos frios e cinzentos. Num Nilo diferente, iguanas verdes tomavam sol nas pedras do rio. Porcos grunhiam na lama e cavalos vindos de Chacala resfolegavam na trilha. Esporas. A suave espuma das ondas sussurrava dia e noite e as palmeiras farfalhavam na mesma cadência que o mar. Todo dia ao meio-dia o *Paladín* atracava na baía e doze turistas iam patinhando na água rasa até a praia. Atravessavam o rio patinhando também ou, se estava muito fundo, deixavam que Nathan os levasse de canoa até a outra margem. Alguns seguiam a cavalo em direção à cabeceira do rio ou atravessavam a aldeia e subiam a colina rumo à cachoeira. Às vezes Ben e Keith, como as crianças da aldeia, assumiam a função de guias. Muitas vezes os turistas pediam orientações a Nathan, mas ele não falava inglês. Se eles queriam atravessar o rio, Nathan simplesmente apontava para a sua piroga e dizia "*Sit!*". Eles se sentavam, segurando firme nas bordas; ele se postava na popa, imperioso, e impelia a canoa com uma vara ou remava, seus olhos azul-claros e rosto bronzeado sérios, seu cabelo encaracolado louro brilhando.

Às três da tarde o *Paladín* partia e apenas os ocupantes das seis ou sete casas de gringo e os duzentos habitantes da aldeia permaneciam. Ouviam-se cachorros latindo, barulhos de lenha sendo cortada. Quando escurecia, o som pulsante de grilos e sapos. Mais tarde, os pios de corujas.

Liz e Jay vinham com frequência da casa deles no alto da colina. Os dois eram velhos amigos, do Novo México. Os casais tomavam chá de hibisco ou de camomila, fumavam maconha e ficavam vendo o sol se pôr, cor-de-rosa, na baía. Maya assava peixe ou galinha na grelha e servia com arroz com feijão e verduras frescas da horta. Durante a estação das chuvas, principalmente, eles ficavam acordados até tarde jogando Scrabble, Monopoly ou gin rummy. Às vezes Ben e Keith passavam a noite na casa de Liz e Jay, fazendo *fudge*, dormindo num colchão de água sob as estrelas. Liz e Jay eram tecelões; os meninos faziam dezenas de olhos de Deus com sobras de lã.

Eles tinham que renovar seus cartões de turista a cada seis meses. Maya, os meninos, Liz e Jay faziam apenas uma rápida viagem até a fronteira e voltavam, mas Buzz normalmente passava algumas semanas no Novo México a negócios. Tinha conversas com o seu sócio, assinava documentos referentes a impostos, contratos de aluguel. No início, toda vez que ia para lá ele comprava heroína, mas em menor quantidade a cada vez. Era uma semana de barato, uma semana passando mal. Ele está com "dengue", Maya dizia para Pilla e Teodora. Uma vez, Teodora trouxe um chá para Buzz e disse que aquele chá iria curá-lo, e curou mesmo, da noite para o dia todos os sintomas da abstinência passaram, embora fosse um chá para combater a dengue, uma espécie de malária. Era feito com folhas de papaia, camomila e bosta de cavalo. Por fim, no segundo ano, Buzz voltou da viagem limpo, sem nenhuma droga. Isso foi na vez em que ele trouxe os tanques de mergulho. E, conforme os dias e os meses iam se passando, aquele mundo começou a parecer ter ficado no passado. Passadores, traficantes, policiais e até o medo pareciam algo do passado distante.

Todo mundo estava forte e saudável. Não havia balas nem refrigerantes. Ninguém caía de árvores nem de pedras. Nas raras vezes em que alguém ficava doente, Maya e Liz consultavam o manual da Merck e uma lista de medicamentos de referência e, se necessário, davam antibiótico ao doente.

Keith pegou uma inflamação horrorosa na garganta, que não melhorou nem com injeções de ampicilina. Maya foi com ele no *Paladín* até Puerto Vallarta, depois os dois pegaram um avião para ir a uma clínica em Guadalajara. O médico de lá extraiu as amígdalas de Keith e o manteve internado por alguns dias. Depois que Keith melhorou, ele e Maya tiveram três dias de férias. Rodaram a cidade inteira de táxi e de ônibus, passaram horas no mercado e em lojas comprando presentes e mantimentos. Keith adorou o telefone e a televisão. Eles ligavam para o serviço de quarto e pediam hambúrgueres e sorvete, foram ao cinema e a uma tourada. Ninguém menos que El Cordobés estava hospedado no mesmo hotel que eles e deu um autógrafo para Keith.

E, então, quando eles estavam saindo do elevador um dia, Maya viu Victor, um passador de drogas, no lobby. Ela tentou voltar às pressas junto com Keith para dentro do elevador, mas as portas se fecharam e lá estava Victor. Fora da prisão. Durante anos, ele sempre havia conseguido encontrar Buzz, no Novo México, em Chiapas. Tinha passado a perna em Buzz várias vezes, roubando milhares de dólares. Mas não há nada a fazer quando esse tipo de coisa acontece. Foi porque Maya tinha ido comprar a heroína e não a testou. Culpa dela. Buzz havia lhe dado uma bofetada tão forte que ela caiu e bateu com a cabeça. Na Guatemala, Buzz estava na fissura, passando mal. Victor o fez rastejar até ele para conseguir uma dose.

Victor estava sempre perto, tão perto que dava para sentir o cheiro dele. Muito magro e moreno, quase negro, parecia uma fera. Órfão, tinha crescido nas ruas da Cidade do México. Eles o tinham conhecido em Acapulco. Na época ele também era gigolô, um garoto de praia bonito, com uma gargalhada gutural, dentes reluzentes de tão brancos. Uma noite, não contente em roubar todo o dinheiro e as joias de uma velha senhora, ele tinha levado também sua dentadura.

Em frente ao elevador, Victor segurou o braço de Maya. "Cadê o Buzz?"

"Em Ajijic", disse ela. "A gente está morando em Ajijic." Maya, por sua vez, segurou o braço de Keith, rezando para que ele não falasse nada. "Não vá lá, Victor. Ele está limpo agora."

"Ah, eu dou uma passada lá qualquer hora dessas... Me dá um dinheiro aí, Maya, pra eu não ter que jantar com vocês. Eu só tenho... Me dá um dinheiro aí, Maya."

Ela deu a ele o que tinha na bolsa. Cinquenta mil pesos.

"*Ciao*."

Na manhã seguinte, Maya e Keith foram de avião para Vallarta e chegaram a tempo de pegar o *Paladín*. O rádio do *Paladín* tocava Rolling Stones num volume altíssimo e os turistas tomavam rum, riam e conversavam, namoravam, vomitavam. O mar estava bravo. Keith vibrou quando eles enfim chegaram às pedras brancas e viram a baía de Yelapa. Pelicanos mergulhavam ao redor deles; golfinhos apostavam corrida com o barco. Buzz, Ben e Nathan acenaram da praia.

Maya e Keith falavam ao mesmo tempo enquanto tiravam presentes de dentro das malas. Redes de pegar borboletas, jogos, um periscópio, um telescópio, um globo do mundo. Pasta de amendoim! Barras de chocolate! Eles tinham trazido uma faca para Juanito e um canário numa gaiola de madeira. Latas e mais latas com mudas de hortaliças e de flores para Maya e Teodora, que insistiu que as mudas tinham que ser plantadas naquele exato momento, já que era lua nova naquela noite.

Buzz as ajudou a plantar, começando a cavar os buracos com uma picareta, trazendo baldes de água do rio. Quando terminaram, se sentaram do lado de fora. Ben estava na rede dele e insistiu que dava para ler perfeitamente à luz das estrelas. Keith estava perto da cerca com o telescópio e gritou quando avistou um cardume de peixes fosforescentes na baía. "Rápido, vamos nadar!"

Mais tarde, Buzz disse a ela que era perigoso nadar perto de peixes fosforescentes, porque tubarões eram atraídos pela luz. Mas naquela noite mergulharam no meio deles com máscaras e pés de pato e, mexendo as pernas para se manter à tona, ficaram observando os padrões nas tapeçarias feitas pelos peixes. Magricelas, tremendo de frio, Ben e Keith se deitaram na praia com o telescópio e ficaram se revezando para ver as estrelas. Dentro da água, no balanço do mar, Buzz e Maya se abraçavam, salgados e entrelaçados, dando gargalhadas molhadas para o céu noturno. Foram se deitar na areia depois, perto dos meninos, e os quatro ficaram passando o telescópio uns para os outros. Buzz acariciou o braço de Maya, pôs a mão ternamente na barriga dela.

"Deve ser uma menina", disse ele. "A sua barriga está tão pequena ainda."

Maya levantou o tronco, se apoiou num cotovelo e deu um beijo nos lábios salgados de Buzz.

"Eu estou contente por estar esperando bebê agora. Que bebê de sorte!"

Naquele momento, portanto, ela acreditava que o bebê dos dois viria para um mundo tranquilo e seguro.

Keith os lembrou de que eles tinham trazido marshmallows de Guadalajara para botar no chocolate quente. Buzz fez uma fogueira no enorme tacho de cobre que ficava no chão da sala de estar; Maya preparou chocolate quente no fogão portátil, batendo bem com um batedor de madeira para ficar cremoso. Era uma da manhã, mas eles acordaram Nathan e o tiraram da cama para que ele participasse também.

Nos dias seguintes, em vez de ter aulas, Buzz, os meninos e Juanito pegaram borboletas, que adejavam sinuosamente no frasco mortífero e depois eram montadas em uma manta de algodão e sob um vidro. O que eles de fato precisavam e não tinham comprado era um livro sobre borboletas.

Um dia de manhã cedo, Buzz e os meninos arrumaram um farnel com sanduíches e chá de hibisco e foram andando pela margem do rio em direção à cabeceira, à procura das borboletas verdes neon e pretas que eles tinham visto na lantana lilás, na trilha para Chacala. Nathan havia implorado para ir também e eles acabaram deixando. Então, depois que Pilla preparou a fogueira e trouxe água, Maya lhe disse que ela podia tirar o resto do dia de folga. Amuada, Pilla foi embora. Preferia estar com Nathan ou ficar no lindo jardim.

Maya varreu o chão de areia com um ancinho e se deitou numa rede para ver as gaivotas passarem voando rumo à nascente. De vez em quando ela se levantava para dar uma conferida no feijão, depois se deitava de novo, entregando-se à preguiça e aos devaneios. Um falcão passou planando acima da grande figueira, bem alto, e do outro lado do rio *zopilotes* esvoaçavam ao redor da carcaça de um cervo.

Era agradável ter a casa só para si. Maya permaneceu deitada, sentindo o perfume da datura, até ouvir o apito do *Paladín*. Então, se levantou e pôs mais lenha na fogueira. Com um garfo de cabo comprido, tostou chiles verdes no fogo, depois os descascou com a ajuda de uma pequena faca de cozinha. Eles eram pungentes e picantes. Lágrimas vieram aos olhos de Maya e ela as secou com as costas da mão.

Victor apareceu sem fazer nenhum barulho, sem dar nenhum aviso. O rio estava cheio demais para ser atravessado a pé. Victor devia ter vindo caminhando pela praia e depois pela trilha. Seus sapatos caros estavam sujos da terra da trilha. Maya sentiu o cheiro do suor e da colônia de Victor. Não falou nem pensou nada. Cravou a faca de cozinha na barriga dele. O sangue jorrou e escorreu pela calça branca de raiom que ele estava usando. Ele riu dela e pegou um pano.

"Me traz uma atadura."

Ela não se mexeu. Com instinto de ladrão, ele foi direto até o cesto onde ficava o estojo de primeiros socorros. Botou álcool no corte, que ainda sangrava, e o cobriu com a atadura, amarrando-a com firmeza. Logo a atadura ficou embebida em sangue, uma mancha vermelha que contrastava com a gaze branca, com a pele escura e rija de Victor.

Ele subiu até o *tapanco*, voltou vestindo uma calça de Buzz e uma camiseta em que se lia PROTEJA A SAÚDE MENTAL. Tinha sido um presente, uma brincadeira. Victor se serviu de um copo de *raicilla*, se deitou numa rede perto de Maya e ficou se balançando com um pé, agora descalço.

"Não se preocupe", disse ele, "foi um corte superficial."

"Vá embora, Victor. O Buzz está limpo. Estou esperando bebê. Deixe a gente em paz."

"Estou louco pra ver o velho Buzz."

"Ele vai voltar tarde. Você vai perder o barco."

"Eu espero."

Eles esperaram; Victor na rede, Maya ainda em pé diante do fogão, ainda segurando a faca. O *Paladín* apitou e zarpou.

Eles estavam voltando, rindo na trilha. Ah, que borboletas maravilhosas. Mas Ben e Keith voltaram com carrapatos, no cabelo, nas pernas. Eles ficaram de joelhos na grama enquanto Maya tirava os carrapatos; alguns ela teve que queimar com cigarro para conseguir tirar. Depois, os meninos pegaram sabão e foram correndo para o rio para tomar banho.

Sentados à mesa, Buzz e Victor conversando baixinho, dividindo um baseado.

"Você não ficou surpresa de ver o Victor?", Buzz perguntou. Maya não respondeu; estava picando carne e cebola para o recheio dos tacos.

"Ela ficou surpresa, sim", disse Victor. "Me recebeu com um carinho tremendo."

Maya despachou os meninos para a casa de Liz e Jay com um pouco de chile verde e um bilhete em que perguntava se os meninos podiam passar a noite lá. Os meninos ficaram contentes em ir, levaram o telescópio e, pensando na manhã seguinte, redes de caçar borboletas.

A noite começou a cair. Teodora e Donasiano passaram em frente ao portão com a louça lavada. As galinhas de Teodora cacarejavam enquanto se acomodavam em arbustos e árvores para dormir. Depois do jantar, Maya tirou a mesa e levou Nathan para o quarto de adobe. Acendeu uma lamparina e inspecionou a cama em busca de escorpiões. Os olhos de Nathan estavam se fechando; a expedição à cabeceira do rio o havia deixado cansado, mas ela continuou a cantar para ele e a lhe fazer cafuné mesmo depois de ele ter pegado no sono. "Swing Low, Sweet Chariot." "The Red River Valley." Ela cantava baixinho, suas lágrimas encharcando o travesseiro.

Buzz tinha feito uma grande fogueira no tacho de cobre; os homens estavam sentados de pernas cruzadas ao pé do fogo, tomando café e fumando maconha. Maya se sentou à mesa com um copo de *raicilla*. Retirou-se, obedientemente, quando Buzz comentou que ela devia estar cansada, pronta para ir para a cama. *"Duerme con los angelitos"*, disse Victor.

As ondas quebravam na praia distante, a água do rio roçava a margem logo em frente à casa. Em algum lugar uma pessoa cortava lenha, outra pessoa tocava violão. Maya tentava se concentrar nesses sons e não ouvir as vozes dos dois homens, mas não conseguia não escutar.

"Me parece que você está me devendo cinco mil. Dólares", disse Buzz.

"Meu Deus, que péssimo negócio, *ese*. Que roubada... Eu mesmo perdi dez mil com ele. Era por isso que eu andava te procurando. Eu posso te compensar. Espera só pra ver o que eu trouxe."

"O quê, mais daquela merda mexicana com cor de cocô?"

"Não, nada disso. Desta vez é uma caixa lacrada. Lacrada.

Com frascos de vidro dentro. Pura morfina medicinal. Dez miligramas em cada frasco. Dá só uma olhada, cara. Lacrada. É barato sem susto, sem adulteração. É o meu pedido de desculpas a você, *brother*."

Silêncio. Ela não queria ouvir, não queria olhar. Tomou mais *raicilla*, cobriu a cabeça com um travesseiro, mas não conseguiu se impedir de rastejar até a beira do *tapanco* e espiar o que estava acontecendo lá embaixo, como as pessoas ficam olhando, hipnotizadas, para um incêndio, um acidente fatal. Ela ficou olhando, embora se sentisse repugnada pela expressão nos rostos dos dois, ambos encovados, caveirosos à luz do fogo. A expressão intensamente sexual do viciado prestes a se drogar, uma expressão de ganância, de necessidade desesperada. Próximos um do outro, cada um amarrou um elástico no braço do outro. Victor esquentou a colher no fogo. "Pega leve, cara, essa porra não está diluída como os picos que a gente costumava tomar." Buzz encheu a seringa primeiro, tentou várias vezes até finalmente conseguir achar uma veia. A seringa se encheu de sangue e ele apertou o êmbolo. O elástico caiu do braço dele. Seu rosto se petrificou, os olhos entreabertos, eufóricos. Seu corpo também parecia ter virado pedra, mas ele se balançava lentamente, sorrindo, o sorriso erótico de uma figura num túmulo etrusco. Ele estava gemendo, suavemente, como se entoasse um cântico. Victor ficou observando-o, sorrindo também, depois encheu a seringa e se picou. Assim que a droga fez efeito, Victor caiu para a frente, dentro da fogueira. Maya gritou, mas Buzz não se mexeu. Ela pulou lá para baixo, longe, e caiu de joelhos. Seus joelhos ralaram na areia e lágrimas lhe vieram aos olhos, uma criança de joelhos esfolados. Um cheiro nauseante de cabelo e pele queimados impregnava o ar. Ela agarrou Victor e enfiou a cabeça dele na areia. Ele já estava morto. Buzz agora estava deitado. Sua respiração estava fraca, a pulsação lenta. Maya não conseguiu acordá-lo. Cobriu-o com uma manta navajo. Apagou a lamparina e se sentou, no escuro. Tremendo, Maya ficou um bom tempo sentada à mesa, completamente sozinha.

Foi ver como Nathan estava. O menino dormia profundamente. Ela deu um beijo no cabelo úmido e salgado dele. Voltando para a sala, escondeu a seringa e a caixa de morfina dentro de uma lata. Esvaziou os bolsos de Victor, queimou a carteira e a identidade dele nas brasas que restavam. Enrolou os óculos dele na camiseta que dizia PROTEJA A SAÚDE MENTAL e levou para o *tapanco*.

Segurando o corpo de Victor pelos pés, arrastou-o para fora da casa, depois pela grama e portão afora. Descansou um pouco então, à luz da lua. Uma fileira de formigas-cortadeiras se deslocava com rapidez pela trilha. Maya começou a rir, histericamente, mas depois se aquietou e continuou a arrastar o corpo, agora por cima dos juncos, até a beira do rio, onde finalmente o içou para dentro da canoa. Ele fedia a pele queimada e merda. Nauseada, Maya vomitou. Tentou empurrar a canoa até a água, mas ela não saiu do lugar; por fim, Maya se pôs de quatro e foi empurrando o barco com o ombro, até que ele deslizou lentamente para dentro da água. Entrando na água gelada, ela correu atrás da canoa e pulou lá dentro, depois afastou os braços e as pernas de Victor para conseguir alcançar os remos. A canoa avançava maciamente enquanto Maya remava, uma brisa batendo no seu cabelo encharcado de suor. Quando chegou à boca da baía, Maya puxou os remos para dentro, rezando para ter deixado a canoa no ângulo certo para transpor as ondas que se aproximavam. Uma onda lançou a canoa bem alto no ar. Quando caiu de volta na água, com uma senhora pancada, a canoa ficou girando, descontrolada. Maya remou furiosamente então, cantando baixinho para se acalmar, remando primeiro para um lado e depois para o outro.

A canoa agora estava no meio da baía, deslizando macia e tranquilamente em direção ao mar. Uma névoa tinha encoberto a lua e as estrelas e estava bem escuro, mas as ondas que quebravam na praia cada vez mais distante brilhavam, prateadas. Só havia uma minúscula luz acesa na aldeia. As mãos de Maya estavam cheias de bolhas, mas ela continuou remando, mesmo depois de já ter passado pelas pedras brancas e pelo promontório. Só parou quando a luz minúscula na aldeia desapareceu por completo e ela sentiu que a canoa estava começando a ser puxada para o sul pela corrente veloz do lado de fora da baía. A pequena canoa ficou girando e oscilando conforme Maya puxava e empurrava o corpo de Victor. Por fim, ela conseguiu jogá-lo dentro d'água, onde ele recuperou a leveza e afundou num instante.

Os pulmões de Maya estavam explodindo, o coração saltando de medo enquanto ela remava, lutando contra a forte corrente para voltar para dentro da baía. Quando conseguiu, teve que ficar parando de remar de vez em quando para ouvir onde estava, esforçando-se para escutar o suave sussurro das ondas quebrando na praia. A névoa tinha se transformado em nuvens. Estava tão escuro, as mãos dela tão ensanguentadas que ela não conseguia conduzir a canoa até a praia. A canoa emborcou; Maya perdeu os remos. Então, nadou debaixo d'água até se ver livre da canoa. Debatendo-se, engasgando-se, ela se deu conta de repente de que dava para ficar em pé. Uma espuma fria e branca rodava em volta dela. Maya ficou deitada na areia até reunir forças para atravessar o rio. A água do rio lhe pareceu quente e pesada depois do mar. Caranguejos e uma tartaruga esbarraram na perna dela; cardumes de barrigudinhos faziam cócegas nos seus tornozelos como gotas de chuva.

Ela chegou à trilha e, por força do hábito, seguiu a fileira de formigas-cortadeiras até o jardim. Mesmo no escuro dava para ver que elas tinham comido o goivo e as roseiras. Dois jumentos estavam na horta; Maya os enxotou de lá, fechou o portão e a porta do estábulo. Riu. Dentro da casa, Buzz tinha se transferido para uma rede. Nathan dormia tranquilamente. Ainda estava escuro, mas galos já tinham começado a cantar, jumentos a zurrar. Maya tremia enquanto enfaixava as mãos machucadas e cheias de bolhas. Buzz acordou e se sentou na rede, desorientado.

"Cadê a caixa?"

"Está guardada num lugar seguro."

"Cadê a caixa?"

"Está na lata azul."

"Cadê o Victor?"

"Morreu. De overdose."

"Cadê o Victor?"

"Ele se foi. Agora sobe e vai pra cama."

Buzz saiu e foi fazer xixi num canto do jardim. O céu estava ficando lilás. Com as pernas retesadas, Buzz foi andando até a escada e subiu para o *tapanco*. Levava a caixa consigo.

Maya foi arrastando o tacho de cobre pela trilha além da casa, jogou as brasas ainda vermelhas e as cinzas na água corrente do rio. Esfregou o tacho com areia.

Quando voltou para casa, fez uma fogueira para ferver água, botou ataduras secas nas mãos. Tudo era difícil, enrolado, por causa das mãos dela. Passar o ancinho, varrer. Desajeitada e obstinadamente, ela varreu a areia da sala até deixá-la impecável, como se ninguém tivesse estado ali.

Pilla chegou antes de Nathan acordar. Maya tinha se trocado e penteado o cabelo e estava sentada à mesa, tomando café.

"*Doña!* A senhora está doente? As suas mãos! *¿Qué pasó?*"

"Ah, Pilla, foi uma noite horrível. O Señor passou muito mal, talvez com dengue. Eu fiquei acordada, cuidando dele, e acabei caindo da escada, em cima das mãos."

Quando um vício ressurge, imediatamente ressurgem também as mentiras. O medo volta.

A desconfiança brota. Esses gringos devem ter enchido a cara, pensou Pilla. Coitadinho do meu Nathan!

"E aquele homem mexicano?"

"Foi embora."

Pilla saiu para o jardim.

"O barco também foi embora", disse ela, impassível.

"*No te digo pues...* foi uma noite horrível."

"*¡Aí, y las rosas!* As formigas comeram!"

Perdendo a paciência, Maya a interrompeu.

"Por favor, Pilla, ponha uma roupa no Nathan e o leve para tomar café da manhã na aldeia. Traga-o de volta na hora da janta. Eu preciso descansar. Estou preocupada com o bebê."

"A senhora não está tendo sangramento nem cólica, está?"

"Não, mas eu estou exausta. Por favor, leve o Nathan pra dar uma volta pra mim." Maya tinha a sensação de que ia começar a gritar, chorar, vomitar, mas manteve a calma. Embalou e consolou Nathan quando ele acordou e começou a chorar por causa da canoa desaparecida. Luis veio correndo pela trilha, sua machete cintilando no sol, já quente.

"*Fíjase, Señora.* O Ronco encontrou a sua canoa toda arrebentada lá no promontório, nas pedras do pelicano."

"E o homem? Talvez ele tenha morrido afogado!" Pilla estava vibrando com todas essas notícias para contar na aldeia.

"Não. Ele saiu daqui a pé", disse Maya. "Imagino que a canoa tenha simplesmente se desamarrado. O rio está alto. A gente compra uma nova, Nathan, uma mais bonita ainda." Pelo amor de Deus, vão embora, todos vocês, disse consigo.

"Eu não fui com a cara dele. *Callejero... vicioso*", Pilla disse baixinho para Luis. *Vicioso*, como se diz "viciado" em espanhol.

Maya estava deitada na rede debaixo da mangueira, quase pegando no sono, quando Liz apareceu, sorrindo, no portão.

195

Bom dia! Ela estava linda de vestido rosa, seu cabelo ruivo faiscando no sol forte.

"Entra, Liz. Eu estou cansada demais pra me levantar."

As duas mulheres se abraçaram. Liz puxou uma cadeira de couro para perto da rede. Estava limpa, cheirosa.

"Você está tão limpa!" Lágrimas escorreram dos olhos de Maya.

"O que houve, amor? Ah, é o bebê? Você não está perdendo o bebê, está?" Ela segurou a mão de Maya.

"Não. É o Buzz. Um passador apareceu aqui ontem. O Buzz está se drogando de novo."

"Ele ficou limpo muito tempo, Maya. Ele vai parar de novo. Seja paciente. Ele ama você e as crianças. Ele é um homem lindo, um homem com uma alma nobre e linda. E você o ama muito... seja paciente."

Enquanto Liz falava, Maya fazia que sim com a cabeça, tremendo, batendo os dentes.

"Eu quero voltar para o mundo real", disse Maya.

Liz apontou para as palmeiras verdes, para o céu. "Isso é real, Maya. Você só está exausta. Tire o dia de hoje pra descansar. O Jay levou os meninos e o Juanito para os pomares depois da cachoeira."

Elas tomaram chá. Liz fez carinho no cabelo, no ombro de Maya. "Não se preocupe", disse. "Vai ficar tudo bem." Maya pegou no sono então e Liz foi embora.

Maya acordou com o apito do *Paladín*. Ele está indo ou vindo? Eu não sei se estou indo ou vindo! Por que eu tenho essa mania de fazer piada nas piores horas, como a minha mãe?

O *Paladín* estava saindo da baía rumo ao oceano. Maya se recostou na rede, na tarde quente e abafada. Não, pensou, não vai ficar tudo bem. O medo e a tristeza lhe pareciam familiares, como voltar para casa. Cinzas.

196

A minha vida é um livro aberto

Sabe a única casa de Corrales que não é de adobe, aquela casa de fazenda branca de três andares, cercada de choupos mais altos que a casa? Fica num terreno de dois acres, ao lado do pasto do Gus, com aquele rebanho de angus pretos. Ela já foi embora faz anos, mas todo mundo só chama aquela casa de casa da Bellamy. Antes de Claire Bellamy se mudar pra lá era a casa do Sanchez, não importava quem estivesse morando lá. Sanchez era o criador de ovelhas que construiu a casa nos idos de 1910.

A cidade inteira estava louca pra ver quem era a pobre da trouxa que tinha comprado a casa. Era impossível não ficar com pena dela, apesar de a entrada ter sido só mil dólares. Claro que ela estaria rica agora se tivesse ficado com a propriedade. Qualquer um podia ter dito pra ela que a bomba estava nas últimas, avisado dos cupins e da fiação. Mas nunca passou pela cabeça de ninguém que o telhado fosse desabar. Era um telhado bom à beça.

Claire não devia ter mais que trinta anos, era divorciada e mãe de quatro filhos. O mais velho tinha por volta de dez anos e o menorzinho nem andava ainda. Ela dava aula de espanhol na universidade e também algumas aulas particulares. Todo dia de manhã levava os meninos mais velhos pra escola e os menores pra casa da Lupe Vargas. Ela pintou a parte de dentro da casa toda sozinha, botou uma cerca em volta do curral, plantou uma horta, construiu uma coelheira. Claro que eles não comiam os coelhos nem os patos, só deixavam os bichos viverem soltos por lá. Tinham também um bode e um pônei, além de dois cachorros e quase uma dúzia de gatos. Vem cá pra fora, nos fundos... dá pra ver a casa direitinho.

Dava pra ver melhor quando ela estava lá. Ela não tinha cortinas em nenhuma daquelas janelas altas. E eu tenho esse binóculo aqui. Pra ver os pássaros. Tem um pica-pau de penacho vermelho que vive ali naquele choupo velho morto. Ela também adorava pássaros, costumava ir se encostar na cerca do Gus no final da tarde, quando isso aqui ficava cheio de pássaros-pretos--da-asa-vermelha. É a coisa mais linda que tem, aqueles passarinhos em contraste com o capim verde, o gado preto.

Era como uma casa de boneca, só que de verdade. Criança pra tudo quanto era lado, os filhos dela e os dos vizinhos. Em árvores, em carrinhos de puxar, em triciclos, montados no pônei, brincando na água esguichada pelo irrigador de grama. Gatos em todas as janelas da casa. À noitinha você via a Claire e os meninos sentados em volta da mesa. Depois, ela dava banho nos menores, os botava na cama e lia para os dois maiores, Ben e Keith. Em seguida, lavava a louça, arrumava a cozinha, dava comida para os bichos. Então, a luz da sala de jantar se acendia e ela passava horas estudando. Quando eu ou o Arnold nos levantávamos pra botar o cachorro lá pra fora, fosse meia-noite, uma da manhã, ela estava lá... teve algumas vezes que ela pegou no sono lá mesmo, com a cabeça apoiada na máquina de escrever. Mas às seis da manhã ela já estava em pé, dando comida para os animais, depois arrumando os meninos pra ir pra escola. Ela era da associação de pais e professores; Ben e Keith eram dos escoteiros e do programa de desenvolvimento juvenil 4-H. O Ben também tinha aulas de violino com a srta. Handy. A cidade andava de olho em Claire e tinha praticamente concluído que ela era trabalhadeira e uma baita de uma boa mãe. Mas aí ela foi e se envolveu com o garoto dos Casey. Um mau elemento, aquele Mike Casey. Ele e o irmão, Pete. Sempre foram. Largaram os estudos, eram ladrões, viciados. Fumavam maconha bem na frente da mercearia do Earl, na frente de Deus e o mundo. Os pais deles são dois velhos beberrões. Uma tristeza, eu vou te dizer. Pelo menos o Mike ajudava em casa. Cozinhava um pouco e limpava. Mas a maior parte do tempo ficava só tocando violão ou fazendo barcos. Miniaturas, sabe? Ele fazia tudo, cada detalhe, partindo do zero, e eles ficavam perfeitinhos mesmo. Já a aparência dele, Deus do céu, que horror. Cabelo comprido sujo, um brinco numa orelha, roupas de motoqueiro com uma caveira nas costas, uma faca grande e velha. O que eu quero dizer é que ele chamava atenção. Era uma figura assustadora, pura e simplesmente.

Veja bem, todo mundo teria entendido se ela tivesse começado a namorar um homem decente, fosse ele quem fosse, mas aquele rapaz era um desequilibrado e mal tinha acabado de fazer dezenove anos, ainda por cima. E não que ela alguma vez tenha se dado ao trabalho de tentar esconder alguma coisa. Eles iam andando até a vala em plena luz do dia, ela, o Casey, as crianças, os cachorros e até um gato que gostava de nadar. Nos fins de semana, eles botavam colchonetes, fogão portátil e um monte de outras tralhas na picape dele e se mandavam pra Deus sabe onde.

Ela continuava estudando até tão tarde quanto antes, só que agora ele ficava lá escrevendo também ou tocando o violão dele. Então, a luz do quarto dela se acendia, do quarto deles, imagino. Duas ou três vezes, na lua cheia, eu vi os dois lá em cima, no terraço, entre as copas das árvores. Não tinha como não ver os dois, bem ali diante do meu nariz. Uma noite eu vi o Casey carregando lá pra dentro alguma coisa pesada, dentro de um saco de aniagem. Por fim, eu vi que era aquele anjo de mármore rosa do cemitério. Antigo à beça. Tem gente que vai até lá só pra ver o anjo. Eu pensei em ligar para o Jed, que é da Polícia Estadual, mas o Arnold disse que era melhor esperar pra ver o que ia acontecer. E aí, realmente, a Claire deu um ataque, ficou agitando os braços e gritando. O Casey levou o anjo de volta naquela noite mesmo; só que, na hora de botar o anjo de volta no túmulo, ele botou virado para o outro lado, de frente para as montanhas. Até hoje está assim.

A Bessie achava que alguém devia ter uma conversa séria com ela. Aquele rapaz tinha estado no Nazareth, o hospício, e na casa de correção duas vezes. Ele podia ter um surto a qualquer momento e matar aquelas pobres crianças todas, ou coisa pior. Até o bebê ela deixava com ele. Quando ela saía, ele deixava o Ben e o Keith dirigirem a picape dele no pasto e atirar em latas com a espingarda de chumbinho dele. A gente ficava apavorada que acontecesse algum acidente, apavorada. Acabou que a gente não chegou a ter uma conversa com ela, mas a gente falou pra Mattie Price e pra Lupe Vargas não deixarem mais os filhos delas irem brincar lá.

A gente tem um filminho da tarde em que conhecemos Casey. Nathan tinha aprendido a nadar na vala limpa no dia anterior e queria que a sua nova habilidade fosse documentada. Era o segundo dia quente de verão. Eu estava deitada na toalha, olhando os meninos, ouvindo os corvos, observando libélulas pelas lentes de zoom. Dezenas delas, de um azul neon surpreendente ou de um tom mais claro de azul quando a luz do sol atravessava o rendilhado de suas asas, ora voando em disparada, ora pairando, ora deslizando, cor de lápis-lazúli, sobre a água verde.

Então, um galeão espanhol passou a toda bem no meio delas. Um barco feito com perfeição, com cerca de cinquenta centímetros de comprimento. Ele pertencia a Casey. Eu tinha visto o irmão dele, Pete, naquela manhã mesmo na rua 4 Norte, dentro de uma cabine telefônica, com um maçarico. Casey só parecia ter pinta de mau, todo enfarpelado e bizarro de roupa de couro, com uma caveira pregada nas costas. Ele sempre tinha me parecido mágico, como uma figura de *Orfeu Negro*. Ou um arlequim, de longe, com as dunas de areia branca ao fundo, o tamarisco rosa no bosque ou a areia vermelha molhada do leito do rio.

Agachado na beira da vala, ele deixou os meninos brincarem com o barco dele, contou a eles como o tinha feito. Passado um tempo, tirou educadamente o barco deles, secou-o com uma camisa e o enrolou na sua jaqueta preta. Depois, tirou a calça e mergulhou na água, fazendo as libélulas se dispersarem. Tinha um corpo lindo. E um rosto que parecia do tempo da Guerra de Secessão, meio caipira e ossudo, com olhos fundos e evasivos, boca amuada, dentes tortos. Ele foi para casa com a gente para jantar e depois simplesmente foi ficando. Naquela noite ele me mostrou um alçapão no teto que dava para o telhado, para um terraço bem no meio das copas dos choupos. Dava para ver a cidadezinha inteira de lá e, logo abaixo de nós, o gado preto dormindo. Uma coruja na árvore. Nós nos tornamos amantes lá em cima, no terraço. De manhã, quando acordamos na minha cama, parecia que eu já o conhecia fazia tempo, que ele era familiar. Não houve transição. Quando eu desci, ele e os meninos estavam na cozinha, fazendo panquecas, e depois do café da manhã os três mais velhos foram com ele para a vala.

Fico tentando me lembrar sobre o que a gente conversava, mas não consigo. E olha que eu sou conversadeira e os meus filhos também. Com Casey, fazíamos coisas que dispensavam palavras. Passávamos dias inteiros fazendo escavações na chapada, à procura de cacos de cerâmica, murmurando ou suspirando, soltando gritos sempre que encontrávamos conchas de abalone, turquesas, pedaços grandes de cerâmica. Quietos, com as nossas linhas de pescar dentro d'água. Atravessando silenciosamente o Cânion de Chelly, escalando em Acoma. O bebê, Joel, ficava observando como que hipnotizado os irmãos ajudarem Casey a fazer barcos. À noite, enquanto eu estudava e corrigia trabalhos, Casey desenhava ou tocava violão. Quando eu levantava os olhos, ele se levantava também.

A gente acampava muito nos nossos penhascos. Não era longe da cidade, mas a estrada era ruim e a caminhada até lá era longa. Áridos penhascos vermelhos, bem acima de um vale e com vista livre para o sul, até além da Rota 66, além de Acoma. Nenhum sinal de que índios haviam algum dia estado ali, o que era estranho; era um lugar tão sublime. Céu por todo lado e com todos os lugares sagrados ao alcance da vista. As montanhas Sandia, as montanhas Jemez, o Rio Grande. Explorávamos, escalávamos, observávamos gaviões com o pôr do sol ao fundo. Porcos-espinhos de espinhos verdes. Bacuraus ao anoitecer e uma coruja à noite. Cachorros selvagens que os meninos acharam que fossem coiotes. Vimos um puma matar um cervo. Isso foi incrível. Mesmo. Ninguém além de nós ia para os nossos penhascos, a não ser o caçador que matou o puma. Nunca tínhamos visto o caçador lá, mas uma foto dele e outra do puma saíram no jornal. Procuramos rastros depois, encontramos pegadas de cervo e de puma e depois pegadas de cachorro e de gente. Na beira do regato.

Eu só fui pensar oito meses depois. Vinha ignorando os olhares hostis de velhas senhoras na mercearia do Earl e nós todos só ríamos do fato de Jennie Caldwell ficar nos espionando de binóculo da varanda dos fundos da casa dela. Casey e eu éramos o escândalo da cidade, Betty Boyer me disse. Então, Keith me contou que os filhos dos Price estavam proibidos de ir à nossa casa. Eu me sentei na varanda dos fundos. Tinha me mudado para Corrales com o objetivo de começar uma vida nova, de criar os meus filhos direito. Numa cidade pequena e tranquila, como parte de uma comunidade. Os meus planos eram fazer doutorado e lecionar, simplesmente ser uma boa professora e uma boa mãe. Se alguma vez pensei que poderia haver um homem no meu futuro, ele seria grisalho, gentil, um professor universitário com estabilidade. E, agora, olha só...

Casey estava lavando louça. Ele me chamou, perguntou o que eu estava fazendo.

"Pensando."

"Santo Deus, Claire, por favor não pense." Mas eu já tinha pensado.

"Você precisa ir embora, Casey."

Ele pegou o violão dele, disse "A gente se vê por aí" e foi embora. Foi tão difícil para os meninos quanto para mim. Pior quando encontramos um túmulo zuni sem ele. E também na dança do cervo em San Felipe.

Marzie, outra estudante de pós-graduação, vivia me chamando para sair com ela. Ela era do Sierra Club, dos Swinging Singles e até dos Parents Without Partners,* embora nem fosse mãe.

Aos poucos, Casey foi voltando a fazer parte das nossas vidas. Ele não estava morando na nossa casa e nós dois não éramos mais amantes, a maior parte do tempo, mas ele passava bastante tempo lá. Ele e os meninos estavam cavando um buraco para fazer um lago para patos. Ele tomava conta dos meninos quando eu ia estudar na biblioteca. As provas finais estavam próximas. Nos fins

---

* Literalmente, "Pais sem parceiros".

de semana, íamos nadar na vala ou acampar nos penhascos. Joel aprendeu a andar.

Lembro que conversei com Ben e Keith por telefone e disse a eles que aquele era um dia especial. Eu faria a minha última prova final e, naquela tarde, iria buscar a minha nova Kombi adaptada para camping. Eu também tinha dito a Marzie que sairia com ela, para comemorar. Íamos a um baile no clube germano-americano. Sem intelectuais, sem acadêmicos. Só gente que gosta de curtir a vida, disse ela.

Fui para casa dirigindo a Kombi nova. Os meninos ficaram empolgadíssimos com ela, que tinha uma cama embutida, uma geladeira e um fogão. Joel foi imediatamente para dentro dela, levando a sua mantinha e brinquedos, e passou horas entrando e saindo de lá. Casey levou os meninos para passear na Kombi enquanto eu fazia o jantar e me arrumava para sair. Pus uma minissaia e brincos compridos. Os meninos ficaram tão chateados com a ideia de eu sair que me dei conta de que já devia ter feito isso muito tempo antes. Falei para Casey que estaria no clube germano-americano, que voltaria para casa tarde e que ligaria para ele depois, para saber como estava tudo. Lembrei que não tinha passado perfume e voltei lá para cima.

O baile no clube germano-americano foi bem ruim. Música de discoteca alta, depois uma banda de polca alemã que usava trajes típicos da Baviera. Acordeões. A gente dançou com pilotos de avião a jato da base aérea de Kirtland e com técnicos da base de Sandia. Montadores de bombas. O que é que eu estava fazendo ali? Eu tinha ligado para casa umas quatro ou cinco vezes, mas só dava ocupado. O fone devia estar fora do gancho. Tínhamos uma gata esperta que costumava derrubar o aparelho para ouvir a voz dizer "o seu fone está fora do gancho". Depois de um tempo, comecei a me divertir, dançando e tomando cerveja. Como qualquer pessoa que me conhece pode confirmar, sou fraca para bebida. Marzie estava mais ridícula ainda do que eu, com aquele macacão de lamê prateado. Ela desapareceu e eu acabei ficando sozinha com um piloto chamado Buck, que era bonito de um jeito meio nazista, como Richard Widmark num velho filme em preto e branco.

Achei que aquele garoto dos Casey tinha entrado em surto pra valer, enlouquecido por completo. Ele estava dirigindo aquela picape feito um alucinado pra cima e pra baixo na estrada da vala, dando cavalo de pau na margem, levantando uma poeira danada, os corvos grasnando, e com três dos coitados dos filhos da Bellamy bem ali na frente, na cabine. Isso já é demais, eu disse comigo, e liguei pra polícia. O Jed devia estar na mercearia conversando com o Earl, porque o carro da polícia chegou lá em cinco minutos, com luzes, sirene e tudo. O Casey ainda chegou a acelerar pra fugir, mas depois parou e desceu da picape. Parecia um doido varrido. Ele e o Earl subiram na beira da vala e ficaram olhando pra água lá embaixo, como se estivessem querendo ver se tinha peixe. Aí o Jed foi até o carro e falou no rádio dele, depois o Casey e os meninos foram atrás na picape até a casa da Bellamy. Eu peguei o meu suéter e a minha lanterna e fui andando pelo pasto do Gus até lá.

Ela tinha saído, na Kombi nova, e ido para o clube hispano--americano para comemorar o fim das aulas. Era isso que ela ensinava, espanhol. Eles todos estavam jantando e aí o Casey percebeu que o Joel tinha sumido. Aquele bebê tinha acabado de aprender a andar. Eles chamaram o menino, procuraram por ele na casa inteira e, quando foram procurar do lado de fora, encontraram o tenisinho vermelho dele lá. Era a coisa mais triste, aquele sapatinho vermelho largado ali. O menino não pode ter ido muito longe descalço, eu falei, mas o Jed disse que a vala não ficava longe. Disse também que não havia outra coisa a fazer a não ser esvaziar as valas. Então, ele ligou para o corpo de bombeiros voluntários e depois pra polícia pra pedir reforços. Os homens todos foram para a vala, enquanto o Casey e os meninos vasculhavam o bosque. Estava começando a chegar gente da cidade, então eu falei para o Arnold ir buscar a garrafa térmica grande de café lá da igreja e trazer copinhos de isopor e creme da mercearia do Earl. O Earl mandou também uma caixa de coca-cola gelada. Depois eu falei para o Arnold dar um pulo lá em casa e pegar os potes de salada de macarrão com atum que estavam no freezer e duas tortas de frutas vermelhas. Como a Bessi nunca quer ficar pra trás, ela foi até a casa dela e trouxe galinha, um presunto inteiro e salada de batata. Aí a Lupe Vargas chegou lá com uma tigela cheia de *tamales*. Alegrava o coração ver como a nossa cidade se mobiliza para ajudar quem está em situação difícil. E aqueles voluntários, os homens que estavam esvaziando as valas, eram os próprios agricultores que precisavam da água para irrigar as plantações deles, principalmente naquela época do ano. Mas nenhum deles fez qualquer tipo de reclamação. Só estavam fazendo o que qualquer outra pessoa faria.

A gente precisa encontrar a mãe do menino, eu falei. Não me saía da cabeça a cara do Casey, branca feito giz, e ele tão nervoso que mal conseguia falar. Ele disse que ela tinha saído para comemorar. A Claire Bellamy não tinha saído uma única vez aquele ano todo desde que eles se mudaram pra lá. O Casey parecia assustado e cheio de culpa. Era isso que ele parecia: culpado. Onde é que ela estava? Talvez ele tivesse assassinado os dois e enterrado os corpos deles sem que eu visse, mesmo isso não sendo lá muito provável. Talvez eles estivessem no sótão, mortos. Eu procurei clube hispano-americano no catálogo. Não existia nenhum lugar com esse nome. Telefonei pra universidade e consegui os nomes dos professores dela. Nenhum deles tinha ouvido falar no tal clube, mas todos ficaram muito abalados com a notícia de que talvez o bebê tivesse se afogado. Eles me deram os números de telefone de alunos e amigos dela, mas nenhum deles sabia de comemoração nenhuma, e foi aí que eu realmente fiquei preocupada.

Onde estava a arma dele? E se ele se sentisse encurralado e atirasse contra a multidão? Você lê notícias sobre coisas assim o tempo todo. Eu achei melhor falar sobre isso com a Bessie. A gente deixou a Mabel Strom continuar ligando para as pessoas da caderneta de telefones da Claire Bellamy e foi passar um pente-fino na casa. Reviramos todas as gavetas e armários, mas não encontramos a arma. O que nós encontramos no quarto dela, e bem à vista, foram uns desenhos que retratavam a Claire... completamente pelada. Nua em pelo. Bem ali na cara, para aquelas pobres crianças inocentes verem. E também uns poemas que falavam de seios de seda e outras baboseiras assim. Aquilo fez a gente sentir um aperto tão grande no coração que a gente rasgou tudo em pedacinhos, todos os poemas e desenhos. Ela mantém a casa bem limpa, a gente tem que admitir, a Bessie disse, e era verdade.

O helicóptero e os cães farejadores chegaram mais ou menos ao mesmo tempo. Uma barulheira horrorosa, o estardalhaço das hélices, os latidos dos cachorros. Os meninos da Bellamy vieram correndo em disparada da vala pra ver o helicóptero pousar no quintal deles e os cães farejarem o tenisinho vermelho. Eu falei pra eles que deviam ter vergonha de se divertir daquele jeito quando o irmãozinho deles provavelmente tinha se afogado. Ficaram sérios durante uns dois minutos, o Nathan até chegou a chorar, mas depois eles todos saíram correndo pelo pasto atrás dos cachorros. Àquela altura tinha uma multidão de gente lá, então eu e a Bessie fomos cuidar das coisas na cozinha. Tinha uma porção de amigos da Claire Bellamy. A Mabel devia ter ligado pra todos os nomes da caderneta de telefone da Claire. Duas freiras de uma escola onde ela costumava dar aula estavam lá. Uns dez alunos da escola secundária Rio Grande foram direto do baile de formatura pra lá, de smoking ou vestido de festa. Os professores dela na universidade foram e também o ex-marido, que chegou lá num carrão, que depois eu fiquei sabendo que era um Lotus. A garotada toda foi lá examinar o carro. O ex-marido estava acompanhado de uma mulher francesa, que falou com as freiras em francês. Depois, como se não bastasse, apareceu outro ex-marido. A gente quase caiu pra trás. Ele estava com a mãe, uma verdadeira megera. Eu detestaria ter uma mulher como aquela bisbilhotando a minha casa. O primeiro ex-marido tinha acabado de voltar da Itália e ainda não conhecia o segundo. Mas os dois foram educados à beça, trocaram um aperto de mão e aí um deles disse: bom, não há nada a fazer a não ser esperar. Tinha muita coisa que eles poderiam estar fazendo, mas eu achei melhor ficar de boca calada. Então, chegaram dois mexicanos mal-encarados. Depois duas senhoras distintas que conheciam a primeira sogra. E mais professores da universidade. Eles ficaram nervosos pra burro quando a linguaruda da Bessie falou pra eles que era possível não só que o bebê tivesse morrido afogado, mas que a própria Claire Bellamy tivesse sido vítima de assassinato.

Os homens chegaram cansados da vala. O Casey voltou com os meninos, deu comida pra eles e levou todos eles pra cama, no andar de cima. Os homens comeram, depois foram lá pra fora pra fumar e dividir uma garrafa de bebida, como se estivessem numa festa. Do lado de dentro as pessoas estavam comendo e tagarelando sem parar. Aí o Jed entrou e veio me perguntar que diabo de história maluca era aquela de assassinato. Então eu contei a ele do romance dos dois e do rompimento e também de como o Casey tinha dado pra ficar à espreita, escondido no meio das árvores. Quando o Casey desceu, o Jed e o Wilt, o subdelegado, foram com ele para o quarto de costura e ficaram mais ou menos uma hora lá dentro. Quando eles saíram, o Jed perguntou "Alguém conseguiu entrar em contato com ela?" e aí ele e o Wilt voltaram para o bosque. O Casey veio andando na minha direção, furioso. Eu achei que ia morrer. Mas ele só disse "Sua vaca nojenta" e saiu pela porta dos fundos.

Eu fui pra casa com o Buck, pra casa dele, e a gente foi ziguezagueando por entre a bicicleta ergométrica dele, o aparelho de remar e os halteres até a cama d'água dele. Mais tarde ele disse "Nossa, isso foi bom. Foi bom pra você também?". "Foi", eu disse. "Eu tenho que ligar pra casa." Continuava dando ocupado. O Buck disse que estava morrendo de fome. "Você não está com fome, não?" Sim, eu estava. A gente foi até a lanchonete daquela parada de caminhão no Lomas Boulevard, comeu filé com ovos e riu muito. Foi agradável. Eu estava começando a gostar dele. Era quase de manhã. O caminhão do *Albuquerque Journal* chegou; o motorista deixou uma pilha de jornais na banca. O Buck foi comprar o jornal para dar uma olhada na seção de esportes. Eu estava passando uma vista-d'olhos na primeira página quando uma notícia no canto inferior chamou a minha atenção. TEMOR DE QUE BEBÊ DE CORRALES TENHA SE AFOGADO FAZ VALAS SEREM ESVAZIADAS. E logo abaixo disso estava escrito Joel Bellamy. Era o nome do meu filho.

O Buck me levou até o lugar onde a minha Kombi estava estacionada e eu fui a toda pra casa, avançando os sinais piscantes, fossem amarelos ou vermelhos. Não chorei, mas o meu peito ficou emitindo uma espécie de chiado, como um vento. Quando estava dobrando aquela curva perigosa antes de chegar a Corrales, ouvi um barulho e um farfalhar e então o Joel disse: "Oi, mamãe!". Ele trepou no banco e subiu no meu colo. Pisei no freio e parei a Kombi. Fiquei lá um tempo, abraçando o Joel, sentindo o cheiro dele. Quando finalmente parei de tremer, dirigi o resto do caminho até a nossa casa.

O resto daquela madrugada é como um sonho, mas não no bom sentido. No sentido de distorcido e fora de sincronia. Pessoas entrando e saindo do foco, fora de contexto. O nosso terreno tinha se transformado num enorme estacionamento digno de pesadelo. Com uma lanterna, um policial me direcionou para uma vaga. Betty Boyer estava na varanda dos fundos, bêbada. "Bem-vinda a *This Is Your Life!*"

Logo de cara, eu vejo a velha Jennie Caldwell lavando louça, enquanto o Casey secava. Ele soltou um gemido e quase desmaiou quando viu o Joel. Eu e Betty o ajudamos a se sentar. Ele pegou o Joel no colo e ficou embalando-o, ainda gemendo. A nossa casa estava cheia de gente, de estranhos. Não, não eram todos estranhos. Pessoas corriam de um lado para o outro, gritando que o bebê tinha sido encontrado e estava bem. Mas, depois do alívio e da alegria iniciais, um clima ruim pareceu se instalar em reação. Como se todo mundo tivesse sido enganado e agora, vejam só, eram quatro da manhã. Um dos agricultores comentou que, nas duas outras vezes em que eles esvaziaram as valas, pelo menos havia um corpo dentro delas. Justiça seja feita, todo mundo estava com os nervos à flor da pele por causa do cansaço e da preocupação. Mesmo assim, as únicas pessoas que pareceram ficar pura e simplesmente felizes por Joel estar a salvo foram o Casey, a irmã Cecilia e a irmã Lourdes. Ou que não insinuaram que a coisa toda tinha sido culpa minha. Até os meus próprios filhos pensavam assim. Eles sabiam desde o início que eu não tinha nada que sair pra lugar nenhum. Não quero falar dos meus ex-maridos, Tony e John, nem da minha ex-sogra. Ignorei os comentários maldosos dos três. O departamento de espanhol inteiro estava lá, até o dr. Duncan, o diretor. Ele me via com desconfiança desde aquele incidente na rua 1, mas isso é outra história. Eu sou uma pessoa muito reservada. Bem, pelo menos eu tinha tomado banho na casa do Buck e tomado café da manhã. Estava revigorada, na verdade, mas até isso parecia irritar as pessoas.

O pior foi o sr. Oglesby, do banco. Eu nunca tinha visto aquele homem na vida. Ele era a pessoa que me ligava quando a minha conta ficava no negativo. "Escuta, Claire, aqui é o Oglesby, do banco. É melhor botar algum dinheiro aqui, querida." O que o sr. Oglesby estava fazendo na minha cozinha? Duas mulheres que eu não via desde o chá de bebê do Keith, nove anos antes, também estavam lá.

Os policiais finalmente fizeram todo mundo ir embora. Mas, em vez de ir embora também, eles se sentaram comigo e com o Casey em torno da mesa da cozinha. O bode e o pônei meteram a cabeça pela janela. O Casey disse que ia dar comida para eles. Você vai ficar aí mesmo onde está, o policial falou para ele. Era como se um crime tivesse sido cometido. Onde Joel estava quando eu saí de casa? As portas da Kombi estavam abertas? Não, eu nunca disse hispano-americano. Onde eu tinha estado das duas até as quatro da manhã? Buck de quê? Eu disse a eles que eu tinha ligado pra casa umas sete vezes.

"Mas, minha senhora", disse Jed, "se não sabia que algo de muito errado tinha acontecido aqui... por que cargas-d'água a senhora ficou tentando sem parar ligar pra cá?"

"Só pra dar um 'oi'", respondi.

"Um 'oi'. A senhora ligou para o seu babysitter às três da manhã só pra dar um 'oi'?"

"Exato."

Casey sorriu. Parecia muito feliz. Eu sorri para ele também.

"Santo Deus", disse o policial. "Vem, Wilt, vamos embora desse hospício. Bora pegar um rango."

As esposas

Sempre que pensava em Decca, Laura a via como que no cenário de uma peça de teatro. Tinha conhecido Decca quando ela e Max ainda estavam casados, muitos anos antes de Laura se casar com ele. A casa deles era na High Street, em Albuquerque. Beau a tinha levado lá. Pela porta escancarada, eles entraram numa cozinha cheia de panelas e tigelas sujas, louças e gatos, frascos abertos, pratos de *fudge* mole, garrafas destampadas, embalagens de comida de restaurante chinês. Passaram ao quarto, topando com montes de roupas, sapatos, pilhas de jornais e revistas, varais de chão com tela seca-malhas, adornos de cabelo. No centro do cenário, a meia-luz, uma janela saliente com cortinas cor de açafrão puídas e manchadas de nicotina. Decca e Max estavam sentados em poltronas de couro, de frente para uma minúscula tevê em cima de um banco. Em cima da mesinha entre as duas poltronas havia um enorme cinzeiro cheio de guimbas de cigarro, uma revista com uma faca e um montinho de maconha, uma garrafa de rum e o copo de Decca. Max estava usando um roupão aveludado preto, Decca um quimono de seda vermelho, seu cabelo escuro e comprido solto. Eles eram lindos de morrer. Absolutamente deslumbrantes. A presença dos dois te atingia fisicamente, como um soco.

Decca não falou nada, mas Max sim. Seus olhos escuros e chapados, de cílios espessos e pálpebras pesadas, olharam bem no fundo dos olhos de Laura. Com voz rouca, ele disse: "E aí, Beau, o que é que você manda?". Laura não conseguia se lembrar de mais nada depois disso. Talvez Beau tenha pedido o carro ou um pouco de dinheiro emprestado. Ele estava passando um tempo na casa deles, antes de ir para Nova York. Beau era um saxofonista que Laura havia conhecido por acaso, quando estava passeando com o bebê dela de carrinho na Elm Street.

Decca. Por que será que mulheres da aristocracia inglesa e da classe alta americana sempre têm nomes como Pookie e Muffin? Será que elas mantêm os nomes pelos quais as suas babás as chamavam? Tem uma repórter na NBC que se chama Cokie. Não tem como Cokie ser de uma boa família de Ohio. Com certeza ela é de alguma família tradicional abastada. Da Filadélfia? Da Virgínia? Decca era uma B…, uma das melhores famílias de Boston. Tinha sido debutante, estudado no Wellesley College e sido parcialmente deserdada quando se casou às escondidas com Max, que era judeu. Anos depois, Laura também tinha sido deserdada quando sua família descobriu que ela havia se casado às escondidas com Max, mas a família acabou mudando de ideia quando soube como ele era rico.

Naquela noite, Decca telefonou por volta das onze horas. Os filhos de Laura estavam dormindo. Ela deixou um bilhete para eles dizendo que voltaria logo e informando o número do telefone de Decca, caso algum deles acordasse antes de ela voltar.

A razão por que sempre parece o cenário de uma peça de teatro, Laura pensou consigo, é que Decca nunca tranca as portas de casa e nunca se levanta para atender a campainha ou uma batida na porta. Então você simplesmente entra e se depara com ela in situ, do lado direito do palco, a meia-luz. Algum momento antes de se sentar e começar a beber, ela havia acendido a lareira com lenha de pinheiro, velas em nichos e lamparinas de querosene cujas luzes suaves agora iluminavam seu cabelo basto e sedoso. Usava um quimono verde com bordados elaborados, sobre um corpo ainda atraente. Só de perto é que você percebe que ela já passou dos quarenta e que a bebida a deixou inchada, seus olhos vermelhos.

É um cômodo amplo numa velha casa de adobe. O chão de ladrilhos vermelhos reflete o fogo da lareira. Nas paredes brancas há pinturas de Howard Schleeter, um Diebenkorn, um Franz Kline, alguns velhos e belos entalhes de Santos. Roupas íntimas pendem de uma escultura de John Chamberlain. Acima do berço do bebê, num canto, pende um genuíno móbile de Calder. Se procurasse, você veria lindas cerâmicas de Acoma e de Santo Domingo. Velhos tapetes navajo estão escondidos debaixo de pilhas de exemplares de *The Nation, The New Republic, I. F. Stone's Weekly, The New York Times, Le Monde, Art News*, revistas *Mad*, caixas de pizza, embalagens de comida de restaurante. A cama coberta de vison está repleta de roupas, brinquedos, fraldas, gatos. Espalhadas pelo chão, deitadas, garrafas vazias de Bacardi revestidas de vime às vezes rodopiam quando levam patadas dos gatos. Há uma fileira de garrafas cheias, em pé, ao lado da poltrona de Decca e outra ao lado da cama.

Decca era a única mulher alcoólatra que Laura conhecia que não escondia sua bebida. Laura ainda não admitia para si mesma que bebia demais, mas escondia as suas garrafas. Para que os filhos não despejassem o conteúdo delas ralo abaixo, para ela própria não vê-las, não encará-las.

Se Decca estava sempre no palco, naquela poltrona maravilhosa, seu cabelo reluzindo à luz das lamparinas, Laura tinha um talento especial para entrar em cena. Usando um casaco italiano de camurça que vai até o chão, ela se posta de perfil no vão da porta, elegante e casual, e examina o cômodo. Aos trinta e poucos anos, ela tem uma beleza enganosamente juvenil.

"Que diabo você está fazendo aqui?", pergunta Decca.

"Você me ligou. Aliás, ligou três vezes. Vem rápido, você disse."

"Foi?" Decca bota mais rum no seu copo. Tateia ao redor, debaixo da poltrona, e encontra outro copo, que ela limpa com o próprio quimono.

"Eu liguei pra você?" Ela serve uma dose generosa para Laura, que se senta na poltrona do outro lado da mesa. Laura acende um dos charutos Delicados de Decca, tosse, bebe um pouco.

"Eu sei que foi você, Decca. Só você me chama de 'bunda de saúva' e de 'bundona bunduda'."

"Deve ter sido eu mesma." Decca ri.

"Você falou pra eu vir correndo, que era urgente."

"Por que foi que você demorou tanto, então? Meu Deus, eu estou em pleno apagão alcoólico. Você continua bebendo? Ah, sim, óbvio que sim."

Ela põe mais rum nos copos de ambas. As duas bebem. Decca ri.

"Bom, pelo menos você aprendeu a beber. Eu me lembro de quando vocês dois se casaram. Eu te ofereci um martíni e você disse: 'Não, obrigada. Álcool me dá vertigem'."

"Álcool ainda me dá vertigem."

"Estranho como as duas esposas dele acabaram virando beberronas."

"Mais estranho ainda é nós duas não termos ficado viciadas."

"Eu fiquei", diz Decca. "Durante seis meses. Comecei a me embebedar tentando largar a heroína."

"Usar heroína fez você ficar mais próxima dele?"

"Não. Mas fez com que eu parasse de me importar." Decca se estica para alcançar um sofisticado aparelho de som estéreo, troca a fita do Coltrane por uma do Miles Davis. *Kind of Blue*. "Então o nosso Max está preso. Ele não vai aguentar uma prisão mexicana."

"Eu sei. Ele gosta das fronhas dele passadas a ferro."

"Santo Deus, você é uma cabeça-oca. É essa a sua análise da situação?"

"É. Quer dizer, se ele é assim com as fronhas dele, imagina como vai ser difícil suportar o resto. Enfim, eu vim aqui pra te dizer que o Art já está cuidando disso. Ele vai mandar dinheiro pra tirar o Max da cadeia."

Decca solta um grunhido. "Ai, Deus, está tudo me voltando à cabeça agora. Adivinha como o dinheiro vai chegar lá? Pela Camille! O Beau ia pegar um avião com ela pra Cidade do México. Ele me ligou do aeroporto. Foi por isso que eu te liguei. O Max vai se casar com a Camille!"

"Céus."

Decca torna a encher os copos das duas.

"Céus? Você é tão fina que me dá engulhos. Aposto que vai dar cristais de presente pra eles. Você está fumando dois cigarros."

"Você deu cristais de presente pra *nós*! Taças Baccarat."

"Eu dei? Deve ter sido de sacanagem. Enfim, a Camille falou para o Max que eles vão passar a lua de mel em Acapulco. Exatamente como vocês fizeram."

"Acapulco?" Laura se levanta, tira o casaco e o joga em cima da cama. Dois gatos pulam da cama para o chão. Laura está usando um pijama de seda preto e chinelos. Está zonza, ou de emoção ou de tanto rum. Ela se senta.

"Acapulco?", pergunta de novo, com tristeza.

"Eu sabia que isso ia mexer com você. É provável até que

eles fiquem na mesma suíte do Mirador. O perfume de buganvílias e hibiscos entrando pelas janelas do quarto."

"Essas flores não têm perfume. O perfume de nardos é que entraria pelas janelas." Laura segura a cabeça entre as mãos, pensando.

"Listras. Listras do sol passando pelas persianas de madeira." Decca ri, abre outra garrafa de rum e serve.

"Não, o Mirador é velho e tranquilo demais pra ela. Ele deve levar a Camille pra algum hotel de praia metido a besta, com bar dentro da piscina, bancos dentro d'água, sombrinhas nos drinques de coco. Eles vão passear pela cidade num jipe rosa com capota franjada. Admita, Laura. Isso deixa você fula da vida. Uma arquivistazinha burra. Vadiazinha jeca!"

"Espera aí, Decca, ela não é tão ruim assim. Ela é jovem. Tem a mesma idade que nós duas tínhamos quando nos casamos com ele. Ela não é exatamente burra."

Essa idiota é generosa de verdade, pensou Decca. Deve ter sido tão generosa com ele!

"A Camille *é* burra. Como, aliás, você também era. Mas eu sabia que você amava o Max e daria filhos a ele. Eles são lindos, Laura."

"São mesmo, né?"

Eu sou burra, Laura pensou, e Decca é inteligentíssima. Ele deve ter sentido muita falta dela.

"Eu queria tanto ter neném", disse Decca. "A gente passou anos tentando. Anos. E brigava por causa disso, porque eu fiquei completamente obcecada. Era um botando a culpa no outro. Eu tive vontade de matar aquela ginecologista e obstetra, a Rita, quando ela teve um bebê dele."

"Você sabia que ela pesquisou pela cidade inteira e escolheu o Max? Ela não queria um amante, só queria um bebê. Sappho. Que nome, não?"

"Muito estranho. Mais estranho ainda é, anos depois de a gente ter se divorciado e eu já com quarenta anos, aí é que eu engravido. Uma noite, uma maldita noite, não, talvez dez míseros minutos numa San Blas infestada de mosquitos, eu trepo com um encanador australiano e pronto. Bingo."

"Foi por isso que você deu o nome de Melbourne para o seu bebê? Coitado do menino. Por que não Perth? Perth é bonito."

Vacilante, Laura se levanta e vai ver o bebê. Ela sorri e o cobre.

"Ele é tão grande! Esse cabelo ruivo dele é lindo. Como ele está?"

"Está ótimo. Ele é simplesmente um menino maravilhoso. Está começando a falar."

Decca se levanta e, cambaleando de leve, vai até o outro lado do cômodo para dar uma olhada no bebê, depois entra no banheiro. Laura toma o resto de rum no seu copo e se prepara para se levantar e ir para casa.

"Eu vou indo", ela diz quando Decca volta.

"Senta aí. Bebe mais um pouco", diz Decca e torna a encher os copos das duas. Parece até que elas estão bebendo em xicrinhas de café minúsculas, considerando a frequência com que ela faz isso.

"Você parece não estar entendendo a gravidade da situação. Pra mim não é problema, porque eu estou garantida pelo resto da vida. Além de ter recebido uma grana preta no acordo do divórcio, a minha família tem dinheiro. Mas e os seus filhos, eles vão ficar sem herança nenhuma? Essa mulher vai depenar o Max. Foi muita burrice sua não pedir pensão alimentícia para os meninos. Uma burrice sem tamanho."

"É. Eu achava que fosse conseguir nos sustentar. Eu nunca tinha tido um emprego na vida. O vício do Max custava uns oitocentos dólares por dia e ele vivia arrebentando carros. Então eu só quis dinheiro para o fundo universitário dos meninos. Você quer saber a absoluta verdade? Eu não achava que ele fosse sobreviver por muito mais tempo."

Decca ri, dando tapas no joelho. "Eu sabia que você achava isso! A outra, como é mesmo o nome dela? Ela também não quis receber pensão alimentícia. Aquele velho advogado, o Trebb, ligou pra mim depois que o divórcio de vocês saiu. Ele queria saber por que nós três, mulheres, tínhamos quantias astronômicas a receber do seguro de vida do Max."

Soltando um suspiro, Decca pega um baseado enorme que estava pousado em cima da mesa e o acende. O baseado crepita e solta pequenas fagulhas, que produzem três grandes buracos no lindo quimono dela, um deles bem no meio de uma mancha de rum no formato da Itália. Ela bate nas fagulhas, tossindo, até que elas se apaguem, depois passa o baseado para Laura. Quando Laura traga, novamente o baseado solta uma porção de fagulhas, que abrem buracos na camisa do pijama de seda dela.

"Pelo menos ele me ensinou a tirar as sementes da maconha", diz, falando de um jeito esquisito com a boca cheia de fumaça.

"Então", Decca continua. "Ele vai estar limpo quando sair da prisão. Vivo e bem em Acapulco. Eu dei a ele os melhores anos da minha vida e olha no que deu. Ele está vivo e bem em Acapulco com uma garçonete de drive-in." Decca agora está engrolando as palavras, seu nariz escorrendo enquanto ela se lamuria: "Os melhores anos da minha vida!".

"Caramba, Decca, eu dei a ele os *piores* anos da minha vida!" As duas mulheres acham isso engraçadíssimo e começam a rir histericamente, dão tapinhas uma na outra, botam a mão na barriga, batem os pés no chão e derrubam o cinzeiro, rolando de rir. Laura tenta beber, mas acaba entornando rum pela camisa do pijama abaixo.

"Agora, sério, Decca", diz Laura. "Isso pode ser muito bom,

na verdade. Eu torço pra que eles sejam felizes. Ele pode mostrar o mundo pra ela. E ela vai venerar o Max e cuidar dele."

"Ela vai é rapar todo o dinheiro dele, isso sim. Uma sirigaita, é o que ela é. Uma garçonetezinha brega de drive-in."

"Assim você está traindo a sua idade. Ela está mais pra vendedora de produtos Clinique, eu diria. Você sabia que ela foi Miss Redondo Beach?"

"Você tem estilo, Bunda de Saúva. É uma sacana, mas muito fina e sutil. Vai agir como se estivesse felicíssima com as núpcias do casal. Provavelmente vai até jogar arroz neles. Mas agora me fala: como você *realmente* se sente pensando nos dois em Acapulco? Imagine. O sol está se pondo agora, formando uma manchinha verde no horizonte e sumindo. Está tocando 'Cuando calienta el sol'. Muito saxofone pulsante, maracas. Não, agora está tocando 'Piel canela', mas eles ainda estão na cama. Ela está dormindo, cansada depois de tomar sol e praticar esqui aquático. E de uma trepada quente, seus corpos suados. Ele se deita em cima das costas dela. Roça os lábios na nuca da Camille, se inclina, mordisca o lóbulo da orelha dela, respirando."

Laura entorna parte do rum recém-servido pela camisa do pijama abaixo. "Ele fazia isso com você?" Decca lhe passa uma toalha para que ela se seque.

"Bunda de Saúva, você acha que é a única pessoa no mundo que tem lóbulo na orelha?" Decca sorri, agora se divertindo com a coisa. "Depois, ele passava a palma da mão nos seus seios, certo? Você gemia e se virava de frente para ele. Aí ele pegava a sua cabeça entre…"

"Para!"

As duas agora estão deprimidas. Fumam e bebem em câmera lenta, movimentando-se com o extremo cuidado dos muito bêbados. Gatos chegam perto delas, serpenteantes, mas as duas distraidamente os chutam para longe.

"Pelo menos não houve nenhuma antes de mim", diz Decca.

"Elinor. Ela ainda liga pra ele no meio da noite. Chora muito."

"A Elinor não conta. Ela era aluna dele na Brandeis. Eles passaram um fim de semana chuvoso e intenso em Truro. A família dela ligou para o reitor. Fim do romance e da carreira de professor universitário do Max."

"Sarah?"

"Sarah? A irmã dele? Até que você não é tão burra assim, Bunda de Saúva. A Sarah é a nossa maior rival de todas. Mas eu nunca tinha dito isso em voz alta. Você acha que eles chegaram realmente a transar alguma vez?"

"Não, claro que não. Mas eles são muito, muito próximos. É um apego louco. Eu acho que ninguém seria capaz de adorar tanto o Max como ela adora."

"Eu tinha ciúme dela. Meu Deus, como eu tinha ciúme dela."

"Decca. Escuta! Ah, espera um instante. Eu preciso fazer xixi." Laura se levanta, cambaleia, vai numa trôpega disparada até o outro lado da sala e entra no banheiro. Decca ouve Laura cair, escuta o baque da cabeça ao se chocar com a porcelana.

"Você está bem?"

"Estou."

Laura volta, vai de gatinhas até a poltrona dela.

"A vida é cheia de perigos", diz, dando uma risadinha. Um grande galo arroxeado já surgiu na sua testa.

"Escuta, Decca. A gente não tem por que se preocupar. Ele nunca vai se casar com a Camille. Talvez ele tenha dito que vai pra convencer a Camille a ir até lá. Mas ele não vai. Eu aposto um bilhão de dólares com você. E sabe por quê?"

"Ah, sim! Entendi. A irmã Sarah! A Camille jamais vai passar pelo crivo da velha Sarah."

Decca estava prendendo o cabelo com um elástico, bem no

alto da cabeça, que ficou parecendo uma palmeira troncha. Uma mecha do cabelo de Laura tinha se desprendido do coque e pendia, desajeitada, de um dos lados da cabeça. Com sorrisinhos bestas nos lábios, elas ficam olhando uma para a outra, com suas roupas queimadas e molhadas.

"É isso aí. A Sarah gosta muito de você e de mim. Sabe por quê?"

"Porque nós somos bem-educadas."

"Porque nós somos finas." Elas brindam uma à outra com copos novamente cheios, rindo feito malucas e batendo os pés no chão.

"É verdade", diz Decca. "Embora no momento nós talvez não estejamos na nossa melhor forma. Mas, me fala, você também tinha ciúme da Sarah?"

"Não", responde Laura. "Eu nunca tive uma família de verdade e ela me ajudou a sentir que eu fazia parte de uma família. Ainda ajuda. E ela ama os meninos. Não, eu tinha ciúme dos passadores de drogas. Juni, Beto, Willy, Nacho."

"Sim, todos os bandidinhos bonitos."

"Eles sempre conseguiam nos encontrar. O Max estava limpo fazia um ano e meio. O Beto nos encontrou em Chiapas, no pé da colina da igreja. San Cristóbal. Gotas de chuva escorrendo pelos óculos espelhados dele."

"Você chegou a conhecer o Frankie?"

"Sim, eu conheci o Frankie. Ele era o mais doente de todos."

"Eu vi o cachorro dele morrer, depois que ele foi pra cadeia uma vez. Ele tinha viciado até o poodle de estimação dele."

"Uma vez eu dei uma facada num passador, em Yelapa. Eu nem cheguei a machucar o cara, na verdade. Mas eu senti a lâmina entrar, vi o cara sangrar."

Decca está chorando agora. Soluços tristes, como os de uma

criança. Ela bota *Charlie Parker with Strings* para tocar. "April in Paris."

"Eu e o Max fomos pra Paris em abril uma vez. Choveu o tempo todo. Nós duas tivemos muita sorte, Laura, e as drogas estragaram tudo. Quer dizer, durante um curto período nós tivemos tudo o que uma mulher poderia querer. Bom, conheci o Max na época de ouro dele. Itália, França e Espanha. Mallorca. Tudo o que ele fazia virava ouro. Ele escrevia, tocava saxofone, participava de touradas, pilotava carros de corrida." Ela serve mais rum para ambas.

Laura não consegue se expressar. "Eu conheci o Max quando... quando ele era..."

"Você ia dizer feliz, não ia? Ele nunca foi feliz."

"Foi, sim. Nós fomos. Nunca ninguém foi tão feliz quanto nós fomos."

Decca solta um suspiro. "É possível que sim. Eu achava que sim, vendo vocês todos juntos. Mas não era o bastante pra ele."

"Uma vez nós estávamos no Harlem, na casa de um amigo músico, e o Max e ele entraram no banheiro pra se drogar. A mulher do músico olhou pra mim do outro lado da mesa da cozinha e disse: 'Lá se vão os nossos homens, para os braços da dama do lago'. Talvez a gente é que tenha errado, Decca. Talvez por excesso de orgulho ou coisa assim, a gente quisesse ser importante demais pra ele. Talvez essa moça, qual é o nome dela? Talvez ela consiga simplesmente ficar do lado dele."

Decca tinha estado falando sozinha. Em voz alta, ela disse: "Nunca ninguém poderia ser tão importante pra mim. Você já conheceu algum homem que chegue aos pés dele? Em inteligência? Em senso de humor?".

"Não. E nenhum deles é tão carinhoso nem sensível, como quando ele chora ouvindo música ou dá um beijo de boa-noite nos filhos."

As duas mulheres estão chorando agora, assoando o nariz. "Às vezes eu me sinto muito sozinha. Tento conhecer homens", diz Laura. "Até me filiei à ACLU."

"Você o quê?"

"Eu até fui ao Sundowner na happy hour. Mas todos os homens simplesmente me davam nos nervos."

"É exatamente isso. Depois do Max, os outros homens *irritam*. Dizem 'sabe' demais ou repetem as mesmas histórias, riem alto demais. O Max nunca entediava, nunca irritava."

"Eu saí com um pediatra. Um cara doce que usa gravata-borboleta, solta pipa. O homem perfeito. Adora criança, é saudável, bonito, rico. Pratica corrida, toma drinques de vinho rosé."

As duas reviram os olhos. "Tá, então, uma noite eu estou com tudo esquematizado", Laura continua. "As crianças estão dormindo. Eu estou usando um vestido branco de chiffon. Nós dois estamos na mesa da varanda. À luz de velas. Ao som de bossa nova, Stan Getz e Astrud Gilberto. Lagosta. Estrelas. E, aí, o Max aparece, sobe o gramado a bordo de um Lamborghini. De terno branco. Cumprimenta nós dois com um aceno rápido e entra pra ver os meninos, dizendo que adora olhar pra eles quando eles estão dormindo ou alguma outra coisa idiota do tipo. E eu perco a cabeça. Atiro a jarra com o drinque de vinho rosé na parede, jogo os pratos com a lagosta no chão, quebro, quebro, pratos de salada, tudo. Falo pro cara se mandar."

"E ele se manda, certo?"

"Certo."

"Está vendo, Laura, o Max jamais teria ido embora. Ele teria dito algo como 'Amor, você está precisando de um carinho' ou desandaria a quebrar pratos e louças também até vocês dois começarem a rir."

"É. Na verdade, foi mais ou menos isso que ele fez quando voltou lá de dentro. Quebrou umas taças e um vaso de frésia, mas resgatou a lagosta e nós comemos. Com areia e tudo. Aí ele sorriu e disse: 'Aquele pediatra não é lá uma grande melhora'."

"Nunca existiu um homem como o Max. Ele nunca peidava nem arrotava."

"Peidava e arrotava, sim, Decca. E muito."

"Bom, mas isso nunca me deu nos nervos. Você só veio aqui pra me atazanar. Vai pra casa, vai!"

"Na última vez que me mandou ir pra casa, você estava na minha casa."

"Ah, é? Diabo, eu vou pra casa então."

Laura se levanta para ir embora. Vai cambaleando até a cama para pegar seu casaco e fica um tempo parada lá, tentando recuperar o equilíbrio. Decca se aproxima dela por trás e a abraça, roça os lábios no pescoço dela. Laura prende a respiração, imóvel. Sonny Rollins está tocando "In Your Own Sweet Way". Decca se inclina, beija a orelha de Laura.

"Depois ele passa a palma da mão no seu mamilo."

Ela faz isso em Laura. "Aí você se vira pra ele e ele segura a sua cabeça com as duas mãos e te dá um beijo na boca." Mas Laura não se mexe.

"Deita, Laura."

Laura tomba, cai na cama coberta de vison. Decca apaga a lamparina e se deita também. Mas as mulheres estão de costas uma para a outra. Cada uma fica esperando que a outra a toque do modo como Max fazia. Há um longo silêncio. Laura chora, baixinho, mas Decca ri alto e dá um tapa no traseiro de Laura.

"Boa noite, sua bundona bunduda."

Em pouco tempo, Decca está dormindo. Laura sai sem fazer barulho, chega em casa, toma um banho e se veste antes que seus filhos acordem.

Natal, 1974

Queridíssima Zelda, lamento muito, mas as suas férias caem num período muito ruim para nós. Natal, escola etc. Eu sou professora agora e corrigirei trabalhos finais e prepararei uma peça de teatro natalina. A nossa casa é muito pequena. O senhorio acha que eu só tenho dois filhos, para os dois pequenos quartos, então, quando ele vem aqui, um dos meninos precisa se esconder. O Ben (que está com dezenove anos agora!) dorme na garagem. O Keith (dezessete) dorme no sofá da sala. O Joel dorme num quartinho que mais parece um closet de tão pequeno e eu no outro quarto. Sei que você disse que não se importa de dormir no chão, mas um amigo do Ben que veio do Novo México (Jesse) já está dormindo no chão da sala. Eu adoraria rever você, mas as nossas atuais circunstâncias iriam tornar tudo muito desconfortável para todo mundo. Fiquei muito feliz em saber da sua nova vida. Beijos, Maggie

"Se isso não é uma resposta categórica, eu não sei o que é."
Maggie passou a carta a limpo, colocou-a dentro de um envelope
e a levou para o carteiro.

"Quem é essa tia Zelda, afinal?", perguntou Joel.

"A irmã mais velha e gorda do seu pai. Gorda mesmo. Eu
só a vi uma vez, num bar mitsvá em Rhode Island. A filha dela,
Mabel, está estudando na Cal, mas a comuna dela tem uma regra
que proíbe a presença de pais. Eu cruzo com a Mabel de vez em
quando e ela é ótima, mas ela é gay agora e tem pavor de contar
pra mãe. Bom, a Zelda não pode vir pra cá e pronto."

Mas Zelda foi mesmo assim, seis dias depois, levando um
vaso de planta e um quilo de salmão defumado. Mabel foi se
encontrar com ela no aeroporto e a deixou na casa de Maggie,
dizendo que a veria mais tarde. Maggie saudou Zelda com frieza
e a apresentou a Joel, que levou a bagagem dela para o quarto de
Maggie, no andar de cima. Zelda subiu atrás dele, para desfazer
as malas.

Ben, Keith e Jesse estavam jogando pôquer na garagem.
"Jumpin' Jack Flash" tocava no aparelho de som.

"O que é que eu vou fazer com ela? E se ela resolver passar
o Natal aqui?"

Jesse esticou as pernas, apoiando as botas em cima da cama.
"Você quer que eu vá embora, Maggie? Quer dizer, que eu vá
embora mais cedo? Eu vou antes do Natal, de qualquer forma."

"Não, claro que não. A gente disse que você era bem-vindo.
A questão é que eu falei pra Zelda que ela não era. É muita cara
de pau vir mesmo assim."

Joel bateu na porta e entrou.

"Anime-se, mãe. Sabe o que a tia Zelda está fazendo?"

"Só Deus sabe."

"Lavando a louça. A gente acaba de ganhar uma boa mãe
judia."

"Mas eu queria um bom criado japonês." Maggie riu, porém, e foi com ele lá para dentro.

Zelda era uma mulher nova. Tinha perdido trinta quilos desde o divórcio, furado as orelhas e ligado as trompas. "Eu estou pronta pra aventura!", disse ela, o que fez Maggie dar uma risadinha, imaginando partes íntimas depiladas. Zelda estava obstinadamente animada, abraçando todo mundo e repetindo coisas como "Incrível!" e "Que barato!".

Keith se mudou para o quarto de Joel, no andar de cima, e Joel se mudou para o sofá da sala, ao lado do saco de dormir de Jesse. Maggie passou a dormir na rede, na sala de jantar. Não estava com tempo nem energia para dar atenção a Zelda. E Mabel também não, ocupada com os estudos e com a tarefa de reconstruir um motor Volkswagen. Zelda, no entanto, estava determinada a se divertir e foi o que fez. Foi à Gump's, à I. Magnin e à Cost Plus. Pegou a barca de Sausalito, andou de bonde, almoçou na Jack London Square. No resto do tempo, lavava louça, não só a louça suja, mas também toda a louça, as panelas e os potes que estavam nos armários, aproveitando para trocar o forro das prateleiras. Descongelava a geladeira, passava roupas. Jesse não a deixava limpar a sala enquanto ele estava lá, compondo músicas, tocando violão. Já ela não o deixava entrar na cozinha depois de ter encerado o chão. Keith dizia que os dois eram iguais ao par de "Um estranho casal". Mas estava tudo correndo bem, Maggie admitia. Quando ela chegava em casa exausta da escola, tinha repolho recheado cozinhando em fogo baixo no fogão. Zelda preparava canapés, comprava queijo e vinho para a Fun Time, que acontecia toda noite. (O marido dela tinha vendido petiscos Fun Time.)

Ben fazia joias e as vendia na Telegraph Avenue depois das aulas. Mais tarde ele ia para casa com quatro ou cinco artistas de rua. Greg, o vidreiro, ia sempre. A namorada de Keith, Lauren, ia para lá toda noite, geralmente com outras meninas que queriam conhecer Jesse, o hippie alto, magro e bonitão do Novo México. Outro que estava sempre lá era Lee, um motoqueiro chicano cujas roupas de couro tinham zíperes que badalavam como sinos de trenós russos. Lee tocava gaita e bongô e flertava com Mabel. Ele não percebia que ela era gay porque ela o encorajava, para despistar Zelda, enquanto roçava coxas debaixo da mesinha de centro com a namorada, uma moça de cabelos rebeldes que tinha o apelido de Big Mac. Big Mac cantava; Mabel e Jesse tocavam violão.

Tia Zelda ria, enrubescia, se engasgava com maconha. Sentados à mesa da sala de jantar, Keith e Lauren faziam deveres de casa ou jogavam xadrez, enquanto Maggie corrigia trabalhos ou lia para as aulas do dia seguinte, bebericando uísque Jim Beam, que ela mantinha separado da cerveja e do vinho da Fun Time.

Joel e os amigos subiam e desciam a escada. Aparelhos de som, rádios, televisões, violões, bongôs, gaitas e jogo de futebol americano elétrico. A máquina de lavar roupa e a secadora, a máquina de pachinko. Maggie fazia anotações nas margens, se preocupava com dinheiro e com o senhorio. Tinha gastado todo o seu salário com presentes de Natal, vendido suas últimas joias zuni para pagar o aluguel. Estava tensa, cansada e com saudades da sua cama, temia que a cama ficasse cheirando para sempre a cosméticos Estée Lauder.

"Demais!", disse Zelda quando Maggie se sentou perto dela ao pé da lareira. Zelda estava com o rosto vermelho e os olhos cheios d'água, ouvindo Mabel tocar e Big Mac cantar "Lay, Lady, Lay". Assoou o nariz. "Eu não quero voltar pra casa nunca mais!", disse. Jesse sorriu para Maggie, que respondeu envesgando os olhos. Ele pediu a ela que pegasse as chaves da picape para ele, em cima da cornija da lareira. Quando ele abriu a porta da frente, o ar lá fora estava frio, a chuva mansa. Jesse deu partida, engatou a marcha e a picape desceu a pista de ré. Maggie também foi lá para fora. Ela e Chata, a cadela, ficaram andando pelo estacionamento vazio do Bay Area Rapid Transit, nenhuma das duas evitando as poças de chuva. Chata foi a primeira a ouvir a picape se aproximar.

"Quer dar uma volta, moça?"

"Oi, Jesse. Claro. Eu só saí pra tomar um pouco de ar."

"Você sabia que eu ia te pegar. Entra aí. Não, você não, Chata. Sai, cachorra." Só depois de dois quarteirões eles conseguiram se livrar da cadela.

Quilômetros e quilômetros de ruas vazias no sudoeste de Oakland. Era bom sair um pouco de casa e Maggie gostou do fato de Jesse não dizer nada. Ela começou a falar alguma coisa sobre Zelda, mas ele a interrompeu.

"Eu não quero ouvir nada sobre a Zelda nem sobre os seus filhos nem sobre a sua escola."

"Assim não me sobra nada pra falar."

"Exato." Esticando o braço por trás do banco, ele pegou uma garrafa de Jim Beam, tomou um gole e entregou a garrafa a Maggie.

"O modo como você bebe me assusta, Jesse. Dezessete anos é cedo demais pra virar alcoólatra."

"Eu sou velho pra minha idade. Trinta e cinco é cedo demais pra entregar os pontos."

Eles acabaram indo parar no depósito dos correios em West Oakland. Quarteirões de caminhões-baú estacionados, cada um identificado pelo nome do estado que os caminhões tinham como destino.

"Como vocês entraram aqui?", perguntou um homem que estava em Louisiana, mas logo voltou para a sua tarefa de separar a correspondência. Jesse e Maggie ficaram caminhando de um estado para o outro. Ela queria encontrar Nova York; ele foi para

Wyoming, depois Mississippi. A primeira palavra que ela aprendeu a soletrar. O tio John a havia ensinado. Soprava um vento em torno do caminhão do Novo México, mas não se ouvia nenhum barulho além do adejar de cartas. Eles ficaram observando o homem separar a correspondência, em silêncio, como se estivessem do outro lado de uma vitrine. "É melhor vocês darem o fora daqui", disse o homem do Novo México. Eles não tinham visto a placa de ENTRADA PROIBIDA. Quando estavam indo embora, um guardinha saiu de dentro de uma guarita e fez sinal para que eles parassem.

"Saiam da picape", disse ele, mas, quando os dois saíram, ambos altíssimos, o guardinha gaguejou: "Voltem pra dentro da picape!". Ele começou a falar no rádio, tateando em busca de sua arma. Jesse passou a marcha e se mandou, rápido. Pim, uma bala atingiu o para-choque. "Minha nossa!" Maggie riu. Uma aventura.

Quando chegaram em casa, todo mundo já estava na cama. Jesse se enfiou imediatamente no seu saco de dormir ao pé da lareira, onde só restavam brasas. Maggie ainda tinha pilhas de trabalhos para corrigir e ficou bebericando Jim Beam para se manter acordada.

Agitação natalina. Jesse e Ben vendiam joias na Telegraph e, apesar da chuva, estavam vendendo bem. Maggie e Joel ficavam até tarde em suas escolas, ambos ensaiando para apresentações de Natal. Maggie havia escrito uma paródia de *Uma canção de Natal*. Scrooge tinha uma concessionária de carros usados em Hayward; Tiny Tim era um paraplégico militante. A peça era divertida, frenética.

Tia Zelda fazia compras. À noitinha, ela ajudava Maggie a fazer biscoitos e a embrulhar presentes, tagarelando sem parar sobre a sua nova autoimagem, sobre encontrar um novo relacionamento. Maggie ficava em silêncio. Zelda supunha que Maggie estivesse simplesmente com o coração partido, mas que no fim tudo acabaria se acertando.

"Logo, logo o meu irmão vai recuperar o juízo. Vocês formavam um casal maravilhoso. Eu nunca vou me esquecer de vocês no bar mitsvá do Marvin. Tão felizes! E você com aquele tailleur. Norell?"

"B. H. Wragge." Era um bom tailleur.

"E aquele jeito dele de acender sempre dois cigarros ao mesmo tempo e dar um pra você."

Maggie riu. "Ele aprendeu isso com o John Garfield." Só que Shelley Berman fazia melhor: esquecia de dar o cigarro à mulher e, nervoso, fumava os dois. Recuperar o juízo? Ele já tinha tido isso algum dia?

"Eu perdi o meu", disse Maggie.

Zelda sorriu e disse "Que barato", como sempre. Só de vez em quando escapulia uma ou outra reação espontânea. Nenhum de vocês tem chinelo? Vocês bebem de manhã? Vocês não têm escova de vaso sanitário?

Todos eles foram à apresentação de Natal da escola de Joel. Zelda e Maggie ficaram com os olhos cheios d'água assim que apareceu o primeiro anjo mensageiro, ao som de "Hark! The Herald Angels Sing". Jesse e Ben foram para fora algumas vezes, fumar maconha. Keith e Lauren volta e meia se levantavam para ir falar com antigos professores, conversar com amigos.

A grande surpresa ficou por conta das meninas da quarta série, que entraram no palco de minissaia e com chifres de rena na cabeça e requebraram os quadris ao som de "Let's Get It On" de Marvin Gaye. Arquejos chocados da plateia. A quinta série apresentou "The Twelve Days of Christmas". Ben fez todos eles terem que prender o riso quando propôs que imaginassem a bagunça que todos aqueles presentes listados na canção fariam na casa deles na Russel Street. Galinhas francesas, gansos, lordes saltitantes.

A turma de Joel fez o último número e o mais bonito de todos. Foi muito simples, como um balé. Joel e dois outros meninos eram transformados em estátuas enquanto estavam travando uma guerra de bola de neve. Os três ficaram absolutamente imóveis enquanto o boneco de neve, que na verdade era Darryl, começava a derreter e ia ficando cada vez menor, até que o Espírito do Natal transformava todos eles de novo. Como estátua, Joel nem sequer piscou, depois que seus olhos castanhos conseguiram localizar a família na plateia.

Quando os números terminaram, o Papai Noel e a sra. Beck, a diretora, entraram no palco, sendo muito aplaudidos. Tocava "Joy to the World" em volume alto quando eles começaram a distribuir presentes. Caminhões Tonka. Bonecas Barbie. Investimento pesado do programa do governo contra a pobreza. Em questão de segundos, o palco foi invadido por uma turba, adolescentes na maioria, mas muitos adultos também. Parecia o concerto de Altamont. Joel foi empurrado, caiu no chão e fez um corte no lábio, que começou a sangrar. Ben e Jesse subiram às pressas no palco. Ben pegou Joel no colo. Jesse arrancou o caminhão de Joel do garoto que o tinha pegado. Com sua peruca de cabelos matizados torta, a sra. Beck berrou no microfone.

"Os presentes são só para as nossas crianças! Só para as crianças! Pra trás, seus filhos da puta!"

"Vamos dar o fora daqui." Maggie foi na frente. Jesse foi puxando Joel pela mão.

"Que tal um sorvete, Maggie? Você paga."

"Jesse... eu parecia congelado?"

"Sim! Você ficou paradinho um *tempão*. Toca aqui." Tapa, tapa.

* * *

A última noite da tia Zelda. Jesse e Joel tinham ido até Martinez cortar a árvore de Natal. Era cheirosa, linda. Maggie estava relaxada. Havia vendido o tapete navajo do quarto dela, comprado mais presentes e ainda tinha dinheiro suficiente para não precisar se preocupar por um tempo. Ela e Zelda conversavam enquanto preparavam tâmaras recheadas, uma tradição de família que nunca ninguém comia, como a casca de melancia em conserva da ceia de Natal.

Keith e Lauren estavam na mesa da sala de jantar, fazendo uma guirlanda com cranberries; os outros estavam enfeitando a árvore e discutindo. Ben e Joel sempre queriam botar tudo quanto era enfeite na árvore; Keith e Maggie preferiam uma decoração mais simples. Jesse não conseguia entender por que eles não tinham fios de prata. Porque Ben e Joel já tinham usado na árvore do ano anterior.

"Não vejo a hora de chegar em casa", disse Jesse. Ele ia partir dali a dois dias rumo ao Novo México, pedindo carona até lá, para passar o Natal em casa. De repente, um guincho: Jesse tinha pisado num gato que estava embaixo da árvore. Chata, a cadela, estava rodando por ali, molhada, se metendo no caminho de todo mundo. Três artistas de rua se secavam ao pé da lareira, passando enfeites e lâmpadas uns para os outros. Na cozinha, Mabel e Big Mac faziam *fudge* e *divinity*. Velas da Cost Plus brilhavam, radiantes como tia Zelda.

"Mal posso esperar pra contar ao meu analista como foram as minhas férias", disse Zelda. Maggie ficou se perguntando o que ela iria dizer. Zelda não tinha feito nenhum comentário a respeito de Mabel.

Alguém bateu na porta. Era Linda, a vizinha, pedindo para usar o chuveiro. Ela detestava tomar banho de banheira quando estava menstruada. "Então ela fica menstruada com uma frequência assustadora", disse Jesse. Não, eu acho que é só porque ela gosta de vir aqui, principalmente quando tem alguma coisa acontecendo. Pô, Maggie, então por que você não fala pra ela logo que ela pode vir aqui quando quiser?

Mais batidas na porta. Eram John e Ian, dois professores da escola em que Maggie lecionava. Quando ela estava pegando os casacos deles para pendurar, Lee subiu a pista de entrada na sua Harley, roncando o motor, suas roupas de couro preto pingando feito um traje de mergulho. Maggie apresentou todo mundo, convidou os dois professores a se sentarem à mesa.

"Vocês chegaram na hora certa pra se despedir da Zelda." Zelda entrou na sala trazendo uma bandeja com *piroshki*, biscoitos, confeitos, tâmaras recheadas. Um dos artistas de rua ofereceu a Ian um baseado numa piteira feita de osso entalhado.

"Santo Deus, Maggie, você fuma maconha na frente dos seus filhos?"

"Eu não fumo maconha. Quem me dera eu fumasse. Não dá ressaca, não engorda. Eu fico feliz por nenhum dos meus filhos beber."

"A gente não tinha a intenção de entrar de penetra numa festa." John estava falando de um jeito esquisito porque tinha acabado de dar uma tragada no baseado. Seu bigode estava sujo de gemada.

"Ah, vocês são muito bem-vindos", disse Zelda. "Tomem mais gemada."

Ian e John tomaram mais um gole de gemada e pigarrearam.

"A gente queria conversar com você, Maggie", disse John. Linda saiu do banheiro e desceu a escada, usando um roupão de chenile coral, o cabelo molhado preso numa trança.

"Tâmaras! Eu adoro as suas tâmaras recheadas, Maggie."

"Coma à vontade. E leve algumas pra casa também."

"Por favor", disse Keith. Zelda e Linda foram para a sala de estar.

Ian falou, com aquela sua voz grave de adulto que sempre irritava Maggie, a professora mais velha da escola.

"É sobre o Dave Woods."

"Ai, Deus", disse Maggie. Ela era a única professora da Horizon que cobrava presença e que dava notas, em vez de simplesmente declarar se o aluno estava aprovado ou reprovado. "Eu dei a ele todas as chances que podia. Ele foi mal tanto em inglês quanto em espanhol. Eu não vou reconsiderar, se foi pra isso que vocês vieram aqui."

"Que atitude dura, Maggie. Como você pode ter um estilo de vida tão liberal e ser tão rígida como professora? A escola espera que a gente avalie cada aluno como um indivíduo."

"Bom, esse indivíduo levou bomba nas minhas duas matérias."

"É como se você não acreditasse na filosofia da nossa escola."

"Filosofia? Três mil dólares por ano, belas instalações, drogas de boa qualidade, nada de dever de casa?" Keith chutou Maggie debaixo da mesa.

"Não precisa reagir com hostilidade. Nós viemos aqui de boa-fé", disse Ian.

"Experimentem o *divinity*." Mabel passava a bandeja, deslizando pela sala. Os olhos de John se fixaram nos belos seios de Mabel, que não estava usando sutiã. Maggie gostaria que não tivesse tanta comida, bebida e generosidade geral. Refestelada no sofá entre dois artistas, Linda estava radiante, seu roupão entreaberto deixando à mostra coxas rubenescas.

"Qual é mesmo o nome disso?", John perguntou a Mabel, com o doce grudado nos dedos.

"*Divinity*, com nozes", respondeu Mabel, arrastando as palavras.

"Isso pra mim parece mais um bispo luterano", disse Zelda,

caindo na gargalhada e cutucando Maggie. As duas riram tanto que chegaram a lacrimejar. Ian pegou um dos cigarros de Maggie. Ela gostaria que Ian voltasse a fumar e a comprar seus próprios cigarros. Pelo menos os dois professores tinham perdido o interesse nas notas baixas de Dave Woods e estavam distraídos ouvindo Mabel e Big Mac tocando e cantando. "Lay, Lady, Lay" de novo. Maggie foi para a cozinha e despejou um pouco de Jim Beam na sua gemada. Ben e Lee observavam Lauren cortar mais quadradinhos de doce.

"Não se preocupe. Eu vou tacar fogo na escola amanhã", disse Lee e sorriu. Mais batidas na porta.

"Está com jeito de batida policial", disse Jesse. Quase. Era o senhorio. Ben e Keith esconderam algumas pessoas na garagem, mas o mal já estava feito. O senhorio tinha visto que havia alguém morando na garagem, que hippies andavam fumando maconha.

"Nós estamos recebendo amigos para as festas de fim de ano", disse Maggie, mas o senhorio agora estava falando do jardim todo destruído.

"Destruído? Fui eu que plantei a maior parte daquele jardim, faz dois anos que eu cuido dele. Foi a chuva que destruiu tudo."

"Eu vou vender a casa. Só restam quatro casas de brancos no quarteirão."

"Por que você não disse isso logo? Não precisa ficar arranjando razões fajutas pra me culpar."

"Eu com certeza tenho mais que razões 'fajutas' pra romper o contrato."

Maggie soltou um suspiro. "Por favor, vá embora agora", disse ela, abrindo a porta para ele. Ela bebeu, botou mais uísque na sua gemada, voltou para a sala de jantar e se sentou perto de Ian e John.

"Eu peço desculpas por ter sido tão ríspida. O Dave é o aluno mais inteligente que temos… Eu gostaria que vocês também o tivessem reprovado em matemática e ciências. Se continuar assim, ele não vai conseguir passar pra universidade nenhuma. Ele sabe que tem capacidade pra tirar notas muito melhores, e eu acho que ele vai."

"Mais gemada?", ofereceu Zelda.

"Não, obrigado. Amanhã tem aula. A peça de Natal está pronta, Maggie?"

"Não, mas vai ficar ótima."

Todo mundo tinha ido embora ou então para o quarto de Ben na garagem. Joel estava no sofá, Jesse no saco de dormir. As luzes tinham sido apagadas, mas os dois estavam conversando. Zelda e Mabel discutiam no andar de cima. Passado um tempo, Mabel desceu a escada pisando firme.

"Bom, eu contei pra ela", disse e foi embora, batendo a porta. Maggie ficou na cozinha lavando louça, guardando as comidas e varrendo o chão, até que o choro parou. Então, subiu a escada pé ante pé para ir ao banheiro.

"Maggie!"

Zelda estava sentada na cama, filetes de lágrimas sobrepostos à luzidia camada de creme Elizabeth Arden.

Maggie a abraçou. "Você deve estar tão cansada. Eu estou cansada. Vamos lá…" Mas Zelda continuou agarrada a ela, sua bochecha untuosa escorregando para o cabelo de Maggie.

"Mabel! A minha *menina*. O que é que faço agora?"

Maggie se desvencilhou dela e foi para o banheiro, onde limpou o rosto para se livrar do creme de Zelda e umedeceu duas toalhinhas com loção de hamamélis.

"Eu vou botar isso em cima dos seus olhos, tá bom? Para de

chorar." Maggie se sentou na beira da cama, segurando a outra toalhinha sobre os próprios olhos.

"A minha filha", disse Zelda. "Você não tem como entender."

"Talvez não. Mas eu tenho a impressão de que não iria me importar se um dos meus filhos fosse gay. Já se algum deles resolvesse virar policial ou Hare Krishna, é possível que eu desse um tiro nos miolos."

Zelda começou a chorar de novo. "Eu estou tão..."

"Você está sofrendo. Mas a Mabel está bem. Você tem algum remédio pra dormir?"

"Valium." Zelda apontou para a sua caixa de maquiagem.

Maggie entregou os comprimidos e um copo d'água a Zelda, depois tomou ela própria um comprimido. Ajeitou os travesseiros de Zelda e apagou a luz. Sob a luz do letreiro da Bekins, Zelda parecia velha e apavorada.

"Você está bem?"

"Não. Estou me sentindo velha e apavorada."

Maggie a abraçou e deu um beijo na sua testa escorregadia. "Mas foi ótimo você ter vindo pra cá, de qualquer forma."

Quando desceu para o andar de baixo, Maggie se deu conta de que tinha esquecido de trocar de roupa e de lavar o rosto. Estava cansada demais. Tirou as cobertas do armário, serviu um copo de uísque para si, subiu na rede, se lembrou dos cigarros, tornou a descer, subiu de novo, ajeitou as cobertas em torno de si, botou o copo e o cinzeiro no chão, se acomodou para ter ela própria uma boa sessão de choro.

"Deus do céu", Jesse falou da sala de estar. Depois se levantou, pegou seu saco de dormir e o jogou por cima do ombro.

"Aonde você vai?"

"Vou dormir na picape. Nunca tinha visto você com pena de si mesma."

Depois que ele saiu ela parou de chorar, fumou um cigarro, tomou o resto de uísque que havia no copo. *Fedra* de Racine, Ato II. Ele se foi! Ela riu de si mesma, se levantou e lavou o rosto na pia da cozinha, depois escondeu a garrafa de Jim Beam na máquina de lavar para de manhã.

Droga, já é de manhã. Mais dois dias de aula na escola. A peça. Natal. Eu não vou conseguir dar conta. Vou conseguir, sim; preciso parar de beber. Estraguei tudo de novo, tão rápido! Amanhã começo a reduzir. O Jesse vai embora daqui a poucos dias. Isso vai facilitar. Na verdade, não. Eu compro o rádio para o Joel amanhã depois da escola, o livro para a Lauren também. A Zelda está indo embora, louvado seja Deus! A minha cama! Faz semanas que eu não converso com o Joel. Sou uma péssima mãe. Tenho que ficar bem pelos meus filhos. Meu Deus, estou um caco. Esta casa está um caco.

Ela encheu seu copo com vinho, levou o copo e a garrafa consigo para a sala e começou a espanar e a polir os móveis. Varreu, passou pano e encerou o chão. Joel continuou dormindo, mesmo quando ela empurrou o sofá. Ela levou o lixo lá para fora na chuva, pegou uma boa braçada dos bicos-de-papagaio cor-de-rosa de Linda. A janela do quarto de Linda se abriu com violência. "Que raios você está fazendo? São quatro da manhã!" A janela se fechou com violência. Caramba, tem gente que simplesmente não consegue ser civilizada antes de tomar aquela primeira xícara de café. Voltando para dentro de casa, Maggie arrumou as flores num vaso de metal. Pronto. Está ficando bem melhor. Ela endireitou os quadros, acendeu as luzes da árvore de Natal. Agora é ralar um pouco de queijo e deixar o macarrão com queijo já pronto, comprar o rádio e o livro depois da escola.

"Por que é que você está limpando as janelas? São cinco da

manhã, mãe." Keith estava com cara de sono, mas já vestido para sair.

"Oi. Eu não consegui dormir. Elas estavam todas sujas de fuligem da lareira. Por que você acordou tão cedo?"

"Eu tenho trabalho de campo. Vou guardar essa garrafa de vinho. Desse jeito você vai acabar não conseguindo ir pra escola. Para, mãe. Vem tomar café comigo."

Ele levou a garrafa lá para cima. Ela sabia que ele ia esconder a garrafa no vão atrás da parede do banheiro. Botou água para ferver para fazer café, fez suco de laranja, salsichas, rabanadas. Ela e Keith não conversaram, ficaram lendo o jornal. Zelda desceu, pálida, trazendo a sua bagagem. Maggie preparou o café da manhã dela. Keith se despediu das duas com um abraço e saiu, bem na hora em que Mabel estava chegando para levar a mãe até o aeroporto. As três mulheres tomaram café sem dizer nada.

Ainda estava escuro quando Zelda e Mabel se foram. Maggie tremia do lado de fora, dando adeusinho para o adesivo A IRMANDADE FEMININA É PODEROSA colado no para-choque do carro. Entrou e preparou rabanadas para Joel e Ben. Enquanto eles comiam, ela se lembrou de que tinha posto uma garrafa dentro da máquina de lavar. Jesse veio lá de fora. "Pode deixar que eu pego o meu café da manhã", disse.

Tinha tanta neblina na estrada que Maggie ficou com medo de que o avião de Zelda não pudesse decolar. Ficou com medo de bater em outros carros e depois ficou com medo de nem sequer estar na estrada. Pegou uma saída. Subiu uma colina e deu a volta. O templo mórmon irradiava um brilho mágico, como o castelo de O mágico de Oz. Cabine telefônica monolítica, luz branca. Ela ligou para a escola Horizon, disse a eles que o carro dela havia enguiçado. Provavelmente era melhor cancelar as suas aulas da tarde também. Não, o ensaio não. O ensaio correria bem sem ela. Não, obrigada. A assistência da AAA já estava a caminho. Ela desceu a colina até a MacArthur, onde não havia neblina, mas continuou com medo mesmo assim. Foi seguindo um ônibus da linha 53 até o centro de Oakland, esperando a cada dois quarteirões que passageiros subissem e descessem. No centro, ela se posicionou atrás de um ônibus 43 na Telegraph e o seguiu até chegar em casa. Estava bêbada demais para enxergar direito.

Assim que entrou em casa, largou o casaco e a bolsa de livros perto da porta da frente e subiu a escada rumo ao seu quarto. O quarto estava escuro, as cortinas fechadas. Jesse estava dormindo na cama dela. "Ei, que história é essa?", ela perguntou, mas Jesse nem se mexeu. Ela passou por cima dele, se deitou do outro lado da cama e imediatamente pegou no sono, mas ele acordou e se virou de frente para ela, enquanto se livrava de suas botas chutando-as para longe. "Oi, Maggie."

Pony Bar, Oakland

Certos sons são perfeitos. Uma bola de tênis ou uma bola de golfe batida com precisão. Uma bola de beisebol rebatida para o alto colidindo com uma luva de couro. O baque ressoante de um nocaute. Eu fico arrepiada com os sons de uma primeira tacada perfeita na sinuca, uma batida forte na tabela, seguida de três ou quatro deslizamentos abafados e de consecutivos cliques. O carinhoso roça-roça do giz no taco. A sinuca é erótica não importa a maneira como você a encare. Normalmente, sob a luz suave e pulsante de um jukebox.

Críquete em Santiago. Guarda-sóis vermelhos, grama verde, os Andes brancos. Cadeiras de lona de listras vermelhas e brancas no Prince of Wales Country Club. Eu assinava vales para tomar limonada, dava gorjetas para garçons vestidos de smoking, aplaudia John Wells. O estalo perfeito do taco de críquete. Eu me vestia de branco, tomava cuidado para não manchar as roupas na grama, flertava com garotos que usavam uniforme da Grange School, calças de flanela cinza e blazers azuis em pleno verão.

Sanduíches de pepino para acompanhar o chá, planos para o domingo em Viña del Mar.

No Pony Bar, lembrei que na grama verde me sentia tão alienígena quanto ali, sentada num banco ao lado de um motoqueiro. Ele tinha dobradiças tatuadas nos pulsos, na dobra dos cotovelos, atrás dos joelhos.

"Você precisa de uma dobradiça no pescoço", eu disse.

"Você precisa de uma trolha no cu."

Filhas

Ter a coragem de ser fiel às minhas próprias convicções? Eu não consigo nem manter uma percepção por mais que cinco minutos. É como o rádio numa picape. Eu estou dirigindo a toda... Waylon Jennings, Stevie Wonder... topo com um mata-burro e, pumba, vem um pregador de Clint, Texas. *Your laff is trash. Laugh? Life?** De um dia para o outro o ônibus 40 se transforma. Certos dias têm pessoas nele que parecem criações de Chaucer, de Damon Runyon. Um banquete de Brueghel. Eu me sinto próxima a todas elas, em harmonia com elas. Formamos uma vívida tapeçaria de passageiros. Então, há uma epidemia de síndrome de Tourette e todos somos vítimas, presos numa cápsula abafada, para sempre. Às vezes todo mundo está cansado. O ônibus inteiro completamente exausto. Sacolas de mercado pesadas. Carrinhos de compras e de bebê que são verdadeiros tram-

---

* Brincadeira com a pronúncia das palavras *life* e *laugh*, que ficam parecidas quando ditas com sotaque texano: "*laff*". Em tradução literal, a frase do pregador seria "A sua vida/risada é lixo".

bolhos. Subindo ofegantes os degraus, perdendo o ponto por estarem cochilando, as pessoas se afundam nos bancos, balançam, moles, penduradas nas barras como algas lânguidas. Ou na cabeça de todas elas crescem coisas. Fileira atrás de fileira, e em pé, aglomeradas, todas elas têm cabelos crescendo na cabeça. Não é salgueiro verde nem eucalipto nem musgo, mas um bilhão de fios, filamentos de cabelo. Cabelo punk, cabelo arroxeado de senhora, cabelo afro molhado. Ih, o homem na minha frente não tem cabelo nenhum. Não tem nem aqueles furinhos minúsculos na cabeça de onde o cabelo possa brotar. Estou zonza. Uma menininha entra no ônibus, usando o uniforme da escola Saint Ignatius. Alguém, talvez uma avó — *fica quieta, menina* —, fez tranças tão apertadas no cabelo dela que seus olhos ficaram puxados. As tranças estão amarradas com laços brancos, fitas de cetim de verdade. Ela se senta atrás do motorista. O sol da manhã faz a linha perfeita que reparte o seu cabelo brilhar, forma uma auréola atrás da sua cabeça. Estou apaixonada pelo cabelo daquela criança. Toco no meu, acaricio o meu próprio cabelo, que é curto e áspero, como o pelo de um chow-chow ou de um samoiedo. Bom menino. Mata, Caninos Brancos.

Eu devia ter aceitado aquele emprego de fazer colares de pérolas graduados. Trabalhar para um médico, bem, é vida ou morte o dia inteiro. Deslizo de um lado para o outro, como que pairando acima do chão, um verdadeiro anjo de misericórdia. Ou uma assombração. Mmmm, dr. B... interessantes esses resultados do exame de medula óssea do sr. Morbido. O nome dele é esse mesmo, juro. A verdade é mais estranha do que a minha imaginação, que pira completamente com as máquinas de hemodiálise. Invenções revolucionárias da medicina moderna. Aparelhos salvadores de vidas que lá pelo fim da tarde se transformam em vampiros de plástico sem cabeça, chupando sangue sem parar. Os pacientes vão ficando cada vez mais pálidos. As máquinas fazem um barulho baixo e contínuo de sucção, com goladas ocasionais que soam como risadas.

Lá pelo fim da tarde eu estou pronta para estrangular a filha de Riva Chirenko. Não sei o nome dela. Ninguém a chama de sra. Tomanovich. Ela é a mulher do sr. Tomanovich. A filha de Riva. A mãe de Irena Tomanovich. Ela é o que há de errado com todas nós, mulheres, aquele estrepe da estepe. Mas outras vezes é essa mesma mulher, a filha de Riva Chirenko, que eu respeito e admiro. Se eu conseguisse simplesmente aceitar, como ela, simplesmente aceitar. Aceitação é fé, disse Henry Miller. Eu seria capaz de estrangular Henry Miller também.

Ontem foi a festa de Natal do centro de hemodiálise. De qualquer ponto de vista, foi uma festa linda, uma celebração. Todos os pacientes e suas famílias estavam lá. Rocky Robinson também. Ninguém o via desde que ele recebeu um transplante de cadáver, e ele estava com uma aparência ótima. Um vínculo se forma entre pacientes de diálise, como entre membros dos Alcoólicos Anônimos ou sobreviventes de terremotos. Todos têm consciência de que tiveram sua sentença de morte temporariamente suspensa, tratam uns aos outros com mais delicadeza e respeito do que as pessoas comuns.

Fiquei ocupada com o bufê e o ponche. Estava bom, tinha comida à beça. Tudo sem sal. Plantado na cabeceira da mesa, o sr. Tomanovich, genro de Riva Chirenko, deu uma boa ajuda chamando todos os convidados. Comida boa! Bebida boa!

Era muito mais saudável quando eu via as pessoas como animais. O sr. Tomanovich era um peixe-boi suarento. Agora elas todas são doenças. Herpes-zóster ou síndrome do choque tóxico. O sr. Tomanovich é hipertenso, com certeza, com aquela cara vermelha e aquelas manchas de suor em volta dos sovacos azul-claros. Possível glomeruloesclerose e insuficiência renal. A mulher dele, a filha de Riva Chirenko, a iaque... ela tem uma histerectomia à espera, a sua dor vem do útero.

Já Riva Chirenko está acima de qualquer doença. A gente só ouve falar de velhinhas miúdas. Isso é porque as velhas grandes morrem todas, exceto Riva, que tem oitenta anos e pesa perto de cento e trinta quilos. Dobras de veludo vermelho transbordam por sobre o plástico da maca em que ela está. Sangue vermelho sai, zumbindo baixinho. Fluidos gotejam regularmente em acessos intravenosos enfiados nos planaltos dos seus braços. Ela parece um Papai Noel. Cabelo branco, sobrancelhas brancas, bochechas rosadas, pelos brancos brotando do queixo. Ela brada em russo com a filha, que a abana, bota uma toalhinha fria na sua testa, canta para ela em russo com voz pesarosa. A cada tanto a filha vai à sala de jantar e enche seu prato vermelho com petiscos para a mãe. Almôndegas suecas, croissants com presunto, rosbife, ovos à la diable, aspargos, quiche, brie, azeitonas, torradinhas com pasta de cebola, torta de abóbora, champanhe, suco de cranberry, café. Tudo desaparece sem ruído dentro da boca espantosamente pequena e bonita de Riva Chirenko.

"Onde está o dr. B.?", o sr. Tomanovich a toda hora pergunta. Eu trabalho para o dr. B. faz dois anos e nunca sei onde ele está. Será que ele está mesmo desobstruindo uma cânula de Scribner? Tirando uma soneca? Fazendo *shivá*? "Ele está numa cirurgia", respondo.

Toda vez que enche o prato da mãe, a filha de Riva Chirenko passa a mão no cabelo de Irena, sua própria filha, e a incentiva a comer. "*Kushai, dochka*", diz ela, em russo. O pai de Irena também vai até lá de vez em quando e diz:

"*Tebe ne khorosho?*"

Eles estão dizendo: "Toma jeito, sua vadiazinha!". Não, claro que não. Eles estão dizendo: "Come, minha princesinha".

A filha, Irena, está sentada na única cadeira da sala de jantar.

Uma cadeira feiosa de plástico, toda errada. Tenho vontade de jogar aquela cadeira fora e ir alugar ou comprar outra, rápido, para ela. Irena tem pescoço comprido e perfil encurvado como o de um dinossauro albino, uma naja de mármore, um galgo anoréxico. Viu só, eu sou doente. Estou fazendo com que ela pareça grotesca. Ela é a criatura mais graciosa que eu já vi. Olhos verdes bem claros, um cabelo que é como mel branco, como a parte de dentro de uma pera. Tem catorze anos, está usando roupas brancas e aquelas luvas de renda sem dedos que estão na moda agora. Suas mãos ossudas repousam no seu colo como aqueles pequenos pássaros brancos que você come inteiros em Guadalajara... canela demais. Ela também está usando meias finas rendadas sem pés. Veias azuis pulsantes formam arabescos nos seus tornozelos. A mãe passa a mão no cabelo dela. Irena se encolhe, não responde de forma alguma ao gesto da mãe. Quando o pai faz a mesma coisa ela também não fala nada, mas sorri com os seus lindos dentes brancos.

O sr. B. finalmente chega. É um alvoroço. Os pacientes e suas famílias se amontoam em volta dele. Todos o adoram. Ele parece cansado. O sr. Tomanovich pede à esposa para traduzir. Ele tinha ficado esperando para mostrar ao dr. B. fotografias de Irena no Havaí. Irena havia vencido o Concurso do Dia dos Pais da Farmácia Skagg's. Uma redação: "O meu pai é o maior!". Uma viagem para o Havaí para ela e os pais. Claro que a mãe dela não podia deixar Riva Chirenko sozinha. Irena também tinha participado do concurso de redação do Dia das Mães da Skagg's, mas só havia ganhado menção honrosa e a Polaroid que tirou todas as fotos. Irena ao lado de uma ave-do-paraíso. Irena usando um colar de flores havaiano, numa plantação de cana-de--açúcar, na varanda. Nenhuma na praia. Ela detesta sol.

O dr. B. sorri. "Vocês têm muita sorte de ter uma filha tão bonita e talentosa."

"Deus é bom!" A filha de Riva Chirenko vive dizendo isso. Deus os trouxe da Rússia. Deus deu a máquina de hemodiálise à mãe dela.

O dr. B. olha para Irena sentada lá, cabeça erguida, expressão desdenhosa. Flocos de neve caem, esvoaçantes. Ela levanta sua mãozinha branca, para que ele a aperte, beije? A mão descreve uma curva no ar, elegante, arqueada. Irena vira uma figura num friso egípcio. O dr. B. a encara. Está perplexo. "Você já comeu?", ele pergunta. Pelo amor de Deus. Aquela menina não come há anos. O dr. B. vai cumprimentar pacientes e convidados. Irena transforma sua mão estendida numa seta apontada para o vestiário. O sr. Tomanovich vai correndo pegar o casaco com gola de pele da filha, veste o casaco nela. A mãe vai até lá, abotoa o casaco, tira o cabelo de Irena debaixo da gola de pele, faz carinho na cabeça dela. Irena não se encolhe, não fala nada. Vira-se para ir embora. O pai põe a mão no meio das costas da filha. Ela estaca, como que petrificada. Ele tira a mão das costas dela, abre a porta, sai atrás dela.

Eu arrumo a sala de jantar. A maioria dos convidados já foi embora ou está de saída. Os pacientes de diálise ainda têm mais uma hora de sessão pela frente. Alguns estão vomitando, outros dormindo. O toca-fitas está tocando "Away in a manger, no crib for His bed". Essa era a canção de Natal preferida da minha avó, mas costumava me dar medo porque a minha avó vivia me dizendo para não ser um cachorro na manjedoura.* Eu achava que o cachorro tinha comido o menino Jesus.

A quantidade de comida tinha sido a conta. Não sobrou

---

* No original, "*dog in the manger*", expressão usada em inglês para se referir a uma pessoa que se nega a deixar que outros desfrutem de coisas das quais ela própria não pode desfrutar, por não lhe servirem, como faz o cachorro da fábula de Esopo "O cachorro na manjedoura".

nada, a não ser duas grandes tigelas Tupperware que Anna Ferraza havia trazido. Um verdadeiro fiasco. Gelatina de morango com cranberries, amarga feito remédio. Deixo as tigelas lá. A cor fica bonita ao lado dos pratos vermelhos, do bico-de-papagaio. Só restam alguns técnicos e enfermeiras. O dr. B. está no telefone, na sala dele. A árvore de Natal no meio da enorme sala tem centenas de luzinhas coloridas que murmuram e gorgolejam mais alto que as máquinas de diálise COBE II, é como se estivessem fazendo uma transfusão na árvore. Dá para sentir o cheiro de pinho verde da árvore. A filha de Riva Chirenko ainda continua abanando a mãe, apesar de Riva estar dormindo. Por fim, para e se levanta. Está retesada e doída. Osteoporose. Perda de massa óssea pós-menopausa. Cobre Riva com um xale fino, entra na sala de jantar justo quando estou saindo com um saco cheio de lixo. Eu me dou conta de que a filha de Riva Chirenko não jantou. Ela me dá um beijo no rosto. "Obrigada pela festa! Feliz Natal!" Seus olhos são verdes como os da filha. Olhos alegres, sorridentes. Não o sorriso melífluo de crianças maltratadas ou fanáticos religiosos. Alegre de verdade.

Esvazio o lixo e converso um pouco com um dos técnicos, sobre solução salina, sobre onde comprar um suéter para a mulher dele. Ligo para o serviço de mensagens para ver se há algum recado. Um pedido de bolsas de NPT para Ruttle, só isso. Maisie, a telefonista, pergunta se eu estou de folga no dia seguinte. Sim! Deus é bom, Maisie. Ela ri. Pra mim ele não é não.

Vou buscar meu casaco. Lembro da gelatina com cranberries e me dou conta de que a filha de Riva Chirenko vai comê-la, com prazer.

Dia chuvoso

Rapaz, como essa clínica de desintoxicação enche quando chove. Estou de saco cheio de ficar na rua, sabe? Então, eu e a minha velha resolvemos ir pra arquibancada... é bom lá, o maior silêncio, espaço à beça. Aí começou a chover e ela começou a chorar. Eu perguntei pra ela um montão de vezes: Por que você está chorando, amor? Por que você está chorando? Quando finalmente me respondeu, sabe o que ela disse? "As guimbas de cigarro estão ficando todas molhadas." Porra, aí eu bati nela. Ela ficou uma fera, enlouqueceu pra valer, daí a polícia levou ela pra cadeia e me trouxe pra cá. Eu aguento ficar sem beber. O problema é que, quando fico sóbrio, começo a pensar. Alcoólatras pensam mais do que a maioria das pessoas, essa é que é a verdade. Eu só bebo pra abafar as palavras. Porra, e se eu fosse baterista? Na última vez que eu vim pra cá tinha uma *Psychology Today* que falava de beberrões que vivem na rua. Lá provava que os bebuns pensam mais. Dizia que eles tinham resultados melhores em testes do que as pessoas normais, inclusive em testes de memória. Só tinha uma coisa em que eles se davam mal, eram uma negação completa, mas eu não consigo lembrar o que era.

Guardião do nosso irmão

Algumas pessoas, quando morrem, simplesmente desaparecem, como seixos afundando dentro de um lago. A vida cotidiana se reajusta suavemente e segue como seguia antes. Outras pessoas morrem, mas permanecem um bom tempo por aqui, ou porque capturaram a imaginação do público, como James Dean, ou porque o espírito delas simplesmente não se desapega, como o da nossa amiga Sara.

Sara morreu faz dez anos, mas até hoje, toda vez que alguma das suas netas fala alguma coisa brilhante ou imperiosa, todo mundo diz: "Ela é igualzinha à Sara!". Sempre que vejo duas mulheres passando de carro e rindo juntas, rindo de verdade, eu sempre acho que é a Sara. E claro que toda primavera, quando faço as minhas plantações, me lembro da figueira que nós pegamos na caçamba de lixo da PayLess e da briga feia que tivemos no viveiro East Bay por causa de uma roseira que dava pequenas rosas cor de coral.

O que está me fazendo pensar em Sara agora é que o nosso país acabou de entrar em guerra. Ela conseguia ficar mais indignada com os nossos políticos e dar expressão a essa indignação com mais eficiência do que qualquer outra pessoa que conheço. Fico com vontade de ligar para ela; Sara sempre dava alguma coisa para você fazer, sempre fazia você sentir que podia fazer algo.

Apesar de todo mundo continuar relembrando Sara com bastante frequência, a gente parou de falar sobre o modo como ela morreu muito pouco tempo depois da sua morte. Sara foi assassinada de maneira brutal, golpeada violentamente na cabeça com um "objeto não cortante". Um homem com quem ela teve um caso havia ameaçado matá-la diversas vezes. Ela ligou para a polícia todas as vezes em que isso aconteceu, mas eles diziam que não havia nada que eles pudessem fazer. O homem era dentista, alcoólatra, uns quinze anos mais novo que ela. Apesar das ameaças e do fato de ele ter batido nela outras vezes, nenhuma arma foi encontrada nem indícios da presença dele na cena do crime. Ele nunca chegou a ser acusado.

Você sabe como é quando uma amiga está apaixonada. Bem, imagino que eu esteja me dirigindo a mulheres, a mulheres fortes, a mulheres mais velhas. (Sara tinha sessenta anos.) A gente costuma dizer que é ótimo ser dona do próprio nariz, que as nossas vidas são completas. Mas tem uma coisa que ainda assim a gente quer, valoriza. Romance. Quando Sara entrou na minha cozinha rindo e rodopiando e disse "Eu estou apaixonada! Acredita?", eu fiquei feliz por ela. Todas nós ficamos. Leon era atraente. Culto, sexy, articulado. Ele a fazia feliz. Mais tarde, como ela, nós o perdoamos. Quando ele lhe dava bolos, dizia coisas cruéis, demonstrava falta de consideração, até quando lhe deu um tapa. A gente queria que ficasse tudo bem. Todas nós ainda queríamos acreditar no amor.

Depois que Sara morreu, seu filho Eddie se mudou para a casa dela. Eu fazia faxina na casa dele toda terça-feira. Então, quando ele se mudou, passei a fazer faxina na casa de Sara. Era difícil, no início, ficar na cozinha ensolarada dela quando nenhuma das suas plantas estava mais lá, mas as lembranças ainda estavam. Fofocas, conversas sobre Deus, sobre os nossos filhos. A sala de estar estava cheia das tralhas de Eddie: CDs, rádios, computadores, duas televisões, três telefones. (Era tanto equipamento eletrônico que uma vez, quando o telefone tocou, atendi com o controle remoto de uma das tevês.) Os móveis vagabundos e descombinados dele substituíram o enorme sofá de linho em que Sara e eu nos deitávamos uma de frente para a outra, cobertas com uma colcha de *quilt*, e falávamos sem parar. Uma vez, num domingo chuvoso, nós duas estávamos tão para baixo que assistimos a jogos de boliche e *Lassie*.

A primeira vez que limpei o quarto foi horrível. A parede próxima ao lugar onde a cama de Sara costumava ficar ainda estava respingada e empastada com o sangue dela. Fiquei nauseada. Depois que limpei a parede, saí do quarto e fui para o jardim. Sorri ao ver as azaléas, narcisos e ranúnculos que tínhamos plantado juntas. Não sabíamos qual extremidade do ranúnculo plantar, então decidimos botar metade deles com a ponta para baixo e a outra metade com a ponta para cima. Até hoje ainda não sabemos quais deles brotaram.

Voltei lá para dentro para passar aspirador e fazer a cama e vi que, debaixo da cama de Eddie, havia um revólver e uma espingarda. Congelei. E se Leon voltasse? Ele era maluco. Seria bem capaz de me matar também. Tirei as armas de debaixo da cama, uma de cada vez. Com as mãos tremendo, tentei descobrir como elas funcionavam. Queria que Leon viesse, para eu dar um tiro nos miolos dele.

Passei o aspirador debaixo da cama e botei as armas de volta no lugar. Estava sentindo repulsa dos meus próprios sentimentos e tentava com todas as forças pensar em outra coisa.

Fiquei fazendo de conta que eu era a protagonista de uma

série de televisão. Uma faxineira detetive, uma espécie de versão feminina de Columbo. Meio pateta, sempre mascando chiclete..., mas, enquanto tira a poeira dos móveis com um espanador de penas, ela na verdade está procurando pistas. Por acaso, sempre acontece de alguém ser assassinado na casa em que ela está fazendo faxina. Invisível, ela está limpando o chão da cozinha enquanto, a poucos metros de distância, suspeitos falam coisas incriminadoras ao telefone. Ela escuta atrás de portas, encontra facas ensanguentadas em armários de roupas de cama, toma o cuidado de não limpar o atiçador de brasas, preservando impressões digitais...

Leon provavelmente matou Sara com um taco de golfe. Foi assim que os dois se conheceram, jogando golfe no Claremont Golf Club. Eu estava esfregando a banheira quando ouvi o rangido do portão do jardim, o ruído de uma cadeira sendo arrastada no deque de madeira. Havia alguém no quintal dos fundos. Leon! Meu coração disparou. Não consegui ver nada pela janela de vitral. Fui engatinhando até o quarto e peguei o revólver, depois engatinhei até a porta de vidro que dava para o jardim. Espiei lá para fora, de arma em punho, embora a minha mão tremesse tanto que não havia como eu conseguir dispará-la.

Era Alexander. Santo Deus. O velho Alexander, sentado numa cadeira de madeira. Oi, Al!, gritei e fui guardar a arma.

Ele estava segurando um vaso de cerâmica com uma frésia rosa que ele estava para trazer para Sara fazia tempo. Tinha vindo até ali só porque estava com vontade de passar um tempo no jardim dela. Fui lá dentro buscar uma xícara de café para ele. Sara tinha café à disposição dia e noite. E coisas gostosas para comer. Sopas ou canjas, bons pães, queijos, salgadinhos e docinhos. Nada a ver com os *doughnuts* do Winchell's e os pratos congelados de massa que Eddie mantinha por lá.

Alexander era professor universitário de inglês. Era capaz de tagarelar por horas, cuspindo ouro-vermelhão em tom monocórdio sobre poetas como Gerard Manley Hopkins. Ele e Sara se conheciam fazia uns quarenta anos, desde o tempo em que ambos eram jovens socialistas idealistas. Ele sempre tinha sido apaixonado por ela, vivia pedindo-a em casamento. Lorena e eu costumávamos implorar que ela aceitasse. "Vai, Sara... deixa o Al cuidar de você." Ele era boa pessoa. Nobre e confiável. Mas, quando uma mulher diz que um homem é boa pessoa, isso geralmente quer dizer que ela o acha sem graça. E, como dizia minha mãe, "Você tem ideia do que é ser casada com um santo?".

E era exatamente sobre isso que Alexander estava falando...

"Eu era sem graça demais pra ela, previsível demais. Eu sabia que aquele sujeito não era boa coisa. Só que eu tinha a esperança de estar por perto quando ele a largasse, pra ajudar a Sara a juntar os cacos."

Lágrimas lhe vieram aos olhos. "Me sinto responsável pela morte dela. Eu sabia que ele tinha machucado a Sara e a machucaria de novo. Eu devia ter interferido de alguma forma. Mas só levei em conta o meu próprio ressentimento, o meu ciúme. Eu sou culpado."

Segurei na mão dele e tentei animá-lo, e ficamos um tempo conversando, relembrando Sara.

Depois que ele foi embora, entrei e fui limpar a cozinha. Ei, e se Alexander de fato fosse culpado? E se ele tivesse vindo à casa de Sara naquela noite, para lhe dar o vaso de frésia ou para ver se ela queria jogar Scrabble? Talvez ele tivesse olhado através da cortina da porta de vidro e visto Sara e Leon fazendo amor. Aí, ficou esperando Leon ir embora e, quando ele saiu pela porta da frente, Alexander entrou, louco de ciúme, e matou Sara. Ele era um suspeito, sem dúvida.

Na terça-feira seguinte a casa não estava tão suja e bagunçada como de costume, então eu passei a última hora arrancando ervas daninhas e dando um trato nas plantas do jardim. Eu estava na estufa quando ouvi sons de sinos e pandeiro. Hare Hare Hare. A filha mais nova de Sara, Rebecca, estava dançando e cantando em volta da piscina.

Quando Rebecca virou Hare Krishna, Sara a princípio ficou chateada, mas um dia a gente estava andando de carro na Telegraph e viu Rebecca no meio de um grupo deles. Ela estava linda, cantando e saltitando com suas vestes cor de açafrão. Sara encostou o carro no meio-fio, só para ficar observando a filha. Acendeu um cigarro e sorriu. "Sabe de uma coisa? Ela está bem."

Tentei falar com Rebecca, convencê-la a se sentar e tomar um chá de ervas ou coisa assim, mas ela estava rodopiando feito um dervixe, gemendo sem parar. Depois, subiu no trampolim e ficou pulando e girando, volta e meia interrompendo seus cânticos para soltar brados coléricos. "O mal gera o mal!" E desatava a vociferar contra os maus hábitos da mãe: fumar, tomar café, comer carne vermelha e queijo com retinol ou sei lá o quê. E fornicar. Ela estava bem na ponta do trampolim e, toda vez que berrava "Fornicar!", dava um salto de quase um metro no ar.

Suspeita número dois.

Eu só fazia faxina na casa de Eddie uma vez por semana, mas pelo menos uma pessoa invariavelmente entrava no quintal dos fundos. Tenho certeza de que entrava gente lá todos os outros dias também. Porque era assim que Sara vivia, com o coração e as portas abertas para todo mundo. Ela ajudava de formas amplas, politicamente, na comunidade, mas também de maneiras pequenas, a quem quer que precisasse dela. Sempre atendia o telefone, nunca trancava as portas. Tinha sempre estado à minha disposição quando eu precisava de uma força.

Numa terça, do nada, a maior suspeita entre todos os suspeitos apareceu lá no quintal. Clarissa. A ex-namorada de Eddie. Caramba. Acho que ela nunca havia chegado nem perto daquela casa antes, de tanto ódio que ela sentia de Sara. Clarissa havia tentado fazer Eddie sair da firma de advocacia da mãe, ir morar com ela em Mendocino e passar a ser escritor em tempo integral. Mandava cartas para Sara, acusando-a de ser dominadora e possessiva, e brigava o tempo todo com Eddie por causa da carreira jurídica dele e por causa de Sara. Clarissa e eu tínhamos sido amigas, até que a coisa acabou chegando a um ponto em que tive que escolher um lado na briga entre as duas mulheres. Quando isso aconteceu, porém, eu já tinha ouvido Clarissa dizer uma centena de vezes: "Ah, como eu queria matar a Sara". E agora lá estava ela, parada debaixo da glicínia lilás que cobria o portão, mordiscando a ponta de uma haste dos seus óculos escuros.

"Oi, Clarissa", falei.

Ela teve um sobressalto. "Oi. Eu não imaginava que fosse ver ninguém. O que você está fazendo aqui?" (Isso era típico dela... quando em dúvida, parta para o ataque.)

"Eu estou fazendo faxina na casa do Eddie."

"Você continua fazendo faxina na casa dos outros? Isso é doentio."

"Espero sinceramente que você não fale desse jeito com os seus pacientes." (Pelo amor de Deus, a mulher é psiquiatra...) Fiquei tentando pensar em que perguntas a minha faxineira detetive faria a ela, mas nada me ocorreu. Clarissa era intimidante demais. Ela realmente era *capable de tout*. Mas como é que eu iria provar?

"Onde você estava na noite em que a Sara foi assassinada?", perguntei num rompante.

Clarissa riu. "Minha querida... você está insinuando que fui eu que cometi o crime? Não. Tarde demais", disse ela, enquanto dava as costas e saía andando portão afora.

Com o passar das semanas, a minha lista de suspeitos continuou crescendo, abarcando de juízes e policiais ao homem que limpa janelas.

A única coisa que me fazia desconfiar do homem que limpa janelas era a arma, a vara que ele carrega para todo lado, junto com um balde. Era assustador ver a silhueta dele atrás das cortinas. Um homem grande, munido de uma vara. Fazia anos que ele me intrigava. Jovem, negro e sem teto, ele passa as noites dentro de ônibus de Oakland ou, às vezes, no saguão da emergência do hospital Alta Bates. Durante o dia, vai de porta em porta, perguntando às pessoas se elas querem que ele limpe as janelas delas. Traz sempre um livro consigo. Nathaniel Hawthorne. Jim Thompson. Karl Marx. Tem uma voz bonita e se veste muito bem, suéteres de tenista, camisetas da Ralph Lauren.

Depois que pagava a ele pela limpeza das janelas, Sara sempre lhe dava algumas roupas velhas e horrendas de Eddie. Ele dizia "Muito obrigado, senhora", educadíssimo, mas eu tinha certeza de que ele jogava as roupas no lixo assim que saía de lá. Talvez para ele Sara fosse uma espécie de símbolo ou coisa assim. Vai ver um macacão com o zíper escangalhado tinha sido a gota d'água.

"Oi, Emory, tudo bem?"

"Tudo e a senhora? Eu vi que o filho da dona Sara está morando aqui agora… Será que as janelas dele não estão precisando de uma limpeza?"

"Não. Eu estou fazendo faxina pra ele agora e limpo as janelas também. Por que você não tenta lá no escritório dele, na Prince Street?"

"Boa ideia. Obrigado", disse ele. Depois sorriu e foi embora.

Tá, já chega, falei para mim mesma. Bota a cabeça no lugar e para imediatamente com essa história de lista de suspeitos.

Entrei, peguei café, voltei e me sentei no jardim. Ah. Os

lírios japoneses estavam em flor. Que pena você não estar aqui pra ver, Sara.

Ela havia me ligado várias vezes naquele dia, para me contar sobre as ameaças que ele vinha lhe fazendo. Àquela altura, eu já estava irritada com ela por causa de Leon... por que ela não terminava com ele de uma vez? Eu ouvi o que ela tinha a dizer e falei coisas como "Liga pra polícia. Para de atender o telefone".

Quando ela me ligou, por que eu não disse "Vem aqui pra casa já"? Por que eu não disse "Sara, faz uma mala... Vamos pra algum lugar fora da cidade".

Eu não tenho álibi para a noite do crime.

Perdida no Louvre

Quando criança, eu ficava tentando capturar o exato momento em que deixava de estar acordada e passava a estar dormindo. Ficava deitada bem quietinha e esperava, mas, quando dava por mim, já era de manhã. Continuei tentando de tempos em tempos à medida que fui ficando mais velha. Às vezes pergunto a pessoas se elas já tentaram fazer isso, mas elas nunca entendem o que eu quero dizer. Eu já tinha mais de quarenta anos quando aconteceu pela primeira vez, e eu nem estava tentando. Era uma noite quente de verão. Arcos de luz produzidos por faróis de carros volta e meia passavam pelo teto. O zumbido do irrigador automático de um vizinho. Eu peguei o sono. Bem quando ele estava vindo silencioso feito um lençol fresco para me cobrir, uma leve carícia nas minhas pálpebras. Eu senti o sono enquanto ele me dominava. De manhã, acordei feliz e nunca mais precisei tentar isso de novo.

Certamente nunca havia me passado pela cabeça pegar a morte, embora eu tenha feito isso quando estava em Paris. Foi lá que eu vi como ela dá o bote em você.

Tenho certeza de que isso soa melodramático. Eu estava muito feliz em Paris, mas triste também. Meu namorado e meu pai tinham morrido no ano anterior. Minha mãe tinha morrido fazia muito pouco tempo. Eu pensava neles enquanto caminhava pelas ruas ou ficava sentada em cafés. Principalmente em Bruno, conversando com ele na minha cabeça, rindo com ele. Também pensava nas minhas amigas de infância, meninas estendidas na grama, na praia, falando de ir para Paris um dia. Elas também estavam mortas. Assim como Andres, que havia me dado *Em busca do tempo perdido*.

Nas primeiras semanas visitei todos os destinos turísticos da cidade. L'Orangerie, a linda Sainte Chapelle num dia de sol. A casa de Balzac, o museu de Victor Hugo. Fui ao Deux Magots e me sentei no andar de cima, onde todo mundo parecia ou californiano ou Camus. Fui ao túmulo de Baudelaire em Montparnasse e achei engraçado a feminista Simone de Beauvoir estar enterrada junto com Sartre. Fui até mesmo a um museu de instrumentos médicos e a um museu de selos. Passeei pela rue de Courcelles e andei a Champs Élysées inteira. Fui ao túmulo de Napoleão, ao mercado de pássaros de domingo. Rue Serpente. Certos dias eu pegava combinações aleatórias de trens do metrô e, em cada novo bairro, andava, andava, andava. Me sentei na praça em frente ao apartamento de Colette e caminhei pelo Jardim de Luxemburgo com todo mundo, de Flaubert a Gertrude Stein. Fui ao Boulevard Haussmann e ao Bois de Boulogne com Albertine. Tudo o que eu via parecia nitidamente déjà-vu, mas eu estava vendo o que tinha lido.

Peguei o trem até Illiers, para ver a casa da tia e a aldeia que Proust usou como inspiração para muita coisa de Combray. Peguei o trem bem cedo, desci em Chartres e fui à catedral. O dia estava para lá de cinzento, tão escuro que não entrava luz nenhuma pelas janelas de vitral. Uma velha rezava numa capela lateral e um menino tocava uma música no órgão. Não havia mais ninguém ali. Estava escuro demais para ver o chão de pedra direito, mas dava para perceber que ele estava liso como cetim de tão gasto. A luz tênue que entrava pelas janelas de vidro sujas permitia ver os intricados entalhes em relevo bem marcado. As primorosas figuras de pedra pareciam particularmente impressionantes sem cor nenhuma, da mesma forma como filmes em preto e branco parecem verdadeiros.

O pequeno trem que ia para Illiers era exatamente como eu tinha imaginado. A paisagem monótona e implacável, os trabalhadores e as camponesas, os assentos de palhinha. A agulha da igreja! O trem ficou parado tempo suficiente para eu descer. Estranhamente, não havia nenhum carro à vista, só uma bicicleta encostada na parede da estação de trem. Eu sabia para onde ir; desci a avenida de la Gare sob os limoeiros, quase completamente desfolhados agora em outubro, as folhas molhadas abafando o barulho dos meus passos. Dobrei à direita na rue de Chartres, peguei a Florent d'Illiers até a praça da cidadezinha. Não vi absolutamente ninguém.

Fiquei andando pela aldeia, esperando chegar a hora de visitação da casa, que começava às dez. Finalmente vi algumas pessoas, vestidas de um modo tão antiquado que era como se eu tivesse voltado no tempo.

Em frente ao portão da casa da tia Amiot havia um casal de alemães idosos. Eles tocaram a campainha e sorriram, eu toquei a campainha e sorri também. O som dela era exatamente como deveria ser. Murmurando alguma coisa com um cigarro entre os dentes, um velho senhor veio nos receber e abriu a porta para nós. Ele falava rápido demais para que tanto eu quanto os alemães conseguíssemos entender, mas não tinha importância. Nós o seguimos e entramos na casinha minúscula. Tão poucos degraus para a mãe de Marcel subir! Uma begônia no patamar da escada parecia deslocada ali. A cozinha bolorenta e sem janela não parecia nem um pouco um "templo de Vênus em miniatura".

Nós três ficamos um bom tempo no quarto de Marcel, em silêncio. Sorríamos uns para os outros, mas dava para perceber que eles também estavam sentindo uma tristeza profunda. A jarra, a lanterna mágica, a pequena cama.

Fiquei parada no jardim cimentado. Tentei ver a casa como um lugarzinho jeca e sem graça e a cidadezinha como uma aldeia típica, mas eles ficavam se transformando no jardim, na casa, na aldeia de Combray e eram valiosos para mim.

A sala de jantar era realmente feia. Papel de parede flocado verde, mobília pesadona. Era um museu agora, com cartões-postais e livros. Numa vitrine havia uma página do manuscrito original, escrita com uma letra fina e angulosa, a tinta agora cor de sépia, o papel âmbar. A "página" tinha alguns centímetros de espessura, porque cada frase tinha outras frases coladas em cima, como babados, com outras orações coladas em cima destas e aqui e ali uma palavra colada em cima de um sintagma. Esses apêndices estavam cuidadosamente dobrados em forma de sanfona, mas eram tão grossos que se abriam como leques. A vitrine era fechada, mas os papéis colados se abriam e se fechavam, bem de leve, como se a página estivesse respirando.

"Finis", disse o velho e nos levou até a porta. Entendi que a senhora alemã estava me convidando para andar com eles até o "caminho de Méréglise". Agradeci e disse que não faltava tanto tempo assim até a hora de pegar o trem, o que eles não entenderam, mas quando falei da igreja de Saint Jacques eles fizeram que sim com a cabeça. Trocamos calorosos apertos de mãos, sob uma chuva miúda e gélida, depois viramos para trás para dar adeusinho.

Chovia forte quando cheguei à igreja e fiquei decepcionada quando descobri que ela estava trancada. Eu já tinha começado a olhar em volta, à procura de um café, quando uma velhinha artrítica gritou para mim, brandindo sua bengala: "*J'arrive!*". Ela destrancou uma porta lateral rangente e me deixou entrar na igreja, que estava escura, iluminada apenas por velas votivas. A velhinha se benzeu e pegou um espanador de penas de trás da balaustrada da comunhão, que ela ficou passando em todo canto enquanto me conduzia pela igreja, falando baixinho por entre gengivas desdentadas. Entendi que ela se chamava Matilde e tinha oitenta e nove anos. Era a zeladora da igreja, varria-a e espanava-a e botava flores no altar. Seus olhos cinzentos mal conseguiam me enxergar e, felizmente, não viram as teias de aranha na cruz nem os ásteres mortos. Enquanto andávamos por lá, ela ficou me falando sobre a igreja. Consegui pegar "Século XI, reconstruída no XV". Botei dinheiro na caixa de donativos e acendi três velas. Depois acendi outra, para mim ou para ela. Ajoelhei na madeira fria e rezei uma ave-maria. Estava exausta e faminta àquela altura. Mas lá estava o banco da duquesa de Guermantes. Eu queria ficar um tempo ali, em silêncio. Queria ficar, bem, *perdu*, mas em vez disso foi Matilde quem me deixou perdida. Ela se benzeu de novo, flexionando os joelhos diante do altar, depois se ajoelhou do meu lado. De repente, segurou o meu braço e disse com voz rouca: "*Berenice! Petite Berenice!*". Então me abraçou e me deu dois beijinhos, feliz em me ver de novo, querendo saber como estava a minha mãe, Antoinette. Fazia tantos anos que ela não nos via. Achava que eu morava em Tansonville, onde ela havia nascido. Ficou me falando de pessoas de Illiers (a minha mãe era de Illiers), perguntando da minha família, sem me dar tempo para responder. Ouvia tão mal que nem percebeu como o meu francês era ruim. Perguntou se eu havia me casado. "*Oui. Mais il est mort!*" Ela ficou muito triste em saber, seus olhos rasos de lágrimas. Quando falei para ela que eu tinha que ir embora para pegar o trem, que eu morava em Paris agora, ela me deu dois beijinhos de novo. Não chorou; declarou

268

com naturalidade que nunca mais me veria, que morreria em breve, provavelmente.

Chorei absurdamente no caminho para a estação de trem. Almocei muito mal no único restaurante da cidade.

No trem para Paris fiquei tentando me lembrar de alguma cama da minha infância, mas não consegui. Não conseguia me lembrar direito nem das camas dos meus próprios filhos. Tinham sido tantos moisés, berços, beliches, bicamas, sofás-camas, camas d'água. Nenhum deles parecia tão real para mim quanto a pequena cama de Illiers.

No dia seguinte, fui visitar o túmulo de Proust no Père Lachaise. Estava um dia lindo, de céu claro. As velhas sepulturas amontoadas lembravam esculturas de Nevelson. Velhinhas tricotavam em bancos e havia gatos por todo lado. Talvez porque ainda estivesse bem cedo, vi muito pouca gente, só zeladores, as tricoteiras e um homem atarracado, de capa de chuva azul. Eu tinha um mapa, e foi divertido andar por lá à procura de Chopin, Sarah Bernhardt, Victor Hugo, Artaud, Oscar Wilde. Proust estava enterrado com os pais e o irmão. Pobre irmão, imagina. Havia muitos buquês de violetas-de-parma na sepultura preta de Proust. Seu lustroso túmulo preto parecia vulgar em comparação com as sepulturas de pedra pálida e gasta espalhadas por todo o cemitério. Devia levar uns cem anos para ela ficar com aquela aparência envelhecida e bela, como a de Eloise e Abelard ou a do homem em cujo túmulo se lia IL A FROID.

Comecei a andar rápido pelos caminhos ladeados de árvores, em parte porque estava esfriando e ventando, mas também porque o homem da capa de chuva parecia estar me seguindo, sempre cerca de meio quarteirão atrás de mim. O vento carregou meu mapa para longe ao mesmo tempo que começou a chover forte. Corri em direção ao que eu achava que fosse a saída, mas acabei tendo que pular uma balaustrada e me abrigar dentro de um mausoléu coberto de musgo. Tirando o fato de eu estar com frio, foi maravilhoso ficar vendo as folhas amarelas e vermelhas caindo das árvores e rodopiando com o vento, a cascata prateada de chuva escurecendo as pedras. Mas foi ficando cada vez mais escuro e frio, e eu estava ouvindo não só o assobio do vento, mas também gemidos, gritos angustiados. Canções tristes que lembravam nênias, risadas diabólicas. Disse a mim mesma que isso era maluquice minha, mas estava muito assustada e acabei me convencendo de que o homem da capa de chuva era a morte, que tinha vindo me buscar. Então, o bando de fãs de Jim Morrison passou correndo, o aparelho de som portátil deles tocando "This is the end, my friend!". Eu me senti muito ridícula. Saí do mausoléu e tentei seguir o som das vozes deles, já que agora estava completamente perdida. Pareceria lógico pegar a morte naquela hora em Père Lachaise, enquanto eu corria e corria e não encontrava a saída. Ouvia ruídos de trânsito e buzinas ao longe, mas não havia vivalma à vista, nem gatos nem pássaros, nem mesmo o homem da capa de chuva.

Não, não foi lá que peguei a morte, embora quando me sentei para descansar tenha de fato me perguntado: e se eu acabasse morrendo de frio ali? Não tinha nenhum documento comigo, nenhum tipo de identificação. Será que deveria escrever meu nome num pedaço de papel e acrescentar "Por favor, me enterrem aqui no Père Lachaise"? Mas eu não tinha caneta. Decidi andar sempre em linha reta por um caminho. Acabaria enfim dando num muro e, com alguma sorte, escolheria a direção que levava à saída. Eu me sentia fraca de fome, meu lindo sapato italiano tinha alargado na chuva e estava me fazendo bolhas. Avistei um muro ao mesmo tempo que vi uma sepultura que me pareceu familiar: um túmulo triste e abandonado no meio de outros bem cuidados, enfeitados com flores frescas. Esse túmulo ficava perto do de Colette, que ficava perto do portão e dos vendedores de flores. Querida Colette, ela ainda estava ali. Os portões estavam trancados e a morte me passou pela cabeça de novo, mas um homem saiu de dentro de uma guarita e me deixou sair.

Os vendedores de flores não estavam mais lá, mas havia um táxi parado no meio-fio. Comi num restaurante grego perto do meu hotel, depois tomei um expresso e comi um doce, dois expressos e dois doces. Fumei e fiquei vendo as pessoas passarem e foi aí que me perguntei pela primeira vez se seria possível pegar a morte, do mesmo modo como eu havia pegado o sono. Quando as pessoas morriam, será que elas tinham consciência do que estava acontecendo, do momento em que a morte chegava para elas? Quando estava morrendo, Stephen Crane disse ao amigo Robert Barr: "Não é ruim. Você se sente sonolento... e não se importa. Dá só uma vaga ansiedadezinha de saber em que mundo você realmente está, só isso".

Croissant e café com creme na manhã seguinte e, depois, fui para o Louvre. Estavam construindo a pirâmide, então foi tão difícil entrar no museu quanto tinha sido sair do cemitério. Finalmente eu estava conhecendo o Louvre. Só caminhar quilômetros tentando entrar já era emocionante. É monumental. Eu nunca tinha visto nada tão vasto. Só, talvez, na primeira vez em que atravessei o Mississippi.

O interior do Louvre era tão elegante e grandioso quanto eu havia imaginado. Eu tinha visto fotografias lindas da Vitória de Samotrácia. E, claro, adoro essa escultura por causa da sra. Bridge.*
Mas nada havia me preparado para a enormidade daquele hall. Para o modo como ela paira, tão majestosa, tão, bem, vitoriosa, acima das multidões naquele espaço.

---

* Personagem-título do romance *Mrs. Bridge* (1959), de Evan S. Connell.

No primeiro dia andei pelo museu bem devagar, reverentemente. Não por causa das obras de arte, embora tenha ficado arrepiada com a Vitória, com Ingres e com várias outras coisas, mas por causa da grandeza, da história daquele lugar. Apesar das múmias, dos Anubis e dos caixões, não fiquei pensando em morte. Na verdade, achei tão lindo um casal abraçado num sarcófago etrusco que me senti melhor em relação a Jean-Paul e Simone. Fui andando de sala em sala, no andar de cima e no andar de baixo depois no andar de cima de novo, com as mãos enlaçadas atrás das costas, como imaginava que Henry James faria. Pensei em Baudelaire, que tinha visto Delacroix em pessoa ali, mostrando o museu a uma velha senhora. Adorei tudo. São Sebastião. Rembrandts. Não vi a *Mona Lisa*. Tinha sempre uma fila na frente dela e ela estava atrás de uma vitrine igual à de lojas de bebida de Oakland.

Fui para um café no Jardim das Tulherias e me sentei do lado de fora. O garçom me trouxe um *croque monsieur* e um café com creme. Disse que estaria lá dentro se eu precisasse dele; estava frio demais para ficar do lado de fora. Fiquei lá sentada desejando poder falar com alguém sobre tudo o que eu tinha visto. Era difícil não ser capaz de ter uma conversa de verdade em francês. Senti saudade dos meus filhos. Estava triste por causa de Bruno e dos meus pais. Não triste porque sentia falta deles, mas porque na verdade não sentia. E quando eu morresse seria a mesma coisa. Morrer é como esparramar mercúrio. Logo, logo tudo flui de volta para a massa trêmula da vida. Disse a mim mesma para levantar o ânimo, eu estava sozinha fazia tempo demais. Mesmo assim, continuei lá sentada, relembrando a minha vida, uma vida cheia de beleza e de amor, na verdade. Parecia que eu havia passado por ela como passara pelo Louvre, observando e invisível.

Entrei, paguei ao garçom e disse que ele tinha razão, estava frio demais lá fora. No caminho de volta para o hotel, entrei num salão de beleza para lavar o cabelo. Quando a cabeleireira estava terminando de lavá-lo, pedi a ela que o enxaguasse mais uma vez, tão desesperada era a minha vontade de sentir alguém tocando em mim. No meu segundo dia no Louvre, adorei revisitar as obras de que eu realmente tinha gostado. O escultor de Bronzino. Os cavalos de Géricault! *O derby de Epsom*. E pensar que ele morreu ao cair de um cavalo, com apenas trinta e três anos. Entrei numa sala de pintura flamenga e depois, de alguma forma, voltei para Rembrandt e quando desci a escada fui parar na sala das múmias. Então, fiquei realmente perdida, como no cemitério, embora houvesse milhares de pessoas à minha volta. Subi uma escada que eu não tinha visto antes. Me sentei no patamar para descansar. O estranho era que eu sabia que havia gente lá fora, nas ruas. Talvez cinco ou seis mesas ocupadas no café das Tulherias. Mas, dentro do Louvre, havia hordas de pessoas. Milhares e milhares, subindo e descendo escadas, passando em torrentes pelos faraós, pelos Apolos, pela sala de Napoleão.

Talvez todos nós estivéssemos dentro de um microcosmo. Que palavra ridícula de usar em relação ao Louvre. Talvez todos fizéssemos parte de uma obra performática que tivesse sido posta afetuosamente na tumba de alguém, junto com as joias e os escravos, todos nós mumificados, mas nos locomovendo habilmente pelas escadas acima e abaixo, passando por todas as obras de arte cujos criadores haviam morrido fazia tempo. Pelos Rembrandt e pelo *Le Verrou* de Fragonard, cujos desditosos amantes também estavam mortos havia tempo. É provável que eles fossem apenas modelos que, para ganhar algum dinheiro, tiveram que passar horas, dias naquela posição desconfortável. Imobilizados daquele jeito para sempre! Eu não tinha ideia de para onde a escada iria me levar. Ah, que bom, os etruscos. O fato de ninguém falar comigo ou nem mesmo olhar para mim aumentava a ilusão de que todos éramos atores fadados a representar por toda a eternidade a obra performática da Imortalidade, então passei a ignorar as outras pessoas também, enquanto andava ao acaso e subia e descia escadas a esmo, até que entrei quase num transe hipnótico e comecei a me sentir em total harmonia com a deusa Hator, com a Odalisca.

Por fim, me forcei a ir embora, comi ostras e patê no Apollinaire, depois me atirei na cama e dormi sem ler nem pensar. Voltei ao Louvre mais três ou quatro vezes, vendo novas esculturas, tapeçarias ou joias a cada vez, mas também me perdendo tão completamente que tinha a sensação de estar fora do tempo.

Um fenômeno interessante era que, sempre que tomava a direção errada e me deparava com a Nice, eu era imediatamente trazida de volta à realidade. Na minha última visita ao Louvre, desconfiei de que uma escada me levaria a ela e, para evitar que isso acontecesse, atravessei a sala, entrei num corredor estreito e desci uma escada que não reconheci.

Meu coração batia forte. Eu estava empolgada, mas não sabia muito bem por quê. Fui parar em outro corredor e, então, numa ala completamente desconhecida para mim. Eu não tinha lido nada a respeito dela, não tinha visto nenhuma fotografia. Era uma estranha e fascinante coleção de artefatos de uso cotidiano, de diversas épocas. Tapeçarias e aparelhos de chá, facas e garfos. Louças e penicos! Caixas de rapé, relógios, escrivaninhas, candelabros. Cada pequena sala continha encantadores objetos banais. Um banco para apoiar os pés. Um relógio de pulso. Uma tesoura. Como a morte, aquela seção não era extraordinária. Foi totalmente inesperado.

Sombra

O garçom pegou o guardanapo do chão e o botou discretamente em cima do colo dela, enquanto sua outra mão girava no ar e pousava um prato de frutas em tom pastel na mesa diante dela. Vinha música de todo o lado, não de rádios transistores sendo carregados pelas ruas da cidade, mas de *mariachis* ao longe, um bolero num rádio de cozinha, o assobio do amolador de facas, um tocador de realejo, trabalhadores cantando do alto de um andaime.

Jane era professora aposentada, divorciada, os filhos já adultos. Não vinha ao México fazia vinte anos, desde o tempo em que havia morado lá com Sebastian e os filhos dos dois, em Oaxaca.

Sempre tinha gostado de viajar sozinha. Mas no dia anterior, em Teotihuacan, ela tinha achado tudo tão magnífico que sentiu vontade de dizer isso em voz alta, de confirmar com alguém a cor do *maguey*.

Ela havia gostado de estar sozinha na França, de poder sair andando ao léu, falar com as pessoas. No México era difícil. O jeito caloroso dos mexicanos acentuava a sua solidão, o passado perdido.

Naquela manhã, ela havia parado na recepção do Majestic e se inscrito no grupo que faria uma visita guiada às touradas no domingo. Dava medo encarar sozinha a praça imensa, os fãs. Ou os *fanáticos*, como se dizia em espanhol. Imagine cinquenta mil mexicanos chegando pontualmente, bem antes das quatro horas, quando os portões eram trancados. Por respeito aos touros, disse o motorista do táxi que ela pegou.

O grupo que ia às touradas se encontrou no lobby às duas e meia. Havia dois casais americanos no grupo, os Jordan e os McIntyre. Os homens eram cirurgiões e estavam participando de uma convenção na Cidade do México. Suas esposas vestiam roupas caras, mas oriundas daquela dobra temporal em que mulheres de médicos habitam, de modo que elas usavam terninhos que estavam na moda na época em que seus maridos ingressaram na escola de medicina. Usavam também chapéus espanhóis baratos, de feltro preto e enfeitados com uma rosa vermelha, que eram vendidos nas ruas como souvenirs. Achavam que eram "chapéus engraçados", sem se dar conta de como ficavam bonitas e coquetes com eles.

Havia quatro turistas japoneses. Os Yamato, um velho casal vestido com roupas tradicionais pretas. O filho deles, Jerry, um homem alto e bonito de seus quarenta anos, e sua jovem esposa japonesa, Deedee, que usava uma calça jeans americana e um suéter de moletom. Ela e Jerry falavam inglês um com o outro e japonês com os pais dele. Ela corava quando ele lhe dava um beijo no pescoço ou pegava os dedos dela entre os dentes.

Calhou que Jerry também era californiano, arquiteto. Deedee estudava química em San Francisco. Eles ainda iam ficar mais dois dias na Cidade do México. Os pais de Jerry tinham vindo de Tóquio para se encontrar com eles. Não, eles nunca tinham visto uma tourada, mas Jerry achava que devia parecer uma coisa bem japonesa, já que combinava o que Mishima havia chamado de características japonesas da elegância e da brutalidade.

Jane ficou contente por ele dizer uma coisa como essa para ela, praticamente uma estranha. Gostou dele de imediato. Os três ficaram conversando sobre Mishima e sobre o México, enquanto esperavam o guia, sentados em sofás de couro. Jane contou ao casal que também havia passado sua lua de mel na Cidade do México. "Foi maravilhoso. Mágico. Naquela época, dava pra ver os vulcões", disse ela. Por que eu tenho pensado tanto em Sebastian, afinal? Vou ligar pra ele hoje à noite e contar que fui à Plaza México.

O Señor Errazuriz parecia ele próprio um velho toureiro, esguio, régio. Seu cabelo oleoso e comprido demais se enroscava numa *colita* talvez não intencional. Apresentou-se, pediu a todos que relaxassem, tomassem uma sangria enquanto ele lhes falava um pouco sobre as corridas de touros, depois traçou uma história concisa das touradas e fez uma exposição do que deviam esperar. "O formato de cada corrida é tão preciso e atemporal quanto uma partitura musical. Mas, com cada touro, vem o elemento surpresa."

Ele lhes disse para levar algum agasalho, apesar de estar fazendo calor naquele momento. Obedientemente, todos foram buscar suéteres, entrando num elevador já cheio. *Buenas tardes.* É costume no México cumprimentar as pessoas quando você se junta a elas num elevador, numa fila do correio, numa sala de espera. Isso torna a espera mais fácil, na verdade, e faz com que as pessoas dentro de um elevador não precisem ficar olhando fixamente para a frente, pois já demonstraram que notaram a presença umas das outras.

Todos entraram numa van do hotel. As esposas dos médicos

americanos continuaram uma conversa sobre uma mulher maníaco-depressiva chamada Sabrina, iniciada em Petaluma ou Sausalito. Os médicos pareciam desconfortáveis. Os Yamato mais velhos conversavam baixinho em japonês, olhando para os próprios colos. Jerry e Deedee olhavam um para o outro ou sorriam para fotografias que pediam para Jane tirar dos dois, no hotel, na van, na frente do chafariz. Os dois médicos pisavam em freios imaginários e se encolhiam enquanto a van seguia a toda pela Insurgentes em direção à Plaza.

Jane estava sentada na frente com o Señor Errazuriz. Os dois conversavam em espanhol. Ele lhe disse que era muita sorte poderem ver Jorge Gutierrez, o melhor matador do México. Veriam também um espanhol muito bom, Roberto Dominguez, e um jovem mexicano que ia fazer sua estreia, sua *alternativa*, na Plaza, Alberto Giglio. Gutierrez e Dominguez não são nomes muito românticos, comentou Jane.

"Eles ainda não ganharam um *apodo* como 'El Litri'", disse ele.

Jerry flagrou Jane olhando para ele e a esposa quando os dois estavam se beijando. Ele sorriu para ela.

"Desculpe, eu não quis ser indelicada", disse ela, corando também, como Deedee.

"Você deve estar pensando na sua própria lua de mel!", ele disse, abrindo um largo sorriso.

Eles estacionaram a van perto do estádio e um menino começou a lavar as janelas com um trapo. Anos antes havia parquímetros no México, mas ninguém recolhia o dinheiro nem cobrava multas. As pessoas enfiavam pedaços de metal ou simplesmente quebravam os parquímetros, como faziam com os telefones públicos. Então agora os telefones públicos são de graça e não existem mais parquímetros. Por outro lado, parece que toda vaga tem o seu próprio *valet* particular, um menino que aparece de repente, não se sabe de onde, e fica tomando conta do seu carro.

A euforia da multidão em frente à praça de touros era empolgante, eletrizante. "Parece a World Series!", disse um dos médicos. Barracas vendiam tacos, pôsteres, chifres de touro, capas, fotografias de Dominguín, Juan Belmonte, Manolete. Uma enorme estátua de bronze de El Armillita se erguia em frente à arena. Alguns fãs depositavam flores, cravos, aos pés dele. Como eles tinham que se abaixar para fazer isso, dava a impressão de que estavam se ajoelhando diante dele.

As bolsas das pessoas do grupo foram revistadas por guardas fortemente armados ou, melhor, armadas, pois todas eram mulheres, como a maioria dos guardas em todo o México. A força policial inteira de Cuernavaca é feminina, o Señor Errazuriz disse a Jane. Policiais da divisão de narcóticos, policiais motociclistas, a chefe de polícia. Mulheres não são tão suscetíveis a subornos, à corrupção. Jerry disse que tinha reparado como era grande a quantidade de mulheres no serviço público, maior do que nos Estados Unidos.

"Claro. O nosso país inteiro é protegido pela Virgem de Guadalupe!"

"Mas não tem muitas mulheres toureiras, tem?"

"Tem algumas. E boas. Mas, na verdade, lutar com touros é pra homens."

Lá embaixo, na praça, *monosabios* de uniforme vermelho e branco passavam ancinho na areia. Espirais coloridas pontilhistas tomavam a arquibancada à medida que os espectadores iam subindo os degraus e ocupando até as fileiras mais altas, beirando o círculo azul de céu. Vendedores ambulantes carregando baldes pesados, cheios de cerveja e coca-cola, corriam com passos curtos ao longo das cercas de metal acima dos assentos de cimento, subiam e desciam em disparada escadas de degraus tão estreitos quanto os da pirâmide de Teotihuacan. O grupo examinou o programa, as fotografias e estatísticas dos toureiros, dos touros do rebanho de Santiago.

Homens vestindo trajes de couro preto, *charros* com chapéus enormes e jaquetas com enfeites prateados se reuniram em volta da *barrera*, fumando charuto. Salvo pelos dois chapéus espanhóis, o grupo da visita guiada estava definitivamente menos arrumado do que a ocasião pedia. Todos tinham ido como quem vai para um jogo de bola. A maioria das mulheres mexicanas e espanholas estava vestida de maneira informal, mas com a maior elegância possível, muito maquiadas e cheias de joias.

Os lugares deles eram na sombra. A praça de touros estava perfeitamente dividida entre *sol y sombra*. O sol brilhava forte.

Às cinco para as quatro, seis *monosabios* deram uma volta pela arena segurando no alto uma faixa de pano com a mensagem: "Quem for flagrado atirando almofadas será multado".

Às quatro horas, as trombetas tocaram o empolgante *pasodoble* de abertura. "Carmen!", exclamou a sra. Jordan. O portão se abriu e o desfile começou. Primeiro vieram os *alguaciles*, dois homens de barba preta montados em cavalos árabes, usando roupas pretas com golas brancas engomadas e chapéus enfeitados com plumas. Seus belos cavalos curveteavam, se empertigavam e se empinavam enquanto atravessavam a arena. Logo atrás deles estavam os três matadores, usando cintilantes *trajes de luces*, com as capas bordadas penduradas sobre o ombro esquerdo. Dominguez de preto, Gutierrez de azul-turquesa e Giglio de branco. Atrás de cada matador vinha a sua *cuadrilla* de três homens, também carregando capas elaboradas. Depois, os picadores gordos, montados em cavalos vendados e cobertos com uma proteção acolchoada, seguidos pelos *monosabios* e *areneros*, de vermelho e branco. Os homens que de fato retiravam os touros mortos estavam vestidos de azul. No século passado, em Madri, havia um grupo popular de macacos amestrados que se apresentava num teatro e usava figurinos iguais aos dos homens que trabalhavam nas praças de touros. O grupo se chamava Macacos Inteligentes — *monosabios*. O apelido pegou nos homens das corridas de touros.

Todos os toureiros usavam meias cor de salmão e sapatilhas de balé, que pareciam incongruentemente frágeis. Não, eles têm que sentir a areia. Os pés são a parte mais importante, disse o Señor Errazuriz. Ele notou como Jane estava gostando das cores e das roupas, das mantas trabalhadas em *quilt* que protegiam os cavalos usados pelos picadores. Contou a ela que, na Espanha, os matadores estavam começando a usar meias brancas, mas que a maioria dos verdadeiros aficionados era contra isso.

Um *monosabio* saiu de dentro do touril e levantou uma placa de madeira em que se lia CHIRUSIN 499 KILOS. A trombeta soou e o touro irrompeu na arena.

O primeiro *tercio* foi lindo. Giglio fez elegantes *faenas* rodopiantes. Seu *traje de luces* faiscava e tremeluzia ao sol da tarde, produzindo uma aura de luz em volta dele. Tirando um rítmico "olé" durante os passes, a praça estava em silêncio. Dava para ouvir o barulho dos cascos de Chirusín na areia, sua respiração, o farfalhar da capa rosa. "¡*Torero!*", a multidão gritava, e o jovem toureiro sorria, um sorriso sincero de pura alegria. Era a estreia de Giglio, e ele estava sendo acolhido com grande entusiasmo pelos fãs. Mas houve muitos assobios também, porque o touro não era bravo, explicou o Señor Errazuriz. A trombeta soou para a entrada dos picadores, e os *peones* foram conduzindo o touro, como numa dança, em direção ao cavalo. Era inegavelmente belo.

Entretidos com o elegante balé da tourada, os americanos ficaram surpresos e repugnados quando o picador começou a espetar o *morrillo* do touro uma vez atrás da outra com a lança comprida. Jorrou um sangue grosso, vermelho cintilante. Os fãs assobiavam, a plateia inteira estava assobiando. Eles sempre fazem isso, disse o Señor Errazuriz, mas o picador só para quando o matador manda. Giglio fez um sinal com a cabeça e as trombetas tocaram, anunciando o *tercio* seguinte. Giglio cravou os três pares de bandarilhas brancas ele próprio, correndo com leveza em direção a Chirusín, dançando, rodopiando no centro da arena, escapando por pouco dos chifres enquanto as ia fincando com perfeição, sempre simetricamente, até que havia seis bandarilhas brancas acima do arroio de sangue vermelho. Os Yamato sorriram.

Giglio se movia com tanta graça e parecia tão feliz que a plateia inteira estava encantada. Mesmo assim, era um mau touro, perigoso, disse o Señor Errazuriz. A multidão deu todo o incentivo possível ao jovem toureiro; ele tinha tanto *trapío*, tanto estilo. Mas não estava conseguindo matar o touro. Fincou a espada uma, duas, três vezes. Chirusín vertia sangue pela boca em profusão, mas não caía. Os *banderilleros* faziam o touro correr em círculos para apressar sua morte enquanto Giglio fincava a espada mais uma vez.

"Coisa de bárbaros", disse o dr. McIntyre. Os dois cirurgiões americanos se levantaram ao mesmo tempo e começaram a andar em direção à saída, levando as esposas consigo. Enquanto desciam a escada íngreme, as mulheres volta e meia paravam para olhar para trás, segurando seus graciosos chapéus. O *Señor* Errazuriz disse que ia botar os quatro num táxi e, claro, pagar a viagem. Voltava já, já.

Os velhos Yamato ficaram vendo educadamente Chirusín morrer. Já o jovem casal Yamato estava vibrando. Para eles, a tourada era poderosa, sublime. Finalmente, o touro caiu e morreu, e Giglio retirou a espada ensanguentada. Mulas arrastaram o touro para fora da arena, ao som de assobios e vaias do público. Eles culpavam o touro pela morte ruim, não o jovem matador. Jorge Gutierrez, *padrino* de Giglio, deu um abraço no rapaz.

Houve um frenesi de atividade antes da corrida seguinte.

Pessoas corriam para cima e para baixo, conversavam, fumavam, tomavam cerveja, esguichavam vinho dentro da boca. Ambulantes vendiam *alegrías*, bolinhos ovais verdes, pistache, torresmo, pizzas da Domino's.

Soprou uma brisa e Jane estremeceu. Uma onda do medo mais profundo a invadiu, uma sensação de impermanência. A praça inteira poderia desaparecer.

"Você está com frio", disse Jerry. "Toma aqui, veste o seu suéter."

"Obrigada", disse ela.

Deedee esticou o braço por cima do colo de Jerry e pôs a mão no braço de Jane.

"A gente vai com você até lá fora, se você quiser ir embora."

"Não, obrigada. Eu acho que é por causa da altitude."

"A altitude também mexe com o Jerry. Ele tem um marca-passo; às vezes ele sente dificuldade de respirar."

"Você continua tremendo", disse Jerry. "Tem certeza de que você está bem?"

O casal sorriu para ela amavelmente. Ela retribuiu o sorriso, mas ainda se sentia abalada por uma aguda percepção da nossa insignificância. Ninguém nem sabia onde ela estava.

"Ah, que bom que o senhor voltou a tempo", ela disse quando o Señor Errazuriz voltou.

"Eu não entendo", disse ele. "Eu, por exemplo, não consigo ver filmes americanos. *Os bons companheiros*, *O anjo assassino*. Aquilo, sim, é crueldade pra mim." Ele deu de ombros. Aos Yamato ele pediu desculpas pelos touros de Santiago, como se eles fossem uma vergonha nacional. O japonês foi igualmente educado, garantindo que não havia do que pedir desculpas, que para eles era um grande prazer estar ali. Tourear era uma grande arte e a tourada um espetáculo primoroso. É um rito, pensou

283

Jane, enquanto a trombeta soava. Não é um espetáculo, mas um sacramento dedicado à morte.

O estádio pulsava, latejava com gritos de Jorge, Jorge. Então, vaias e insultos foram dirigidos ao juiz. *Culero!* Bundão! Porque ele não tinha se livrado do touro, Platero. *No se presta*, disse o Señor Errazuriz. No segundo *tercio* o touro tropeçou, caiu e depois ficou parado lá, como se simplesmente não estivesse a fim de se levantar. "*¡La Golondrina! ¡La Golondrina!*", cantava um grupo na parte ensolarada da arquibancada.

O Señor Errazuriz disse que era uma música sobre andorinhas indo embora, uma canção de despedida. "Eles estão dizendo 'Adeus! Fora com esse touro *pinche!*'" Jorge estava obviamente indignado e decidiu matar Platero o mais rápido possível. Mas não conseguiu. Como Giglio, ele feriu o touro com a espada várias vezes, cravando-a alto demais ou muito para trás. Por fim, o animal morreu. O toureiro saiu da arena cabisbaixo, humilhado. O contínuo coro de "*torero*" entoado por seus leais fãs deve ter lhe parecido zombaria. Os *monosabios* e as mulas vieram buscar Platero, que foi arrastado para fora da arena ao som de assobios e xingamentos e sob uma chuva de almofadas.

Enquanto Giglio tinha sido lírico e Gutierrez formal e autoconfiante, o jovem espanhol, Dominguez, era impetuoso e ousado, fazendo o touro Centenario correr atrás dele pela areia, exibindo sua capa como um pavão. Postava-se com a pélvis arqueada a centímetros de distância do touro. Olé, olé. O matador e o touro giravam feito plantas aquáticas. Os picadores entraram na arena, os *banderilleros* se revezavam. Agitando suas capas, eles atraíam o touro para perto do cavalo. O touro investiu contra a barriga do cavalo. O picador espetou o touro com a lança várias vezes. Então, furioso, o touro escavou a areia com a pata, de cabeça baixa, e partiu em estrepitosa disparada na direção do bandarilheiro mais próximo.

Naquele mesmo momento, um homem saltou para dentro da arena. Era jovem, estava de calça jeans e camiseta branca e trazia na mão um xale vermelho. Passou correndo pelos toureiros subalternos, pôs-se diante do touro e executou um lindo passe. *Olé.* A praça inteira ficou em polvorosa, vibrando e assobiando, atirando chapéus. "*¡Un espontáneo!*" Dois policiais de uniforme de flanela cinza pularam para dentro da arena e foram atrás do homem, correndo desajeitadamente na areia com suas botas de salto alto. Dominguez toureava com elegância sempre que o touro vinha na sua direção. Centenario achou que era uma festa, ficou pulando e cabriolando feito um labrador brincalhão, atacou primeiro um subalterno, depois um guarda, depois um cavalo, depois o xale vermelho do homem. Blam — tentou derrubar um picador, depois correu atrás dos dois policiais, derrubou ambos e feriu um, esmagando o pé dele. Todos os três subalternos estavam perseguindo o homem, mas paravam e ficavam esperando toda vez que o homem enfrentava o touro.

"*¡El Espontáneo! ¡El Espontáneo!*", bradava a multidão, mas mais policiais entraram e o atiraram por cima da *barrera*, do outro lado da qual algemas o aguardavam. Ele foi detido. "Espontâneos" são punidos com rigor e recebem multas pesadas, disse o Señor Errazuriz, caso contrário as pessoas fariam isso o tempo todo. Mas a multidão continuou torcendo por ele enquanto o guarda ferido era carregado para fora da arena e os picadores se retiravam, ao som de música.

Dominguez ia dedicar o touro. Pediu permissão ao juiz para dedicá-lo ao espontâneo e pediu também que o homem fosse solto. Os pedidos foram atendidos. O homem foi libertado das algemas. Pulou a *barrera* de novo, dessa vez para aceitar a *montera* do toureiro e para abraçá-lo. Chapéus e jaquetas voaram das arquibancadas e pousaram aos pés dele. Ele fez uma mesura, com a elegância de um toureiro, pulou a cerca e subiu, subiu, até os degraus ensolarados, até perto do relógio. Enquanto isso, os *banderilleros* distraíam o touro, que agora estava completamente arruinado e, como uma criança hiperativa, corria desembestado pela arena, dava chifradas na cerca de madeira e nos *burladeros* onde a *cuadrilla* se escondia. Todo mundo ainda continuava entoando alegremente *"¡El Espontáneo!"*. Até os velhos japoneses! O jovem casal ria e se abraçava. Que gloriosa e estonteante confusão.

Dominguez teve negado o seu pedido para trocar o touro, mas conseguiu enfrentar o animal nervoso com brio e muita coragem, já que, enfezado, Centenario havia se tornado imprevisível. Sempre que Dominguez tentava matá-lo, ele recuava e pulava. Duvido que você me pegue! Então, mais uma vez, foram várias estocadas sangrentas nos lugares errados.

Jane achou que Jerry estivesse vociferando contra o matador, mas ele havia simplesmente soltado um grito e tentado se levantar. Em seguida, caiu na escada de cimento. Sua cabeça rachou ao se chocar com o cimento e começou a sangrar, colorindo seu cabelo preto de vermelho. Deedee se ajoelhou ao lado dele na escada.

"É cedo demais", disse ela.

Jane pediu a um guarda que chamasse um médico. Os pais de Jerry se ajoelharam lado a lado no degrau acima dele, enquanto vendedores passavam às pressas pelo canto, correndo para cima e para baixo. Com uma risadinha de nervoso, Jane se deu conta de que, enquanto nos Estados Unidos uma multidão teria se juntado em volta deles numa situação como aquela, ninguém na praça tirava os olhos da arena, onde agora Giglio enfrentava um novo touro, Navegante.

O médico chegou na mesma hora em que, lá embaixo, um picador começava a espetar o touro, ao som de furiosos assobios e protestos. Suando, o homenzinho esperou o barulho diminuir, segurando distraidamente a mão de Jerry. Quando os picadores se retiraram, ele disse para Deedee: "Ele morreu". Mas ela já sabia disso, como os pais dele também sabiam. O velho pôs o braço em torno da esposa enquanto eles olhavam para Jerry, no degrau de baixo. Fitavam o filho com pesar. Deedee o havia virado de barriga para cima. Ele tinha uma expressão alegre no rosto, os olhos entreabertos. Deedee sorriu para ele. Um vendedor de capas de chuva o cobriu com plástico azul. "Obrigada", disse Deedee.

"Cinco mil pesos, por favor."

Olé, olé. Giglio girava na arena, segurando as bandarilhas no alto. Ziguezagueando sinuosamente, ele foi se aproximando do touro. Duas policiais femininas vieram. Uma delas disse a Jane que não havia como trazer uma maca pela escada. Eles teriam que esperar a corrida terminar para poder entrar com uma maca no *callejón*, depois eles passariam o corpo dele por cima da *barrera*. Certo. Eles viriam assim que fosse possível passar. Outra policial disse aos pais de Jerry que eles tinham que voltar para seus lugares, pois poderiam acabar se machucando ali. Obedientemente, o casal idoso se sentou. Eles esperaram, sussurrando um com o outro. O Señor Errazuriz falou com eles num tom amável e eles fizeram que sim com a cabeça, embora não entendessem a língua. Deedee tinha posto a cabeça do marido no colo. Segurando a mão de Jane, ela olhava sem ver para a arena, onde Giglio estava trocando de espada para o momento de matar. Jane falou com o motorista da ambulância, traduziu para Deedee, pegou o cartão American Express de dentro da carteira de Jerry.

"Ele estava muito doente?", Jane perguntou a Deedee.

"Estava", ela sussurrou. "Mas achávamos que ele teria mais tempo."

Jane e Deedee se abraçaram, o descanso de braço entre elas comprimindo seus corpos como uma tristeza.

"Cedo demais", Deedee repetiu.

A plateia estava em pé. Jorge havia dado a Giglio um touro extra, Genovés, como um presente pela sua *alternativa*. Antes da corrida seguinte, *areneros* vestidos de azul, empurrando carrinhos de mão, vieram cobrir o sangue com areia, que depois outros alisaram com ancinhos. A arena estava vazia quando uma maca com rodinhas foi empurrada até bem perto da *barrera*. Encontrem a gente na frente do estádio, os paramédicos disseram, mas Deedee se recusou a sair de perto do marido. Levou um bom tempo para que eles conseguissem transportar o corpo de Jerry, carregá-lo até lá embaixo no meio da multidão agora frenética e colocá-lo na maca. E quando chegaram ao *callejón* em torno da arena por diversas vezes tiveram que parar e esperar, sair do caminho de *banderilleros* que corriam para entrar na arena, do homem que levava garrafas de água para molhar a capa vermelha, do *mozo de las espadas*, o homem que carregava as espadas. Gritos indignados foram dirigidos a Deedee, porque ela era mulher, um tabu no *callejón*.

O Señor Errazuriz e Jane acompanharam o velho casal na longa subida até o alto da arquibancada. Giglio havia matado Genovés com uma estocada perfeita e foi premiado com as duas orelhas e o rabo do touro. O touro valente estava sendo arrastado numa volta triunfal pela arena, sob gritos de *"¡Toro! ¡Toro!"*. A plateia transbordava para os degraus estreitos, muitas pessoas bêbadas, todas eufóricas. O *alguacil* estava atravessando a arena em direção a Giglio, levando as orelhas e o rabo.

Jane seguia atrás dos Yamato. O Señor Errazuriz e uma policial iam na frente, abrindo caminho, ao som do clangor das trombetas e de gritos ensurdecedores de *"Torero, torero"*. Rosas, cravos e chapéus voavam pelos ares, escurecendo o céu.

Luna nueva

O sol se punha com um sibilo enquanto uma onda quebrava na praia. A mulher seguiu pelas lajotas pretas e douradas do *malecón* rumo aos rochedos na colina. Outras pessoas também voltaram a caminhar, depois que o sol se pôs, como espectadores saindo do teatro depois de uma peça. Não é só a beleza do pôr do sol tropical, ela pensou, a importância dele. Em Oakland, o sol se punha sobre o Pacífico todo fim de tarde e era só o fim de mais um dia. Quando viaja, você se retira do desencadear dos seus dias, da linearidade imperfeita e fragmentada do seu tempo. Como quando está lendo um romance, os acontecimentos e as pessoas se tornam alegóricos e eternos. O menino assobia num muro no México. Tess encosta a cabeça numa vaca. Eles vão continuar fazendo isso para sempre; o sol vai continuar se pondo no mar.

Ela foi andando até uma plataforma acima dos rochedos. O céu magenta se refletia, iridescente, na água. Abaixo dos rochedos, uma enorme piscina havia sido construída com pedras no penhasco irregular. As ondas se chocavam de encontro às bordas externas e transbordavam para dentro da piscina, espalhando caranguejos. Alguns garotos nadavam na parte mais funda da piscina, mas a maioria das pessoas ficava chapinhando no raso ou sentada nas pedras cobertas de musgo.

A mulher foi descendo pelas pedras em direção à água. Tirou o vestido que cobria seu maiô e se sentou na borda escorregadia com as outras pessoas. Elas observavam o céu empalidecer e uma lua nova laranja surgir no céu cor de malva. *¡La luna!*, exclamavam. *¡Luna nueva!* O céu escureceu e a lua laranja ficou dourada. A espuma que caía em cascata dentro da piscina era de um tom brilhante, metálico de branco; as roupas dos banhistas flutuavam, brancas e sinistras, como que sob uma luz estroboscópica.

A maioria dos banhistas na piscina prateada estava totalmente vestida. Muitos tinham vindo das montanhas ou de ranchos distantes; suas cestas estavam empilhadas nas pedras.

E eles não sabiam nadar, então era bom ficar suspensos dentro da piscina, sentindo as ondas envolvê-los e balançá-los para a frente e para trás. Quando as ondas estouradas cobriam a borda, nem parecia que eles estavam numa piscina, mas, sim, num rebojo calmo, só deles, no meio do oceano.

Os postes de iluminação se acenderam acima deles, iluminando as palmeiras do *malecón*. As luzes brilhavam como lanternas âmbar em seus intricados postes de ferro forjado. A água dentro da piscina refletia as luzes diversas vezes, primeiro inteiras, depois em fragmentos estonteantes, depois inteiras novamente, como luas cheias sob a pequena lua no céu.

A mulher mergulhou na água. O ar estava fresco, a água morna e salgada. Caranguejos passavam correndo por cima dos pés dela, as pedras sob os seus pés eram aveludadas e pontudas. Só então ela se lembrou de que já havia estado naquela piscina muitos anos antes, quando seus filhos ainda não sabiam nadar. Uma lembrança vívida dos olhos do marido fitando-a do outro lado da piscina. Ele segurava um dos filhos deles no colo, enquanto ela nadava com o outro nos braços. Nenhuma dor acompanhou essa doce recordação. Nenhuma sensação de perda, nenhum arrependimento nem antegosto da morte. Os olhos de Gabriel. O riso do filho dela, ecoando dos rochedos em direção à água.

As vozes dos banhistas também ricocheteavam na pedra. Ah!, eles exclamavam, como diante de fogos de artifício, quando rapazes mergulhavam na água. Balançavam, envoltos em suas roupas brancas. Era festivo, com as roupas rodando, como se eles estivessem valsando num baile. Abaixo deles, o mar traçava delicados rendilhados na areia. Um jovem casal estava ajoelhado na água. Eles não se tocavam, mas estavam tão apaixonados que a mulher tinha a impressão de que minúsculos dardos e flechas partiam deles para a água, como de vaga-lumes ou peixes fosforescentes. Estavam vestidos de branco, mas pareciam nus com o céu escuro ao fundo. Suas roupas se colavam aos seus corpos pretos, aos ombros fortes e à pélvis dele, aos seios e à barriga dela. Quando as ondas enchiam a piscina e depois refluíam, o cabelo comprido dela subia junto com a água e ficava flutuando, envolvendo os dois com caracóis de névoa preta, depois assentava, preto como nanquim, dentro da água.

Um homem de chapéu de palha perguntou à mulher se ela podia levar os filhos pequenos dele para dentro da água. Ele lhe entregou o menor, que estava apavorado. O menininho foi escalando o colo dela feito um babuíno arisco e trepou em cima da sua cabeça, puxando o seu cabelo, enroscando as pernas e o rabo em volta do seu pescoço. Ela se desembaraçou do menininho, que estava aos berros. "Leva o outro, o manso", disse o homem, e aquele menininho, de fato, se manteve totalmente plácido enquanto ela nadava com ele na água. Tão quietinho que ela achou que ele estivesse dormindo, mas, não, ele estava cantarolando. Outras pessoas cantavam e cantarolavam na noite fresca. A lasca de lua ficou branca como a espuma, enquanto mais gente descia a escada e entrava na água. Depois de um tempo, o homem pegou o menininho do colo dela e foi embora, com os filhos.

Nas pedras, uma menina tentava convencer a avó a entrar na piscina. "Não! Não! Eu vou cair!"

"Entra aqui", disse a mulher. "Eu levo a senhora para dar uma volta pela piscina nadando."

"É que eu quebrei a perna, sabe, e tenho medo de quebrar de novo."

"Quando foi que isso aconteceu?", perguntou a mulher.

"Dez anos atrás. Foi uma época horrível. Eu não podia cortar lenha. Não podia trabalhar nos campos. A gente não tinha o que comer."

"Entra. Eu tomo cuidado com a sua perna."

Por fim, a velha senhora deixou que a mulher a pegasse na pedra e a trouxesse para dentro da água. Ela ria, agarrada ao pescoço da mulher com seus braços frágeis. Era leve, como um saco de conchas. Seu cabelo tinha cheiro de lenha queimada. *"¡Qué maravilla!"*, ela sussurrou no pescoço da mulher. Sua trança prateada deslizava na água atrás delas.

Ela tinha setenta e oito anos e aquela era a primeira vez que via o mar. Morava num rancho perto de Chalchihuites. Tinha feito a viagem até o porto com a neta na carroceria de um caminhão.

"O meu marido morreu no mês passado."

"Lo siento."

Ela nadou com a velha senhora até a borda oposta da piscina, onde as ondas frias lançavam respingos nelas.

"Deus finalmente o levou, finalmente atendeu as minhas preces. Ele passou oito anos deitado numa cama. Oito anos sem conseguir falar, sem conseguir se levantar nem comer sozinho. Ficava lá deitado feito um bebê. O meu corpo doía de tanto cansaço, os meus olhos ardiam. Por fim, quando eu achava que ele tinha pegado no sono e tentava sair de mansinho, ele sussurrava o meu nome. Era um som horroroso, como um grasnido. *¡Consuelo! ¡Consuelo!* E aí ele levantava as mãos esqueléticas, mãos de lagarto morto, como se quisesse me agarrar. Foram anos terríveis, terríveis."

"*Lo siento*", a mulher repetiu.

"Oito anos. Eu não podia ir pra lugar nenhum. Nem até a esquina. *¡Ni hasta la esquina!* Toda noite eu rezava pra Virgem Maria, pedindo que ela o levasse, que ela me desse um tempo, alguns dias sem ele."

A mulher segurou a velha senhora e saiu nadando pela piscina de novo, mantendo o corpo frágil perto de si.

"A minha mãe morreu tem só seis meses. Foi a mesma coisa comigo. Anos terríveis, terríveis. Eu ficava presa a ela dia e noite. Ela não me reconhecia e me dizia coisas horrorosas. Ano após ano, agarrada a mim."

Por que eu estou contando uma mentira dessas a essa senhora?, ela se perguntou. Mas não era de todo mentira, o jugo de garras tirânicas.

"Agora eles se foram", disse Consuelo. "Nós estamos liberadas."

A mulher riu; *liberadas* era uma palavra tão americana. A senhora achou que ela tinha rido porque estava feliz. Deu um abraço apertado e um beijo no rosto da mulher. Como era desdentada, seu beijo era macio como manga.

"A Virgem atendeu as minhas preces!", disse ela. "Deus fica contente vendo que você e eu estamos livres."

As duas deslizavam de um lado para o outro na água escura, as roupas dos banhistas rodando em volta delas como num balé. Ali perto, o jovem casal se beijou e, por um momento, o céu ficou salpicado de estrelas. Depois, uma névoa encobriu as estrelas e a lua e empanou a luz opalina do poste de iluminação.

"¡*Vamos a comer, abuelita!*", a neta chamou. Ela tremia, seu vestido pingando nas pedras. Um homem tirou a velha senhora de dentro da água e a carregou pelas pedras sinuosas até o *malecón*. Ao longe, *mariachis* tocavam.

"¡*Adiós!*" A velha senhora acenou do parapeito.

"¡*Adiós!*"

A mulher acenou de volta. Nadou até o outro lado da piscina e ficou flutuando na água morna e acetinada. A brisa era indescritivelmente suave.

Sobre a autora

A ESCRITA

Lucia Berlin (1936-2004) publicou setenta e seis contos em vida. A maioria deles, mas não todos, foi reunida em três coletâneas da Black Sparrow Press: *Homesick* (1991), *So Long* (1993) e *Where I Live Now* (1999). Essas coletâneas incluíam contos publicados em seletas anteriores, de 1980, 1984 e 1987, e apresentavam trabalhos mais recentes.

As primeiras publicações começaram quando ela tinha vinte e quatro anos, no periódico *The Noble Savage*, de Saul Bellow, e em *The New Strand*. Contos posteriores saíram na *Atlantic Monthly*, na *New American Writing* e em inúmeras revistas menores. *Homesick* recebeu um American Book Award.

Berlin escreveu de forma brilhante, mas esporádica, ao longo das décadas de 1960 e 1970 e da maior parte da de 1980. Ao fim dos anos 1980, seus quatro filhos estavam criados e ela havia superado um problema persistente com o alcoolismo (seus relatos sobre os horrores do alcoolismo, sobre carceragens para bêbados, delirium tremens e ocasionais situações hilárias ocupam um lugar especial na sua obra). Daí em diante, ela se manteve produtiva até morrer prematuramente.

A VIDA

Berlin nasceu Lucia Brown no Alasca, em 1936. Seu pai trabalhava no ramo da mineração, e os primeiros anos da vida dela foram passados em campos de mineração e em pequenas cidades mineradoras nos estados de Idaho, Kentucky e Montana.

Em 1942, o pai de Berlin foi para a guerra e a mãe se mudou com Lucia e sua irmã mais nova para El Paso, onde o avô de Berlin era um dentista renomado, embora alcoólatra.

Logo depois da guerra, o pai de Berlin se mudou com a família para Santiago, no Chile, e ela embarcou no que seriam vinte e cinco anos de uma vida exuberante. Em Santiago, frequentava festas e bailes, teve seu primeiro cigarro aceso pelo príncipe Ali Khan, terminou seus estudos na escola secundária e atuou como anfitriã substituta nas reuniões sociais oferecidas pelo pai. Na maioria das noites, a mãe se recolhia cedo na companhia de uma garrafa.

Por volta dos dez anos, Lucia começou a sofrer de escoliose, um problema doloroso de coluna que se tornou perene e em virtude do qual precisou com frequência usar um colete de aço.

Em 1954 se matriculou na Universidade do Novo México. Fluente em espanhol a essa altura, estudou com o romancista Ramón Sender. Pouco depois, se casou e teve dois filhos. Quando o segundo filho nasceu, seu marido escultor já havia ido embora. Berlin concluiu seus estudos e, ainda em Albuquerque, conheceu o poeta Edward Dorn, uma figura-chave na sua vida. Conheceu também o escritor Robert Creeley, que era professor de Dorn no Black Mountain College, e dois ex-colegas de Harvard de Creeley, Race Newton e Buddy Berlin, ambos músicos de jazz. E começou a escrever.

Newton, que era pianista, se casou com Berlin em 1958. (Os primeiros contos dela foram publicados sob o nome Lucia Newton.) No ano seguinte, o casal e os meninos se mudaram para Nova York, indo morar num loft. Race trabalhava regularmente e o casal fez amizade com os vizinhos Denise Levertov e Mitchell Goodman, bem como com outros poetas e artistas, como John Altoo, Diane di Prima e Amiri Baraka (então LeRoi Jones).

Em 1961, ela e os filhos deixaram Newton e Nova York e viajaram com o amigo Buddy Berlin para o México, onde ele se tornou o terceiro marido de Lucia. Buddy era carismático e rico, mas também se revelou um viciado em drogas. De 1961 a 1968, dois outros filhos nasceram.

Em 1968, os Berlin estavam divorciados e Lucia cursava o mestrado na Universidade do Novo México. Trabalhou como professora substituta. Nunca mais se casou.

Os anos de 1971 a 1994 foram passados em Berkeley e Oakland, na Califórnia. Nesse período, Berlin trabalhou como professora de escola secundária, faxineira, telefonista e assistente de médico, enquanto escrevia, cuidava dos quatro filhos, bebia e, por fim, vencia a batalha contra o alcoolismo. Passou boa parte de 1991 e 1992 na Cidade do México, onde sua irmã estava morrendo de câncer. A mãe delas havia morrido em 1986, num provável suicídio.

Em 1994, Edward Dorn levou Berlin para a Universidade do Colorado e ela passou os seis anos seguintes em Boulder, lecionando na universidade como escritora visitante e, mais tarde, como professora assistente. Tornou-se uma professora extremamente popular e querida e, já no seu segundo ano, ganhou o prêmio de excelência docente concedido pela universidade.

Durante os anos passados em Boulder, Berlin floresceu numa comunidade bastante unida, que incluía Dorn e sua esposa, Jennie, Anselm Hollo e Bobbie Louise Hawkins, uma velha amiga de Lucia. O poeta Kenward Elmslie se tornou, assim como eu, um amigo próximo.

Com a saúde frágil (a escoliose havia lhe causado uma perfuração no pulmão e, a partir de meados da década de 1990, ela passou a viver sempre com um tanque de oxigênio por perto), Lucia Berlin se aposentou em 2000 e no ano seguinte se mudou para Los Angeles, para morar com o filho Dan. Travou uma batalha corajosa contra o câncer, mas morreu em 2004, em Marina del Rey.

PÓS-ESCRITO

Em 2015, onze anos depois da morte de Lucia, foi publicado o *Manual da faxineira: contos escolhidos*. O livro se tornou um best-seller e foi eleito um dos dez melhores livros de 2015 pelo *New York Times Book Review*. A edição espanhola, da Alfaguara, foi eleita o livro do ano pelo jornal *El País* (Madri). Edições foram lançadas ou estão em preparação em trinta países. A cada dia, novos leitores descobrem a obra de Lucia Berlin.

Stephen Emerson, editor de Manual da faxineira

Agradecimentos

Obrigado.

Em especial a Katherine Fausset, Emily Bell e Barbara Adamson.

Este livro não existiria sem a publicação de *Manual da faxineira*. Obrigado à FSG.

A Stephen Emerson, Barry Gifford e Michael Wolfe, que encabeçaram os esforços para republicar a obra de Lucia. Agradecimentos extras e profunda gratidão a Stephen Emerson, cujo extraordinário trabalho e esmero fizeram de *Manual da faxineira* o grande livro que ele é.

A Lydia Davis, por escrever o melhor prefácio que já lemos na vida.

A Jennifer Dunbar e Gayle Davies.

Na Curtis Brown: a Katherine Fausset, Holly Frederick, Sarah Gerton, Olivia D. Simkins, Madeline R. Tavis e Stuart Waterman.

Na FSG: a Emily Bell, Stephen Weil, Amber Hoover, Devon Mazzone, Naoise McGee e Jackson Howard.

Aos amigos (velhos e novos): Keith Abbott, Staci Amend, Karen Auvinen, Fred Buck, Tom Clark, Robert Creeley, Dave Cullen, Steve Dickison, Ed Dorn, Maria Fasce, Joan Frank, Ruth Franklin, Gloria Frym, Marvin Granlund, Anselm Hollo, Elizabeth Geoghegan, Sidney Goldfarb, Bobbie Louise Hawkins, Laird Hunt, Chris Jackson, Steve Katz, August Kleinzahler, Erika Krouse, Steven Lavoie, Chip Livingston, Kelly Luce, Jonathan Mack, Elizabeth McCracken, Peter Michelson, Dave Mulholland, Jim Nisbet, Ulrike Ostermeyer, Kellie Paluck, Mimi Pond, Joe Safdie, Jenny Shank, Lyndsy Spence, Oscar van Gelderen, David Yoo e Paula Younger.

Aos editores dos livros anteriores: Michael Myers e Holbrook Teter (Zephyrus Image), Eileen e Bob Callahan (Turtle Island), Michael Wolfe (Tombouctou), Alastair Johnston (Poltroon), John Martin e David Godine (Black Sparrow).

À família: Buddy, Mark, David, Dan, C. J., Nicolas, Truman, Cody, Molly, Monica, Andrea, Patricio, Jill, Jonathan, Josie, Pao, Nacé, Barbara, Paul, Race e Jill Magruder Gatwood. Com muito amor.

Jeff Berlin

ESTA OBRA FOI COMPOSTA EM ELECTRA PELO ESTÚDIO O.L.M./ FLAVIO PERALTA E IMPRESSA EM OFSETE PELA LIS GRÁFICA SOBRE PAPEL PÓLEN SOFT DA SUZANO S.A. PARA A EDITORA SCHWARCZ EM AGOSTO DE 2022

A marca FSC® é a garantia de que a madeira utilizada na fabricação do papel deste livro provém de florestas que foram gerenciadas de maneira ambientalmente correta, socialmente justa e economicamente viável, além de outras fontes de origem controlada.